光文社文庫

紅刷り江戸噂

松本清張プレミアム・ミステリー

松本清張

KOBUNSHA

光　文　社

目次

紅刷り江戸噂

七種粥《ななくさがゆ》

一

その年正月六日は雪であった。

「よく降るな」

と、庄兵衛《しょうべえ》は炬燵《こたつ》の中にまるくなりながら、中庭の松の上に積った雪を見て云った。広い家の中だが、しんとしている。

「七種《ななくさ》が明日にきて、やっと正月らしい気分になったわな」

と、お千勢《ちせ》は庄兵衛に茶を淹《い》れながら答えた。

「うむ、おおきにそうだ。三ガ日は、まるで休んだような心地がしなかったからの」

と、庄兵衛は若い女房のお千勢から渡された湯呑を手で囲いながら、軒から落ちる白いものを眺めた。

庄兵衛は、日本橋堀留でかなり手広く商売をしている関東織物の問屋であった。年今年四十九の小厄だ。先妻は七年前に死んで、いまのお千勢を五年前に迎えた。年は二十くらい違う。その器量を望んで庄兵衛が川越からもらった。お千勢の親は川越の地主だが、いったん嫁に行ったのが亭主の若死で家に戻っていたのだった。

三ガ日は年始の客でごった返した。商売が大きいだけに客も多い。殊に女たちは、その接待に忙殺された。だが、そうした忙しさも二日前に終って今日の静かさだった。家に居るのは手代と丁稚《でっち》ぐらいで、番頭も古い手代も通いだから、いつになく家の中はがらんとしている。奉公人は部屋に引込んでいた。松の内も終りになると、みんな怠惰になってしまっている。双六《すごろく》でもしているのか、ときどき若い笑い声が遠くから聞えた。

と、表を声が通った。

庄兵衛がそれを耳にして、

「明日は七種だな。お千勢、もう支度《したく》は出来ているのかえ?」

と訊いた。

「いいえ、まだだけど、そう急ぐこともないよ」

と、女房も触れ売りの声が遠ざかるのを聞きながら答えた。

「さっきから、こうして炬燵に当っているが、ずいぶんなずな売りも通るものだな。だが、あんまり残りものにならないうちに買っておいたほうがいい」

「あい、そうします」

お千勢は腰をあげた。正月だから、日ごろより化粧も少し厚くしている。庄兵衛は、女房の後ろ姿が障子《しょうじ》の外に消えるのを満足そうに見ながら、残りの茶をすすった。

お千勢が台所に行くと、女中のお染が火鉢を両手で抱えるようにして餅を焼いていた。

「いま何刻《なんどき》だえ？」

「そろそろ八ツ（午後二時）になります」

「もう、そうなるかえ。明日は七種だから、なずなを買うことにしよう」

「おかみさん。それはわたしどもでやります」

「なに、久しぶりにわたしも買ってみたい。日ごろの買物と違うからね」

お千勢は、裏口から傘を開いて往来に出た。雪はまだしんしんと降っている。どの家も入口を半開きにして籠《こも》っていた。往来には人影が少なかった。

お千勢が佇《たたず》んでいると、向うから簑《みの》を着たなずな売りが天秤棒《てんびんぼう》をかついで来た。彼の菅笠《すげがさ》の上にも簑にも雪が溜っていた。「なずな、なずな」とその男は少し甲高《かんだか》い触れ声をしていた。

お千勢が呼止めるまでもなく、なずな売りは軒先に立っている彼女を認めて、自分から近づいて来た。

「おかみさん、なずなを買っておくんなさい」

お千勢は籠《かご》を見た。雪をかぶった青い草が両方の籠からはみ出ていた。

「おまえさんはどこから来なさったのかえ？」

お千勢はなずな売りに訊いた。

「へえ、池袋の在から来ました。おかみさん、安くしておくから買っておくんなさい」

「じゃ、そこに下して見せておくれ」

なずな売りは天秤棒を肩から下した。籠の雪を手で払うと、下から鮮かな青い色が現われた。七種は、せり、なずな、ごぎょう、はこべら、ほとけのざ、すずな、すずしろ、の七種類となっている。

「わりと新しいようだねえ」

「へえ、今朝、畑から採って来たばかりで。わっちは少し出遅れたため、荷があまり捌《さば》けません。おかみさん、祝儀物だ。おめえさんところは人数も多い大店《おおだな》のようだから、景気をつけておくんなさい」

彼は云った。その笠の下の顔は三十すぎぐらいであった。あまり百姓の顔とは思えなかった。しかし、なずな売りは近在の百姓だけでなく、それを当てこんで貧しい者が仕入れをして売りにくる。

「どれがなずなで、どれがはこべらかえ？」

と、千勢は青い草に眼を向けた。

そこに別な傘が近づいて来た。

「おかみさん、なずな買いですかえ？」

と、四十年配の男が声をかけた。彼は番頭の友吉《ともきち》だった。店では一番古く、近くの家から通ってきていた。

「明日の支度に」

と、千勢は笑った。友吉もいっしょに野菜籠の中をのぞきこんだ。

「どれがなずなで、どれがはこべらだ？」

と、友吉も千勢と同じようなことを菅笠の男にきいた。

「へえ、これがそうです」

なずな売りは指で区別して見せた。

「こっちが、芹《せり》です」

「芹ぐれえは分らあな。けど、おれは下町生れで野菜のことはさっぱり分らねえ。おかみさんのほうが詳しいだろう」

友吉が云った言葉には、千勢が川越から来ている意味が含まれていた。千勢にはそれが皮肉に聞えたのか、少し厭《いや》な顔をした。

「わたしだって、そんなに知ってはいないよ」

千勢は急いで云うと、なずな売りに値段をきいた。

「そいつは少し高え」

と、また、友吉が横から口をはさんだ。彼は少し正月酒が入っていた。

「どうせ、野っ原から摘み取ってきた草だ。資本《もと》はタダだ。安くしておけ」

「あんまり正月からあこぎなことは云わねえでおくんなさい。朝早く、雪をかきわけて採ったのだ。その苦労も察しておくんなさい」

なずな売りは友吉に口を尖らした。

「それにしても高え。おめえが負けなければ買ってもらえねえまでだ。なず、な売りはほかにもいっぱいやってくらあな」

「親方。そう身も蓋《ふた》もねえことをポンポン云うもんじゃねえ。こいつを食べれば一年中病気をしねえという縁起ものですぜ」

「おら、親方じゃねえ、この家《や》の番頭だ。なにも縁起にかこつけることはねえ、商売人は安いものを買うのが当り前《めえ》だ」

「まあ、まあ」

と、千勢が間に入った。

「正月のことだから、おまえの云い値で買ってあげるよ。その半分の籠、そっくりこっちに移しておくれ」

「そんなら、おかみさん。え、この籠いっぱい、みんな買っておくんなさるかえ？」

「わたしのところは人数が多いんでね」

「そいつはありがてえ。じゃ、気は心だ。少しだけまけておきますぜ」

と、なずな売りは、傍に立っている友吉にも俄《にわ》かに頭を下げた。千勢がお染を呼んで、籠いっぱいの野菜を大きな笊《ざる》に移させた。

「へえ、どうもありがとう」

と、なずな売りは銭を千勢からもらった。

「やっぱり大店だ。商売を捌くに手っ取り早えや。おかげで荷が半分になった」

「ねえ、友吉。おまえさんのところは、もう、なずな買いは済んだかえ？」

「なんだか知りませんが、わっちが出てくるまでまだのようでした。うちの嬶《かかあ》は万事のろまでいけねえ」

「そんなら、わたしがおまえさんのところの入用《いりよう》まで買ってあげようじゃないか」

「そうですかえ」

「おまえさん」と、千勢はなずな売りに云った。「そこの先にこの人の家《うち》があるから、そこに行って、おかみさんの要るだけあげておくれよ。どれだけ要るか知らないが、これだけをあんたにあげるからね。余ったぶんは駄賃に取っておいていいよ」

「そいつはますますありがてえ。親方、すみませんね」

なずな売りは俄かに友吉にも愛想よくなって、

「どの家だか教えておくんなさい」

「おれの家は嬶とおれとの二人暮しだ。馬に食わせるほどは要らねえ。そいじゃ、おれが近くまで行ってやろう」

「なに、この雪の中だ。わざわざ引返してもらうのは気の毒だから、口の先で教えておくんなさい」


七日の朝は、この大津屋に通いの番頭、手代も早くから来て、七種の粥《かゆ》を主人と一緒に食べる慣習《しきたり》になっていた。

台所では朝早くから、その支度で忙しかった。昨日買った七種が俎《まないた》の横に積上げられてある。別な所には、擂鉢《すりばち》と擂こぎがある。七種には一つの慣習があって、まず、神棚のほうに向って俎を据え、庖丁《ほうちょう》、杓子《しゃくし》、擂こぎ、銅杓子、菜箸《さいばし》、火箸、薪などを揃えておく。

別な所では大釜に粥が煮えていた。台所には女中のほか下働きの老婆も揃っているし、丁稚《でっち》も手伝いに来ていた。

千勢が庖丁を取って、神棚に向い、推《お》し戴《いただ》いた。

「さあさ、おかみさんから」

と、女中たちがすすめた。千勢は笊の七種を一握り取って、俎の上に庖丁で叩いた。同時に、そこにいる女中も丁稚も、

「七種なずな唐土《とうど》の鳥が、日本の国へ渡らぬ先に……」

と囃《はや》し立てた。その声と一緒に、草を叩く庖丁の音がとんとんと高く鳴った。

唐土の鳥とは鬼車鳥《きしやちよう》のことで、正月七日には、この悪鳥が家々の門をこわし、戸を打って、灯火を消してゆくという言い伝えがある。鬼車鳥とは鴟《ふくろう》の一種といわれている。この鳥が家の門にくると、一年じゅう災いがつづく。その厄を払うには七種を食べればよい。「唐土の鳥が日本の国へ渡らぬ先に」というのは、この鬼車鳥を忌《い》むことだと『世説故事苑』に出ている。さらに俎を打つのは、この鬼車鳥が門に止らないように、わざと高い音を立てるのである。

「さあ、みなさんを呼んでおいで」

千勢は女中に云いつけた。七種を叩く庖丁は一家じゅう順回りという風習になっている。一つでも叩けば、一年じゅう無病息災でいられる。

奥から主人の庄兵衛も台所に出てきた。つづいて番頭の友吉、手代の忠助《ちゆうすけ》、源《げん》蔵《ぞう》、それに、小僧も俎を取巻いた。友吉と忠助は通いだが、源蔵以下は住みこみであった。

「そいじゃ、わたしもひとつ叩くか」

と、庄兵衛はにこにこしながら、庖丁で七種の上をとんと叩いた。すかさずぐる

りの者が、

「七種なずな唐土の鳥が日本の国へ渡らぬ先に……トントントントン」

と、一斉に囃し立てた。今度は番頭の友吉の番であった。

「これが昨日なずな売りから買った七種ですかえ？」

と、友吉は庖丁を握りながら、横のお千勢を見た。

「そうです」

「おかげでウチの嬶も大よろこびでしたよ」

昨日は酔っていた友吉も、今朝は素面《しらふ》であった。彼は庖丁で同じように囃し立てられながら無恰好《ぶかっこう》な手つきで草を叩いた。

次は通いの手代忠助だった。彼は器用に庖丁の音を立てた。忠助は、まだ三十を出たばかりの、いかにも織物問屋の手代らしい色白の男だった。

最後に女中が叩くころには、なずなのかたちも無くなってしまっていた。今度は、それを擂鉢でつぶした。

次には横の大釜に煮え立っている粥の中に擂ったなずなを落しこんだ。だが、余ったなずなは別にとって水に浸した。

「それをこっちに」

と、千勢は水に漬《つか》ったなずなをそのまま茶碗に取って、奥の間に引取った庄兵衛のもとに運んだ。

「さあ、おまえさん。これに指を漬けて」

と、彼女は庄兵衛の指をやさしく握って、茶碗の中に漬けさせた。

「うむ。なるほど、今日は爪の剪り初《ぞ》めだったな」

「そうよ。わたしが爪を剪ってあげるから」

「うむ。それじゃ、おまえもいっしょに、この水の中に指を漬けな」

夫婦は、一つ茶碗に二つの指を仲よく揃えて入れた。七種の余ったものを水に入れて、その中に指を漬けると、たとえ怪我をしても疵《きず》にならないという信仰がある。

茶碗からあげた庄兵衛の指の爪を、千勢は寄添って鋏《はさみ》で丁寧《ていねい》に剪ってやった。

庄兵衛は満足そうであった。彼は若い女房の頬が自分のそれにすれすれに近づいているのに眼を細め、白粉《おしろい》の香りを鼻の奥に吸いこんでいた。

「わたしも四十九になった。今年は小厄だが、なんとかこの厄を無事に逃れて、長生きをしたいものだ」

庄兵衛は云った。

「なんの、おまえさん。そう心配おしでないよ。わたしはそのために、今年はほうぼうに信心詣りをするつもりだからね」

千勢はやさしく瞳《め》を動かした。

「うむ。おまえを残して死ぬんじゃ心残りだからの。おまえはだんだんきれいになってゆくしな」

「ばかな冗談はお云いでないよ。正月早々から縁起でもない。おまえさんには、あたしのために、ずっと長く長く生きてもらわなくちゃならないんだからねえ」

「せいぜい、そう心がけている。だがな、お千勢。わたしはこれから年取るばかり。おまえは女盛りになってゆく。そいつを考えると、なんとなく心細くなるよ」

「なに、わたしはおまえさんよりほかに男というものは眼に入らないんだからね。それに、女房は亭主の年に合せて年を取るというじゃないか。あたしが来た早々は近所の人にいろいろ云われたらしいが、今じゃ似合いの夫婦だとだれもが云っているよ」

「そうかえ。まあ、これからもよろしく頼む」

庄兵衛はにわかに千勢の肩を抱いた。豊かな丸髷《まるまげ》が彼の胸の前でゆらいだ。彼女は手の鋏を捨てた。

「あれ、およしよ。あとでみんなで七種粥を食べるんだよ。髪が崩れては変に思われるわな」

「なに、かまわない。少しぐらい鬢《びん》がほつれているのも風情《ふぜい》があっていい。おまえなら余計に似合って、色気が出るさ」

庄兵衛が女房の肩を強く抱《きつ》こうとしたとき、障子の向うから、

「旦那《だんな》、おかみさん。粥の用意が出来ました」

と、遠慮そうな声がした。手代の忠助だった。

「あい。そいじゃ、すぐ行きます」

千勢があわてて庄兵衛の胸を軽く突きはなした。庄兵衛は、ふふふ、と笑った。

「今のは忠助だな。あいつに気づかれたかな？」

「………」

「忠助も世帯を持たせて一年になる。まだ、毎晩、精が出るに違いない。こっちも若い者に負けちゃならねえわな」

「さあ、そんな悪ふざけはよしにして、みなといっしょにお膳につきましょう」

顔をしかめて千勢が起ち上ると、庄兵衛の眼は、彼女の裾前にのぞいた紅《あか》い蹴出《けだ》しに流れた。

広間に行くと、今日は、庄兵衛、千勢、友吉、忠助、源蔵の順に膳が出ていた。

あと、丁稚や女中は一緒だった。庄兵衛は上座に着いた。

「さあ、今日で松も明ける。商売も明日から本番だ。みんな今年もよろしく頼む」

一同は、へえ、と揃って頭を下げた。庄兵衛が先に粥椀と箸を手に取った。椀の中には青い粥が満ちていた。

「こいつを食べると、一年じゅう無病息災だということだ。みんなたらふく食ってくれ」

「ほんとに旦那の云う通りだよ。何杯でもお代りをしておくれ」

と、お千勢も横から云った。

「それじゃ、旦那、戴きます」

と、番頭の友吉が云うと、それが掛声のように、ならんでいる一同の口から粥をすする音が一どきに聞えた。

「いつものことだが、七種粥の匂いは格別ですね」

と、番頭の友吉が云った。

「こう刻み込んで団子のようになっては、どれがなずなで、どれがほとけのざか分りませんね。芹だけは見分けがつくが、どうも、わっちのような下町育ちには、野の草はからきし駄目でさ。……だが、なあ、忠助どん」

と、彼は隣に坐っている手代をふり向いた。

「おまえさんは葛西《かさい》の在だ。どの草がなずなで、どれがすずなか、ちゃんと見分けがつくに違いねえ」

そういう友吉の言葉には、どこか厭味《いやみ》があった。

「わたしにも、こんなふうになっていたのじゃ、分りようはありませんよ」

と、忠助はおとなしく答えた。

「なるほど、そいつは理屈だ。こう刻んで擂こぎで擂りへらしちゃ、まるでいっしょくただからな。昨日もおかみさんがこのなずなを買いなすったところに、恰度《ちょうど》、わっちが行きあわせたが、おかみさんが生《なま》のままでも見分けがつかなかったくらいだから、忠助どんが粥になった草が分らねえのも無理もねえ」

千勢が眉をしかめた。が、今朝は友吉も酒は入っていなかった。

「おや、忠助どん、おまえ、もう食べねえのかえ」

と、友吉は、忠助が椀の粥にちょっと箸をつけただけで置いたのを見て、冷やかすように云った。

「へえ、わたしは今朝くるときにちっとばかり粥を食べて来ましたので、まだ腹がふくれております。どうも、せっかくのものを申し訳ありません」

彼はすまなそうに庄兵衛のほうに頭を下げた。

「なるほど、おまえはお絹さんに今朝ちゃんと食べさせてもらったのだな。無理もねえ。まだ世帯を持って一年そこそこだからの」

友吉が云うと、忠助は顔をそむけた。それを見て友吉がひとりで哄笑《こうしょう》し、ついでに視線を主人夫婦のほうへ走らせた。千勢が眼を伏せた。

「ちがいない」と、庄兵衛が箸を止めて友吉に答えた。「お絹は亭主孝行で評判だそうだ。あれはよく出来た女だ。忠助もよく仕える女房をもらって仕合せ者だ」

友吉がそれに応えた。

「まったく忠助どんは果報者です。あっしのとこなどは古女房で横着になって、ろくに亭主のこともかまってくれません。それからすると、ここのおかみさんといい、忠助どんのお絹さんといい、まったく羨《うらやま》しい」

「十年も一緒に居ちゃ、たがが緩むのも仕方があるまい。まだおまえの女房孝行が足りないのだ。今年から心を入替えろ」

庄兵衛の言葉に、みなは笑った。ただ、当の忠助だけは迷惑そうにしていた。

その席で七種粥を一番腹いっぱいに食べたのは友吉であった。

彼は三杯までお替りをした。

その晩から大津屋は騒ぎになった。

まず、小僧と女中とが嘔吐《は》きだした。はじめ、腹がしくしく痛んでいたが、急にそれが激痛となり、さらに激しい嘔吐《おうと》となった。

つづいて庄兵衛夫婦も、住みこみの手代源蔵も同じ症状に襲われた。殊に女房の千勢はひどく、蒲団《ふとん》から畳の上を転んで回った。

「苦しい、苦しい」

と、彼女は腹を押えて云った。

「お千勢。しっかりしろ」

亭主の庄兵衛は自分も苦しみながら、女房を気づかった。その彼も何度か畳に吐いた。

「すぐに了庵先生を呼んでこい」

だが、一家中、この有様では医者に走る者もいなかった。それでも、やっと手代の源蔵が隣の戸を叩いた。

隣の人が駆けつけて見て、この有様を見ておどろいた。大津屋では、あすこにもここにも人が呻《うめ》きながら転がっていた。

了庵は、まず庄兵衛夫婦を診た。

「先生、わたしのほうは構わない。まず、お千勢のほうを診てやっておくんなさい」

庄兵衛は苦しい中から云った。

千勢は真蒼《まつさお》な顔をして呻いている。彼女は絶えず吐気に襲われていた。

「おかみさん、しっかりしなされ」

了庵はすぐに手当にとりかかった。

「旦那は、旦那は？」

と、彼女は喘《あえ》ぎながら気づかわしげに訊いた。

「先生、わたしよりも旦那のほうを」

了庵は庄兵衛にも同じ手当をした。しかし、この有様では彼ひとりの手には負えなかった。彼は従《つ》いてきた下男に、すぐ知合いの医者を呼びに走らせた。

「おかみさん、こいつはひどい中毒《あたり》ようですね。一体、何をみなさんで食べなすったかえ？」

だが、千勢は弱って、ろくに口も利けなかった。

「別に悪いものを食ったことはないが」

と、庄兵衛のほうはいくらか気丈《きじょう》に答えた。

「だけど、旦那。何か、みなさんで食べなすったに違いない」

「ほかに心当りはないが、今朝、七種粥を食いました」

「七種粥ですって？」

了庵は首をかしげた。七種で中毒を起した例は、まだ彼も聞いたことはなかった。

小半刻《こはんとき》ばかりすると、今度は了庵の下男といっしょに、通いの番頭友吉の近所の者が顔をひきつらせてきた。

「大変だ、先生」

と、了庵の下男は眼を剝《む》いて云った。

「朴庵先生も、玄沢先生も、みんな出ております。なにしろ、こちらの番頭さんの友吉さん夫婦が死んでしまったんで……」

「なに、番頭さん夫婦が死んだ？」

了庵は度肝《どぎも》を抜かれた。その死を知らせにきた友吉の近所の人たちも、大津屋一家の有様を見て茫然となっていた。友吉夫婦も同じ症状に襲われて息を引きとったという。

「旦那、旦那」

と、了庵は庄兵衛の耳もとに大きな声を出した。

「番頭さんの友吉さん夫婦は死になすったそうです」

庄兵衛は蒼い顔をあげて、了庵をぼんやりと見つめた。

「友吉と女房が死んだ……そりゃ本当ですかえ？」

「いま、そこに近所の人が報《し》らせに来ておりますよ」

「先生。……千勢は大丈夫でしょうか？」

と、庄兵衛は番頭の死をそっちのけにして、女房のほうを気遣った。

そこに、通いの手代忠助が女房のお絹といっしょに駈けこんできた。彼だけは無事であった。

忠助はぐったりとなっている千勢の姿をひと目見たが、すぐに蒲団の上にうごめいている庄兵衛にとりすがって叫んだ。

「旦那、旦那」

忠助の女房のお絹は、俯伏《うつぶ》せになって苦しんでいる千勢の背中を擦《さす》った。

「おかみさん、おかみさん。しっかりして下さい」

彼女は千勢の耳もとで励ました。忠助夫婦は、それぞれ主人夫婦の名を呼合った。

お絹は一昨年《おととし》の末に忠助といっしょになった。取引先の小さな店の娘だったが、庄兵衛の仲人で縁が結ばれた。忠助は小僧のときから大津屋につとめて十二年になる。今は、近くの裏店《うらだな》に世帯をもっているが、ゆくゆくは庄兵衛がのれんを分けてやるつもりであった。

お絹は、さして容貌《きりょう》がすぐれているというわけではないが、亭主想いの働き者であった。手が立つところから近所の縫仕事を引きうけていたが評判がよく、今では呉服屋から仕立てを頼みにくるほどにもなった。身体は小さいが、店《たな》づとめの忠助の留守に働くだけでなく、忠助が寝たのちも、行灯《あんどん》の下で針を動かしていることが多かった。近所への愛想もよかった。

どうしてそんなに働くのだ、と忠助がきくと、お店《たな》を開くときの少しでも足しに、とお絹はほほえんで答えた。忠助も、はじめは喜んでいたが、近ごろでは、あまりいい顔をしなくなった。縫物の賃仕事くらいで、店を持つとき、どれほど資本《もとで》の助けになるか分ってきたのかもしれなかった。

そのお絹が、千勢を懸命に介抱《かいほう》した。

「お絹さんかえ……」

と、千勢はうすく眼をあけて彼女を見た。

「いま、耳にしたけど……友吉と、おかみさんが死んだというのは、ほんとうかえ？」

千勢は苦しい中から気遣わしそうにきいた。

「…………」

お絹はとっさに返事が出なかった。

「友吉は、やっぱり、わたしたちと同じ病気で死んだのかえ？」

と、千勢はたしかめるように重ねてお絹にきいた。

「ええ……」

お絹は眼をそむけていった。

あとで詳しく分ったことだが、番頭の友吉夫婦は大津屋一家より少し早く苦しみだした。症状は全く庄兵衛夫婦や傭人《やといにん》たちと同じだった。激しい腹痛と嘔吐がつづき、医者の玄沢が呼ばれて来たときは、もうすでに手遅れであった。夫婦は口から青いものを吐いて息が絶えた。

医者の手当てがよかったのか、それとも運がよかったのか、庄兵衛の命は助かった。ほかの傭人も死ぬことはなかった。だが、大津屋で一番病状が重いのは千勢で、ようやく発作がおさまってからも彼女は口を利く気力もなく、蒲団の中に横たわった。

医者の報らせで、この辺の地回りで、文七という御用聞きが調べにかかった。原因は、どう考えても中毒である。中毒とすれば、患者が食べた七種しかない。げんに、別に家を持っている番頭の友吉夫婦が大津屋と同じ七種を食べて同じ病症で死んでいる。一年じゅうの息災を祈る七種を食べての災難だから皮肉であった。関係者で無事なのは通いの手代忠助夫婦だけであった。忠助は、その朝、家でおかみの作った七種粥を食べて大津屋に来た。それで彼は主家で出された粥には少ししか箸をつけなかった。そのためにこの厄を逃れたのである。

さらに詮議を進めてゆくと、友吉の女房は、大津屋で買った同じなずな売りから七種を求めている。これはお千勢が好意で友吉夫婦に買って与えたものだ。つまり、友吉夫婦は大津屋と同じ七種を食べて、この不幸な死に遭ったことになる。

いや、大津屋だけではなかった。友吉夫婦のように死ぬまでにはならなかったが、神田のほうに二軒、京橋のほうに一軒、やはり七種粥を食べて同じ中毒を起した一家があった。

こうなると、買った七種の中に何か毒草が混っていたことになる。事実、神田と京橋の家を調べると、同じ人相のなずな売りから七種を買ったことが判った。医者はそれぞれの家に残った七種のあまりを調べようとしたが、その手がかりはなかった。七種は小さく刻んで、摺鉢で摺って餅か団子のようになっている。どれが毒草なのか見分けがつかなかった。

町方ではなずな売りの行方を詮議した。彼は大津屋では、池袋在から来たといった。探索の手はその辺の百姓に伸びたが、手がかりはなかった。こうなると、その男が実際になずな売りかどうか分らなくなった。正月七日を当てこんで、臨時になずなを売り歩く貧乏な人間も多いのである。だが、その方面からも目星《めぼ》しい人間は浮んでこなかった。

ところで、その毒草だが、医者は「とりかぶと」の葉ではないかといった。とりかぶとは猛毒を持っている。山野から誤ってこの葉を採り、味噌汁などに入れて食べて死ぬ百姓もあった。その症状が全く今度の一件と同じであった。

なずな売りから七種を買った客は、いずれも野の草に知識の少ない者ばかりだった。それに、ごぎょうとかはこべらとかほとけのざとかすずしろとか馴染《なじみ》のない草の名前ばかりであった。げんに、千勢もよく知らなかったし、下町生れの番頭の友吉も知らなかった。

こうなると、あのなずな売りが、とりかぶとを知らないで七種の中に混ぜて客に売ったのか、つまり、無知で売ったのか、それとも故意にその毒草を入れたのかが問題になってくる。もし、故意にそうしたとすれば、毒殺を狙《ねら》ったことになる。

毒殺を考えたとすれば、それを一番多く売ったのが、織物問屋の大津屋だから、そこが狙われたことになりそうだった。だが、調べてみても、大津屋夫婦には人に恨みを買うような原因はなかった。友吉夫婦にもない。それに、同じなずなを買った神田の二軒と京橋の一軒も同様な災難に遇っている。

しかし、その毒草を売ったのが偶然の過失でないことがやがて分った。「とりかぶと」は奥州や信州の高地に発生している草で、池袋在はおろか、関東一円には無いことが知れたからである。

こう分ってくると、誰かが何の恨みもない家々に毒草を配って歩いたことになる。それだと狂人の行為としか思えない。魔除けの七種粥を食べても、唐土の鳥の鬼車鳥がこの家々に災害を撒いて回ったのであろうか。

二

大津屋庄兵衛が死んだのはその日のうちである。一時、女房の千勢と共に生命をとりとめるかと思われたが、医者が帰って半刻もすると、容態が急変し、あっけなく死んだ。今度は、迎えの医者も間に合わなかった。年齢《とし》が若いからか、千勢は無事に残った。

大津屋庄兵衛の葬式は一月九日に出た。

庄兵衛には実子がなかったから、女房の千勢が喪主となった。若後家とはいえないが、庄兵衛とは二十くらい年齢《とし》の違う後添《のちぞい》だから、人の目にはそんな印象を与えた。

その豊かな身体を黒い着物に包んだ千勢は、隠そうとすればするほどその色気が外に露《あら》われていた。まだ、病気から回復していない彼女の痛々しい様子は、皆の同情をあつめた。葬式に集った者は、一体、これからお千勢さんはどうするのだろうと、ひそかに噂し合った。

だれにも、これは興味の中心だった。大津屋の身代は二千両近いといわれている。商売も目下繁昌している。

大津屋には強い発言力をもつ親戚もなかった。葬式には千勢の横に庄兵衛の従弟《いとこ》とか、遠い親族がならんでいたが、彼らも千勢を指図するほどの権限は持ってなかった。

大津屋はどうなるのだろうと、人々はまた、ささやき合った。若い千勢が、このまま一生独りで通せるはずはないという観測が多かった。彼女はあまりに綺麗すぎた。あまりに大きな身代を嗣《つ》ぎすぎた。

世間の関心は、大津屋の財産と千勢の身の振り方に集った。もし、婿養子でもとることになれば、その幸運な男は、大津屋と女盛りの千勢とを同時に手に入れるわけである。

こうなると、死んだ庄兵衛が気の毒だ、という同情が周囲から湧いた。庄兵衛は子供のころに丁稚奉公に出た。いまの大津屋を興してからは、それこそ骨身を削るような苦労をつづけた。やっと商売が安定したのは三十代であった。庄兵衛は仲間からも吝嗇《けち》だと爪弾《つまはじ》きされるくらいに倹約を重ね、また自分も傭人と違わずに汗を流して働いた。四十代になって、ようやく今の繁昌に向ったのである。そのときは身代もできていた。

四十二のとき女房に死に別れると、庄兵衛は、しばらくひとりでいたが、世話する者があって、五年前に千勢をもらった。彼は容貌《きりよう》の好い千勢を一目見て、その縁談がまとまるまで世話人のところに、商売を投げて毎日通ったという笑い話が残っている。

それからは庄兵衛もすっかりこの世の極楽に坐ったような顔つきだった。店のことは番頭の友吉や手代の忠助に任せ、自分はもっぱら千勢を可愛がるほうに回った。前の女房が生きている時は、食べものも人間らしいそれではなく、女房を呶鳴《どな》りつけてばかりいたのだが、千勢がきてからは、奉公人が眼をみはるくらいに贅沢《ぜいたく》なものに変った。夫婦で芝居見物に行ったり、花見に行ったり、結構、世間なみの生活になった。先妻のときには夢にも想像できないことであった。

しかし、庄兵衛のその極楽も僅か数年間で、彼は急に未練の多いこの世と別れた。七種粥に入っていた毒草が彼を無理矢理に墓の下に連れて行ったのである。

大津屋では、皆がそれに当って、千勢も奉公人も寝込んだ。千勢は、年齢《とし》も若いし、身体も丈夫だったのか、一晩じゅう苦しんだだけで済んだ。ほかの傭人も同じで、九日の庄兵衛の葬式には、とにかく床から起きられた。例外は手代の忠助だけである。

そういえば、大津屋から立派な葬式が出た同じ日、近くの裏店からは、ひっそりと二つの棺が出た。番頭の友吉夫婦である。彼らは主人と同じ七種粥を食べ、同じ毒草に当って、供でもするように死んだのである。

それに友吉夫婦の葬式は寂しかった。同じ日に主家から葬いが出たので、大津屋からは手代の忠助が焼香にちょっと顔を出しただけであった。それも主人の葬式があるからといって、彼はすぐに帰って行った。

主人の庄兵衛よりも若い番頭の友吉の不運は、同じなずな売りから家で七種を買い、それを大津屋でも食べ、家に帰っても食べたことである。また、彼の女房も日ごろからとかく病身だったので、とりかぶとの猛毒には抵抗力がなかったらしい。

こういうことから、一時は悪い噂が立った。だれかが庄兵衛を毒殺したのではないか、というのである。ただ、庄兵衛だけに毒を盛ってはすぐに企みが分るから、女房も傭人も同じ災難に遭わせた。その一番の不幸が、通いの番頭夫婦に向ったというのだった。

事実、この噂を肯定するように、岡っ引の文七という者が探索に動きを見せたことがあった。

しかし、七種粥を食べて中毒を起したのは、大津屋やその番頭夫婦だけではない。神田に二軒、京橋に一軒、同じ目に遇っていた。やはり、同じなずな売りから買ったものだ。そのうち、神田の古着屋の夫婦は危篤《きとく》になったくらい重症であった。買った家は、いずれも野草に詳しくなかった。

してみれば、誰かが大津屋だけを狙ったというわけではない。なずな売りが商売物の七種のなかに知らないでとりかぶとを混ぜて売ったかもしれないのである。

岡っ引の文七が、大津屋の千勢に事情を聞いたとき、千勢はこういった。

「裏口に立っていたら、そのなずな売りが寄ってきてすすめたのです。明日は七種の日、ちょうど欲しいときでした。わたしのほうは人数が多いので、少々余計に買いました。そこに番頭の友吉が来合せたので、おまえの家でまだ買ってなかったら、要るだけ持ってお行き、といったら、友吉は、そのなずな売りに自分の家を教えていました……」

当日は大雪の日である。なずな売りは笠をつけ、蓑を被っていたから、千勢はその男の人相をよく見さだめていなかった。これは、同じ男から買ったらしい神田の二軒でも、京橋の一軒でも同じことで、みんなその男の顔をよくおぼえていなかった。その男は、自分は池袋の在から来た、とどこの家でも云っていた。

本当の百姓だったら、七種のなかにとりかぶとのような異種の草がまじっていたら見分けがつくはずである。もし、そのなずな売りが、無知で売ったとすれば、彼は百姓ではなく、その七種の日を当てこんだまがいものである。浅草や深川あたりの貧乏人が、よく百姓に化けてそんな偽売りをする。

探索方では、その見込みからだいぶん調べたようだが、結局手がかりはなかった。また、大津屋を狙った犯行という噂に沿って、周囲をいろいろと洗ったらしいが、これも確証が上らなかったとみえ、間もなく岡っ引の姿は消えてしまった。それを境に、忌《いまわ》しい噂もいつか聞えなくなった。

庄兵衛の初七日の法要が行なわれたあと、大津屋では親類縁者が集って相談した上で、その席に千勢を呼入れた。

「さて、お千勢さん」

と、親族のなかの年寄り、死んだ庄兵衛の伯父にあたる惣左衛門というのが総代格になって彼女に訊いた。

「いま、親類一同で相談したのだが、これからあんたは大津屋をどういうふうにしてゆくつもりかな?」

「はい」

千勢は、数珠《じゅず》を持った膝の上の手を見つめて、低いがきっぱりと答えた。

「わたしは途中から庄兵衛さんの女房になった者、前のお内儀《かみ》さんとは違いますから、本来ならこの家を去らなければなりませんが、庄兵衛さんの遺言通り、この家に残って大津屋をもり立ててゆくつもりでございます」

「なに、遺言? 庄兵衛は遺言をしましたか?」

「死ぬときは、そんなゆとりはありませんでしたが、虫が知らせたのか半年前に、庄兵衛さんはわたしに、おれのほうが年齢《とし》が上だから、万一を考えて云うのだ、といって後のことを申しました。わたしはその場では縁起でもないと笑って聞き流しましたけれど、今では、それが遺言だと思っております」

「ふむ。して、庄兵衛がおまえさんに云ったというのは、どういうことかな？」

「わたしが再縁しないで、この大津屋に残ることでございます」

「なに、再縁しない？」

「はい。わたしは一生、庄兵衛さんが最後の亭主だと思っております」

親類一同の射るような眼を一身に引受けた千勢は静かに弾き返すように云った。

千勢は庄兵衛の恋女房だった。だから、彼が自分の死後、千勢が他の男と一緒になるのを嫌って、千勢にいつまでも独りでいるように頼んだというのはありそうなことだった。その代り、庄兵衛は千勢に大津屋の身代をそっくり譲るつもりだったのであろう。親族は、庄兵衛が日ごろから千勢をどのように可愛がっていたかを知っていた。

いま、千勢は庄兵衛の半年前の遺言というのを披露した。そして、自分はその通り、婿もとらず、一生ひとりで通すと立派に云い切った。もともとあまり発言力のない親族一同は、それに一言も返せなかった。

「それで……番頭の友吉はあんなことになるし、さし当り、大津屋はどうしてゆくつもりだね」

伯父の惣左衛門が咳払いして訊いた。

「はい。これも半年前に庄兵衛さんが云ったことですが、友吉は早晩のれんを別けてやらねばならない、そのあとは手代の忠助を番頭にするつもりだ、忠助は丁稚のころから見ているが、あれは年は若いけど確《しっか》り者だから間違いない、そういっては何だが、友吉よりは商売人として出来がよい……こういっておりました。わたしは庄兵衛さんのその云いつけ通りにするつもりでございます」

千勢は、はっきりと答えた。

何もかも庄兵衛の遺言を守るという。その遺言は、千勢のほかに誰も聞いた者はなかったが、親族も彼女の言葉に異議は唱えられなかった。

「おまえさん、今朝も早いんだねえ」

お絹は亭主の忠助が盲縞の着物に着替え、角帯を締めるのを横から見つめて云った。四方を近所で囲まれたようなこの小さな家にも、外の寒さが障子越しに流れこんでいた。

「毎晩、遅く帰るし、家で支度したものは食べてくれないし……」

お絹は返事をしない亭主につづけて恨むように云った。それでも忠助は黙っていた。締めるたびに帯の鳴る音が冷たく聞えた。

「おまえさん、そりゃお店《たな》のものはご馳走《ちそう》には違いないだろうけど、少しは早く帰って、わたしのつくった晩飯を食べておくれ」

忠助は、お絹が皮肉がましく云うのを聞き流して、締めた帯に莨入《たばこい》れをはさんだ。彼は不機嫌な顔で土間の下駄《げた》をはこうとした。お絹はその様子に嚇《かっ》となったように亭主の片袖を摑んだ。

「おまえさん、返事ができないのかえ？」

忠助は女房の手を払い、斜め向きに睨《にら》んだ。

「なにをおまえは勘違いしているのだ。旦那が亡くなって大津屋も大変だ。番頭の友吉さんも死ぬし、あとはおれしか居ねえ。おれが番頭になったのも、お店《たな》を無事に守ってくれるように、お内儀《かみ》さんやご親族方に頼まれたからだ。今までと違って、朝早く出て夜遅くまでお店で働かねえことには、あの屋台骨が支え切れねえのだ。そのおれにお店から晩飯が出るくれえは当り前だ。おれが一日じゅう、くるくると働き回っている間、おまえは近所の針仕事をしているが、遊んでいるのも同然だ。

ご苦労さまというかと思うと、逆に妙に搦《から》んだことをいいやがる。それじゃ、おまえ罰《ばち》が当ろうぜ」

彼は、お絹に一気にべらべらと云った。

「ふん、たいした大黒柱だねえ。それじゃ、お内儀さんがおまえを夜遅くまで放さないのも道理だねえ」

「なんだと？」

「これ、お聞き」

と、お絹は開き直ったようになった。彼女の眼はもう吊上っていた。

「おまえさんは、わたしに匿《かく》しているけど、わたしは、とっくに気づいているよ。いくら、わたしがうっかり者でも、それくらいは察しているからね」

「どう察しているというのだ？」

忠助は、どきりとした顔で問い返した。

「そんなふうにとぼけるのが憎らしい。これだけ云ったら、どこの誰だと名指しで云わなくとも、おまえさんの胸にはこたえるだろう？」

「何をいってるのだ。訳の分らないことばかり……」

忠助は取り合わないようにもう一度下駄をはこうとした。それをお絹が引戻した。

「それじゃ、相手の名前をわたしの口から云わせるつもりかえ？」

彼女の顔は蒼くなっていた。忠助も、こうなったら遁《に》げるわけにはゆかなくなった。

「どうやら、おめえは何かを邪推して云っているようだ。はっきりと聞こうじゃねえか」

「何が邪推なものか。あたしはそれを前々から気がついていた。旦那が死ぬ前から知っていたよ」

「旦那が死ぬ前から？」

忠助は理由が分らぬという顔をつくった。

「これだけ云っても、まだ白状しないのかえ？　おまえは大津屋のおかみさんと……」

そこまで云いかけたとき、忠助の拳がお絹の頬桁《ほおげた》に飛んだ。彼女が思わず頬を押えると、忠助はつづけて二、三度殴りつけた。お絹は顔を押えてその場に膝をついた。

「何を云やアがる。かりそめにもお店《たな》のおかみさんとおれとの仲を疑ぐるたア、とんでもねえ女《あま》だ。おまえは気でも狂ったのか？」

お絹は膝をついたが、忠助に武者《むしゃ》ぶりつくように起ち上った。彼女は、髷《まげ》が崩れても、裾が乱れても構わずに彼に突っかかった。

「気が狂ったのはおまえのほうじゃないか。おまえこそ前はそんなことはなかった。いいえ、この半年の間に、おまえはすっかり人が変った。大津屋のおかみさんと仲よくなったのは、あのころだろう」

「えい、まだ云うか」

「あたしだけ知ってるんじゃないよ。ほかにも知った人がいたよ」

「なに、ほかの者が知っていたと？」

今度は忠助が表情を変えたが、彼はすぐ口もとを歪めて笑った。

「おまえ、だれか人にそそのかされたな。性質《たち》のよくねえ野郎がいて、おれとおまえの間に水をさして夫婦喧嘩を起させ、脇《わき》で手を拍《う》って笑っているにちげえねえ」

「その笑う人は、もう、この世に居ないよ」

「何だと？」

「死んだ番頭の友吉さんが、あたしにそれとなく、おまえとおかみさんの仲を教えてくれたんだよ」

「なに、友吉さんが？」

忠助は眼をいっぱいに開いて女房の顔をまじまじと見た。

「そ、それは嘘だろう。死人に口無し。おまえがいくら今ごろ友吉さんを担《かつ》ぎ出し、おれに謎をかけても、そいつは無駄だ。その手には乗らねえ」

「嘘なもんか。友吉さんははっきりとは云わなかったけれど、それとなく、あたしに妙な笑い方をしながら、おまえとおかみさんの間をほのめかしていたんだからねえ。あたしもそれで初めておまえの変りように合点がいったのさ。それからというものは、ずっとおまえの様子を見ているんだよ」

「……………」

「旦那が七種粥を食べて亡くなってからは、おまえは朝早くから夜遅くまでお店《たな》に詰切りじゃないか。お店が、忙しい、忙しいと云いながら、何をしているか分ったもんじゃないさ。さぞ、夜はおかみさんのつくった心尽しのお膳に向い、おまえが目尻を下げて坐っているに違いないよ」

お絹は頬を押えながら顔を真赧《まつか》にし、泪《なみだ》を流しながら云った。

「友吉さんがほんとにおまえにそう云ったのか？」

忠助はお絹を睨《ね》めつけて訊いた。

「ああ。あの人はなんべんもあたしに分るようにそう云ったからねえ。旦那は年寄りで、若いおかみさんも寝苦しかっただろうけど、近ごろは自分より若い男の相手ができて、顔に艶が出てきたといってね、おまえのほうは逆に不足顔になったようだな、と友吉さんはわたしを見てあざ笑っていたからね。友吉さんが知ってるくらいだから、ほかの人も気づいてるかもしれないよ。まあ、おまえもこのへんで気をつけたほうがいいね。旦那も、友吉さんも、あんなふうに七種粥を食べて死んだのだから、妙な噂が立つとおまえも困るだろうよ」

「何をぬかしゃアがる」

突然、忠助はお絹の肩を力いっぱい突いた。彼女はうしろにひっくり返った。

「おれが旦那をどうかしたとでもいうのか?」

忠助は起上ってくる女房を凄《すご》い眼で見つめた。さすがにお絹はその形相に怯《ひる》んだか、声が弱くなった。

「そういうわけじゃないけれど、あらぬ疑いをかけられたら困るというんだよ。だから、今のうちにおかみさんから離れておくれ。それで大津屋に勤められなかったら、どこにでも行って、夜啼き蕎麦《そば》の屋台でも何でも出せるじゃないか。あたしが一生懸命に手伝うよ」

「とぼけたことを云うな。……何が夜啼き蕎麦だ。……おい、お絹。おまえ、友吉から、その話をいつ聞いた？」

「いつといって、おまえ……」

「一回きりじゃねえ、何度も聞いたと云ったな。おれは友吉がこの家に来たのを見たことがねえ。……ああ、分った。おめえ、おれの居ねえ留守に、友吉をこの家に引入れたな？」

「あれ、何を云う、おまえさん」

と、今度はお絹が表情を変えた。

「うむ、読めた。友吉は、あれでなかなかの女好きだ。おれの留守にここにやって来て、てめえの女房より若えおまえに云い寄ったにちげえねえ。そのために、おれとおかみさんとが怪しい仲だと云っておまえを誘ったのだろう。うむ、それに違えねえ」

「とんでもないことをお云いでないよ。あたしはおまえの留守に、だれもこの家に男を入れたことはないよ」

「じゃ、いつ、友吉からその話を聞いた？」

「………」

「それみろ。口が開《あ》くめえ。やい、おかみさんとおかしいとか、かくしごとをしているとか、さんざん邪推をぬかしゃアがって、てめえこそ、おれの留守に友吉とふざけた真似《まね》をしやがったな」

忠助はお絹の崩れた髷をつかむと、その髪を腕に捲き、彼女の顔を畳の上にこすりつけた。お絹は悲鳴をあげた。

その声に、どぶ板を踏む足音がこっそりと聞えた。誰かが覗きに来ているらしかった。忠助はお絹を突放した。

「話は帰ってから聞く」

彼は倒れている女房を見下しながら云った。彼は手で自分の鬢《びん》を撫でつけ、はだけた衿《えり》を掻き合せた。

「へえ、お早うございます。いつまでもお寒いことで……」

やがて、外で近所の者に挨拶する忠助の柔らかい声が、泣いているお絹の耳に聞えた。

蔵の中で、忠助は立っていた。さっき、手代の源蔵と丁稚には、ここはもういいから、店のほうに出ていてくれと云って出した。旦那も番頭も死んだので、改めて在庫をよく見ておかなければならない、自分ひとりでゆっくり調べてみたいから、しばらく此処《ここ》へは入るな、とも云った。帳合《ちようあい》するために、帳面も矢立もここに持ってきている。しかし、それは口実で、帳面は荷の上に置いたままだし、矢立は角帯に挟んだままであった。

彼は、じっと人の来るのを待った。厚い漆喰《しつくい》を塗った土蔵の中は、外の寒気を防いで暖かであった。

やがて、入口で忍びやかな足音がした。それは忠助の聞き覚えのものだった。彼はそのほうを見つめた。

重い戸を開けて入ったのは女の姿だった。外の光で、それは黒い影になっていた。忠助は急いで、そっちへ行った。

「忠助」

千勢が息をはずませて、小さく呼びかけるのを彼は黙って制し、用心深くうしろの戸を閉めた。蔵の中は暗くなり、高いところにある窓からの光で、互いの顔がうすぼんやりと見えるくらいだった。

「おかみさん、ここに来るのを、誰にも見られませんでしたかえ？」

忠助は千勢に手を握られたまま訊いた。

「あい、だれも……」

千勢は小娘のような声で答えた。

忠助が彼女の手を引張って奥に行くと、千勢は彼の肩にすがり、ひきずられるように従った。

広い蔵の中は、いろいろな荷が、方々にうず高く積まれていた。二階に通じる梯子《はしご》も見えた。忠助は、先に立ってその梯子を登り、上から手を伸ばして千勢を引張りあげた。

二階も荷の山であった。埃《ほこり》とも黴《かび》ともつかない臭いがしていた。忠助は山と山の間に千勢を連れこんだ。そこは窓の光からも蔭になっていて、しかも、薄明りが溜っていた。

その蔭に入ると、千勢は忠助の胸にしがみついた。床は埃のたまった荒板だったが、その窮屈な谷間だけは、うすい蒲団が敷いてあった。

忠助に抱きついたまま、千勢のほうからすべり落ちるように蒲団の上に膝を突いた。忠助も引摺りこまれるように坐った。千勢の頬は熱くなっていた。

「遇いたかった」

と、千勢はその熱い頬を何度も忠助の顔にこすりつけた。彼女の息は小刻みで、激しかった。忠助が千勢の懐に片手をさし入れると、彼女の吐く息はいよいよ荒くなった。

だが、今日の忠助はいつものようには千勢をすぐには倒さなかった。彼はそのまま、じっと耳を傾けるようにした。

「だれか人が来そうなかえ？」

と、千勢は男の顔を間近に見上げて訊いた。

「…………」

「だれもここにはこないはずだよ。わたしがくるとき、みんな店のほうで忙しく働いていたから。いつものおまえらしくもない。そんなに用心深くなって……」

千勢は甘えた声で云った。

「いえ、少し心配なことがあります」

忠助は低い声で千勢のせがむような素振りを抑えて云った。

「心配なこと。……何だえ？」

「いや、実は、今朝出がけに女房が妙なことを云いました」

「お絹さんが？」

「へえ。どうやら、お絹はおかみさんとわたしの仲をうすうす勘づいてるようでございます」

「えっ」

千勢は暗い中で顔色を変えたように男の肩をつかんだ。

「忠助、それは真実《まこと》かえ？」

「どうやら本当のようでございます。あいつは半年前からそれに気がついていたと、それはもうしつこく申しますから、わたしもつい腹が立って殴りつけてやりました」

女は、それを聞くと呼吸《いき》を止めた。

「でも、おまえ……わたしがこの前の病気のとき、お絹さんは早速駆けつけて来て、親切にわたしを介抱したじゃないか。まさか、そんなことを気がつくはずはないんだが？」

「あれはお絹がうわべの親切でおかみさんを介抱したのです。まことの心はそうではありません。わたしとの仲を疑っているので、よけいにおかみさんに親切にし、ほんとのところを探ろうとしたのだと思います」

「けど、おまえ、どうしてそれが？」

「お絹が云うには、毎晩お店《たな》から帰るのがおそい。家で自分の支度した飯を食べたことがない。さぞお店でおかみさんのつくったご馳走がおいしいのだろうと、そんなふうに初めは厭味を云っておりました」

「まあ」

「わたしもそのときは聞き流していたのですが、だんだん、ひねくれたことを口にするので、いま云ったように、少々、殴りつけてやったのです。そんな証拠がどこにあるか、妙な邪推はよせと云ったのですが、お絹は、邪推ではない、それは前に番頭の友吉さんから二人の仲を聞いたのだというんです」

「え、友吉が？」

千勢は思わず声をあげた。彼女は忠助の顔を怯《おび》えた眼で見つめた。

「友吉さんが、われわれの仲を勘づいていたことは、こっちにも分っていましたが、まさか、お絹にそんな告げ口をしていたとは知りませんでした」

「それで、おまえは、お絹さんにどういったのかえ？」

「それも根も葉もない蔭口だといいました。いえ、それよりも、友吉さんがそんなことをお絹に云ったのは、お絹がひとりでいるときに違いありませんから、さては、おまえは、おれの留守に友吉さんを家に引入れていたな、と、それに因縁をつけ、よけいに殴りつけて出て来ましたよ」

忠助が少し誇らしげに云うのを、千勢は黙って聞いていたが、

「忠助」

と、けわしい声で呼んだかと思うと、彼の腕を抓《つね》った。

「痛い。な、なにをなさいます？」

「おまえ、お絹さんに嫉《や》いているのかえ？」

千勢は忠助を睨みすえていた。

「とんでもありません」

「おまえの留守に、お絹さんが友吉を引入れていたと知って、嚇となって殴ったに違いない。嫉妬《やきもち》をやくだけ、おまえはお絹さんが可愛いんだねえ。それが、おまえの本心なんだねえ？」

「痛えから、まあ、その手を放しておくんなさい。そいつは飛んだ濡《ぬ》れ衣《ぎぬ》だ。毎度、云う通り、わたしの心はお絹から、とっくに離れ、おかみさんにぞっこん傾いている。お絹にそんな文句をつけたのは、おかみさんとのことで、彼女《あいつ》の口を封じたいからです。わっちの気持も知らねえで、おかみさんこそ、嫉妬を悪く焼かねえでおくんなさい」

「ああ、やきもちでも、おかもちでもやきますよ。おまえがお絹さんに少しでも気持があると思うと、口惜しいからねえ」

「分らねえおひとだな。わたしがこれほどおまえさんに惚れこんでいるのが、まだ、見えませんかえ？」

「忠助。その言葉を、いつまでも信用していいかえ？」

「はて、用心深い」

「悪かった、忠助。つい、逆上《のぼせ》てしまって。どれ、つねったところを擦《さす》ってあげよう。痣《あざ》が残るといけないから」

「つねられたり、さすられたり、世話はありませんね。わたしは、おまえさんと一緒になりたいばかりに、おまえさんに手伝って、ご主人と、友吉さん夫婦とを……」

「これ」

千勢は、急に忠助の口を手で塞《ふさ》いで、

「どんなところでも、それだけは……」

「思い出しても、恐ろしいと思いますかえ？」

「あい。……」

千勢は男の胸に顔を押しつけた。

「それも、わたしがおまえさまを想っているからですよ。それでなければ、縛《しば》り首になるような危い博奕《ばくち》は出来ません」

「そんな怕《こわ》いことを云って。……この前までは岡っ引がうろうろしていたそうだけど、あれはもう居なくなったかえ?」

「もう消えてしまったようだ。なに、十分に目算を立ててやったことです。そのために、かかわりのねえ神田や京橋の人も同じ毒に中毒《あた》らせて、こっちばかり狙われたのではないように細工がしてある」

「ほんとに、おまえは利口者だねえ」

千勢は、若い男の顔を惚れ惚れと見た。

「なに、そう安心ばかりしてもおられない」

「え、ほかに何か?」

「うむ、あの、なずな売りの男が、近ごろ、ちょいちょい、わたしを店から呼出しに来る」

千勢はそれを聞くと、急に不安げな顔になって忠助の肩をゆすった。

「おまえ、大丈夫かえ?」

「なに、大して度胸のある奴じゃねえから、そう心配はいりません。けど、あまり目に余ってくるようになると、あいつも片づけねえといけなくなるかもしれません」

「忠助。わたしは心配になってきたよ。おまえといっしょになるためには、その男も何とかしておくれよ」

「うむ、それも、わたしは考えておりますよ」

「わたしは、ほんとに、おまえを頼りにしているよ」

千勢は、忠助の首に白い両腕を捲きつけると、身体を震わすように彼に摺りつけていった。二人は縺《もつ》れるようにして蒲団の上に倒れた。薄い明りのほか、蔵の中は外界のものを一切《いっさい》遮《さえぎ》っていた。横たわった忠助は千勢を横抱きにしながら、片手で彼女の帯をゆるめた。千勢の吐く息が火のようになり、若い男の搦んでくる脚を身もだえしながら待っていた。

「これ、おかみさん、おめえ、もう、こんなになっているのかえ?」

忠助は、手の先を千勢の暖い内股に置き、焦《じ》らすようにささやいた。

三

忠助が帳場に坐っていると、丁稚《でっち》がそばにきた。いま裏でお仲さんが呼んでいるというのだった。

忠助は算盤《そろばん》のきりをつけて起ち上った。裏に行くと、下働きの女中のお仲がそっと寄ってきて、

「番頭さん、いつもの人がそこに来ていますよ」

と、小声で云った。忠助は眉をひそめて、そこにある下駄をはいた。顔色がよくなかった。

大津屋の裏は横丁に面している。表通りと違って、通行人はあまり無かった。その裏の軒の下に、手拭《てぬぐい》で頰かぶりをした男が棒のように立っていた。綿の出るような半纏《はんてん》をきて、尻を端折《はしょ》り、くたびれた草履《ぞうり》をはいている。みるからに貧乏臭い恰好《かっこう》である。

その男は忠助を見ると、きたない頰かぶりのまま頭を軽く下げた。今にも白いものがチラつきそうな凍りついた雲が空に垂れていた。

「今日も寒いですな、番頭さん」

と、その男が頰被りの中から出した眼を笑わせた。

「明日から、もう二月だ。わっちのような貧乏人は、早く陽気がよくなってもらわなきゃやりきれねえ」

「これ、丑六《うしろく》。おまえ、ここに、あまり寄りつくなとあれほど云ったのに」

と、忠助は道の左右に眼を配りながら小声で叱った。

「すみません。わっちも好んで来たかアねえが、やっぱり、その、ふところの具合がね」

と、丑六と云われた頰被りはニヤリと笑った。

「この前渡したのは、たしか二十日だったな？」

「番頭さんはよくおぼえていなさる。あの翌る日、高田毘沙門堂の富突きでね、わっちも一番当てるつもりでだいぶん買いましたよ。だが、運のねえ者は仕方がねえ。みんなスってしまいました」

「おまえのは富突きじゃなくて賭場《とば》だろう。そんなところへ出入りするから、すぐ金をはたいてしまうのだ。それに、おまえは酒と女に眼がない。いくらあってもたまるわけはねえ」

「まあ、そうがみがみ云わねえでおくんなさい。わっちもこれで心を入替えようと思っているが、なにしろ、独り者だ。つい、その、寂しくなるんでね」

頰被りは眼を忠助の顔に厭味そうに向けた。

「それに引替え、番頭さんは、こんな立派な家に手代、丁稚を使って結構な身分。その上、きれいなおかみさんと始終一緒に居られるから、わっちのような境涯の者とは天地くれえに違いますよ」

「それで、今日はいくら欲しいのだ？」

「へえ。わっちもここにたびたびくるのは気がひけますからね、当分寄りつかねえでいますから、思い切って三両ほどはずんでおくんなさい」

「なに三両？　そんな金を何にするのだ？」

「今も云う通り、ひとり者のわっちには愉しみがねえから、それで桜の咲くまで少しはてめえの春を待ちてえと思いましてね」

「三両といえば大金だ。この前おまえに渡したのは、たしか二分金一枚だったな？」

「一分や二分もらったところで、すぐに無くなってしまいますぜ。だからおまえさんに叱られながら、すぐここにくるような始末でさあね。今度は当分顔を見せませんから、思い切って出しておくんなさい」

「夜鷹《よたか》なら三十五文だ。三両もどうする？」

「おや、番頭さん、いろいろと穿鑿《せんさく》するようだが、そんな金はいま出せないというのですかえ？」

と、頬被りは眼にちらりと凄味を利かせた。

「いや、そういうわけじゃない。おまえの金使いが少々荒いからだ」

忠助は少し弱い調子になって答えた。

「それくらいは仕方がねえ。わっちもこれで危え橋を渡ってきたのだ。おまえさんの頼みで、苦労してとりかぶとを手に入れ、なずなに混ぜて……」

「これ、声が高い」

忠助は眼を左右に走らせて制した。

「こっちも首を賭けての仕事をやってのけた。大津屋の旦那や友吉さん夫婦だけじゃねえ。何のかかわりもねえ京橋や神田の人たちにも巻添えを喰わせた。こいつは、いくらわっちでも夜の夢見が悪いからね」

「もう分っている。あんまり大きな声を出すな。この辺をうろうろしている岡っ引の耳に入ってみろ。とんだことになるぜ」

「首の台が飛ぶときは、忠助さん、おまえさんもいっしょだ。いや、ここのおかみさんも同じことだ。もっとも、おまえさんは好きな女といっしょに仲よく台の上にならぶから本望かもしれねえが、こっちはまだひとり身だからね、どこまでも間尺が合わねえ話さ」

「もう分った、分った」

「そんなら、忠助さん、早く、三両渡しておくんなさるかえ?」

「いくらおれでも、三両という金を、いますぐ右から左に調《ととの》えることはできない。少し、この辺をまわって来てくれ」

「いつごろになるかえ?」

「そうだな、あと半刻《はんとき》ばかり」

「この寒空に半刻も用もねえのにうろつかされてはたまらねえ。だが、まあ、仕方がねえ。その代り、番頭さん、三両はビタ一文まけられませんぜ。なにしろ、大津屋は大店《おおだな》だ」

「なるほど、この寒の中をおまえに歩かせては気の毒だ。おまえ、おれの家を知っていたな?」

忠助は思いついたように云った。

「前に一度行ったことがあります」

「そんなら家に行って、おれが行くのを待っていてくれ。女房におれがそう云ったといって、酒でも出させて飲んでいてくれ」

「おめえさんが居なくてもいいのかえ? かみさんは、どうやら、おれが行くのをあんまり喜んでいねえようですが」

「なに、亭主のおれが云いつけたといえば、とやかく云うわけはない。かまわないから、上って腹を温めておいてくれ」

頬被りの男は、寒そうに肩をすくませて去った。忠助はその背中を睨んだ。

金をせびりにくる男は、浅草の馬道に住む人足で丑六という者だった。彼は蔵前の米俵担ぎや、日本橋、鎌倉河岸の荷場などに日傭いで出ていた。例年の正月六日には、臨時のなずな売りになって歩いている。浅草や深川あたりの貧窮民が七種の日を当てこんで、近在の百姓に化け、荷をかついで回る。彼もその一人であった。

忠助がふとしたことから、この丑六と識り合い、今年のなずなを売るときには毒草とりかぶとを混ぜさせた。江戸の街者《まちもの》に野草の知識が無いのに乗じたのである。

忠助は千勢と諜《しめ》し合せ、彼女を裏口に立たせ、なずなを売りにくる丑六を待たせた。その時刻も決めてあった。その予定通りに、丑六は雪の中を簑笠のおきまりの姿で大津屋の裏近くに触れ売りしてきた。忠助に云われた丑六も、千勢になずなを渡す手筈を心得ていた。

はじめ、忠助は、番頭の友吉には、このとりかぶと入りのなずなを、主人の庄兵衛と一緒に千勢の手から食べさせるつもりだった。ところが、幸いなことに、友吉にとっては不運なことだが、千勢がなずなを買っているとき、その友吉が偶然、番傘をさして来合せたのである。千勢は、自分から金を出して、友吉夫婦のために大量のなずなを買い、丑六に家まで届けさせた。忠助も、千勢も労せずして友吉を殺すことができた。もっとも、友吉の女房は飛んだ災難で、むろん、彼女まで殺す意志はなかったのだ。

災難といえば、同じ丑六からなずなを買った神田の二軒と京橋の一軒で、やはりとりかぶとに中毒して病人が出ている。これも忠助の計画に入っていて、大津屋だけの中毒では世間から怪しまれると思ったからだ。

大津屋の主人と番頭が死ねば、そのあとの商売と身代とを狙うのが忠助の胸算用だから、大津屋だけの被害では、その際に怪しまれる。そこで、ほかにも同じ災難があったことにしなければならなかった。

そこまではうまく運んだ。一時、この一件で動いていた岡っ引も、このごろは影を消している。問題の怪しいなずな売りの男の行方も、岡っ引には手がかりがつかめないでいる。

だが、忠助の目算が少々はずれたのは、その丑六が案外な悪党だったことだ。忠助は、はじめ、丑六に五両ほど与えた。日傭人足だから、これで御《おん》の字に違いないと思っていたが、丑六は五、六日経《た》つと、もう、この大津屋の裏口から、忠助を呼び出した。そのときは一両を与えた。もう、くるな、と云ったが、二日後にはまた顔を出した。

金を渡さないと、丑六は厭味のなかに、ちらちらとおどし文句をならべた。向うは独り身だから何も失うところはないのだ。だから強かった。忠助には、これから大津屋の身代と、お千勢を完全に自分のものにしなければならない計画がある。それだけに彼は弱い立場だった。

いまも丑六が云ったように、もし、ことが露顕すれば、忠助は獄門首にかけられる。主人殺しは重罪であった。しかも、番頭の友吉夫婦をはじめ、何の関係もない他人の生命も危《あやう》くさせたのだ。千勢も同類ということになってしまう。

忠助は、悪い奴を使ったと丑六のことを後悔したが、どうにもならなかった。このぶんでは、丑六は永遠に大津屋の裏をのぞいて金を取りにくるだろう。いい金蔓《かねづる》をつかんだ丑六は、働く必要もなく、好きな女と酒に浸《ひた》ることができるだろう。


千勢は奥の間に坐っていた。彼女は帰ってきた忠助を見ると中腰になり、ぱっと顔を輝かした。

「忠助、よく抜けて来ておくれだねえ」

千勢はもう、その両手を忠助の肩にかけ、息をはずませていた。

「それどころじゃない、おかみさん」

と、忠助は制した。

「まあ、どうしたの」

千勢は、忠助の顔色に気づき、心配そうにのぞいた。

「また彼奴《きゃつ》がやって来ましたよ」

「え？　あのなずな売りかえ？」

千勢も眉をひそめた。

「しつこい奴です。今度は三両ほど出せと云っている。あんなのがたびたび裏に来ては、こっちの身が危くなりますよ」

「少し金を渡して、なんとか手を切ることができないのかえ？」

「さあ、それができるくらいなら苦労はいりません。あいつにはいくら金を渡したところで、溝《どぶ》の中に棄《す》てるようなものです。たとえ百両やったところで、あとから、あとから金の催促に来ますからね」

「……悪い男に見込まれたものだねえ」

「あんな奴とは思わなかったのだ、わたしの失敗《しくじり》です。とにかく、なんとか片をつけなければなりますまい」

「片をつけるって、まさか、おまえ？」

千勢は気づかわしげに男の顔を見つめた。

「なに、もう、そんな手荒なことはしません。ほかの、うまい方法を考えるのです」

「その方法は？」

「今のところ、ちょいとばかり泛《うか》んだ思案があるが、まだ、はっきりと腹にかたまっていません。なに、おまえさんが心配なさることはない。まあ、任しておくんなさい」

「大丈夫かえ、忠助？」

「何とかなります。とにかく、いま三両渡さなければ、あいつが納得しないでしょう」

「三両は、いいけれど……」

と、千勢は部屋の片隅の頑丈な金箱の傍に行き、錠に鍵を差しこんで蓋《ふた》をあけた。

その首筋のなまめかしさを、忠助は立ったままじっと見ていた。が、実は、彼の視線は、女の項《うなじ》よりも、蓋のあいた金箱の中の小判に注がれていた。

「忠助」

と、千勢は金をとり出しながら、

「その男は、まだ裏に立っているのかえ？」

とうしろ向きに訊いた。

「なに、あんな所に立たれちゃ、こっちが困ります。奉公人や、道を通る者の眼につきますからね。とにかく、わたしの家に行って待っていろと云いつけてあります」

「まあ、おまえの家に？」

と、千勢は、その小判を持って忠助の傍にきた。

「おまえの家には、かみさんひとりが居るじゃないか。聞けば、今朝喧嘩して来たばかり。かみさんは大丈夫なのかえ？」

「なに、あれで他人が一人居れば、あんまりみっともねえ真似もできないでしょう」

「いやだよ、忠助」

と、千勢は彼の肩にとりつき、激しくその腕をゆすった。

「おまえ、それを機会《しお》に、またかみさんと仲よくなるんじゃないかえ？」

「莫迦《ばか》な。そんなことがあるもんですか。わたしはこの金を丑六に渡したら、ここに飛んで戻りますよ。お店《たな》も忙しいことだし」

「仕事が忙しいだけかえ？」

千勢は、自分の顔を忠助の前に寄せ、熱い眼で彼を見詰めた。

女ざかりを空しく年寄りの夫に閉じこめられていた千勢は、若い忠助の身体を知って以来、その情熱が奔流のように彼に向っていた。千勢は、忠助によって、はじめて本当の女になったような気がした。

千勢は、忠助の肩に両手をかけるだけでも腰のあたりが熱くなって、身体を震わした。

「おかみさん」

と、忠助は、千勢の眼をじっと見返していたが、彼女の懐をいきなり手でひろげると、その一方の肩をむき出した。むっちりとした白い肉づきは乳の上まで露われた。

「あれ、こんなところで、おまえ……」

千勢は口先だけではあわてたが、男の唇が肌を啜《すす》るのをやる瀬なげに受けていた。

彼女は眼を閉じ、荒い息を吐いていた。昼間の明るさもないようだった。

「それじゃ、おかみさん……」

忠助は、自分の手で千勢の懐をかき合せてやった。千勢の耳には三筋の髪がほつれていた。

「すぐ戻ってきます」

彼は千勢から三両の小判を受取った。

「ねえ、忠助。今夜は遅くまで居ておくれ」

「へえ」

「だって、おまえがこんなことをするんだもの、蛇の生殺《なま》しだよ、あたしは今夜ひとりでは辛抱ができないよ」

「…………」

「あたしは、もう、おまえからは離れられない身体になってしまった。こんなふうになったのも、おまえの血がわたしの中に入ったからだよ。あたしから遁《に》げるようなことがあったら、あたしはおまえを殺してやるから。……もう、身代なんか、どうでもよくなったよ」

「おかみさん。そんなことを云っちゃいけません。わたしはおまえさんからはなれることはありませんが、大津屋の商売を繁昌させて、旦那の残した身代をもり立てましょう」

　忠助は、千勢の手をもう一度強く握った。

　――忠助が自分の家に戻ると、丑六はあぐらをかいて機嫌よく酒を呑んでいた。少しはなれたところで、女房のお絹が迷惑そうに坐っていた。

　お絹は、忠助をちらりと見たが、今朝の喧嘩が眼の光に残っているにしても、丑六と二人だけのところだったから、ほっとした表情になった。

　忠助は、丑六の前に坐った。

「おう、こりゃ、番頭さん。おめえさんのお言葉に甘えて、こうしておかみさんから振舞ってもらってますぜ」

　丑六は、持った湯呑を忠助にさし出し、それに銚子の酒を注いだ。

「待たせたな、丑六さん」

「なんの。外は寒かったが、こうして、おかみさんのもてなしで酒を飲んだから、腹の中に火鉢を入れたようなものだ。番頭さんのおかみさんは親切で、容貌《きりよう》よしだ。おめえさんの留守で、ちっとばかり気づまりだったが、愉しませてもらいましたぜ」

お絹が、丑六の視線を避けて顔をそむけた。

「ここではなんだから丑六さん、ちょいと外に出よう。わたしもお店《たな》が忙しいのでね、すぐに帰らなくてはならないから」

忠助はいった。

「そうですかえ」

丑六も三両が早く欲しいので、思い切りよく腰をあげた。

「それじゃ、おかみさん、たいそうご馳走になりました」

彼はお絹に礼を云ったが、その粘い眼は彼女の白い顔からすぐにははなれなかった。お絹は頭をちょっと下げただけで、またも丑六の視線から遁《のが》れた。

丑六は忠助のあとから外に出た。彼は紙に包んだ三枚の小判を改め、すぐに懐の中に入れた。

「これで助かりましたよ、番頭さん。無理を云いましたねえ」

「あんまり無駄遣いをしちゃいけねえぜ」

「へえ、これで当分は伺うのを遠慮しますよ」

「当分?」

忠助は眉をひそめた。

「おまえ、すぐに博奕と酒と女につかってしまうつもりだろう。それじゃ、金がいくらあってもたまらない。みんなすぐにやめろとは云わないが、ちっとは慎しむことだな」

「番頭さんの意見は毎度のことだが、ひとり身のわっちのことを察しておくんなさい。膝小僧かかえて蒲団にくるまるのだから、酒でも呑まねえとやり切れませんよ。おめえさんは、あんな綺麗なかみさんが居る上、大津屋の……」

「丑六」

「おっと、こいつは禁句でしたね。いけねえ、いけねえ。だが、まあ、両手に花の結構なご身分だから、わっちのしがねえ境涯が判るはずはねえ」

「丑六。おまえ、嬶《かかあ》のお絹がちっとはまともな女の面《つら》に見えるかえ?」

忠助は小さな声で訊いた。

「もったいねえ、そんなことを云っちゃ、罰《ばち》が当りまさ。年ごろといい、隠れた色気といい、これからが女ざかりの開きどきだ。へ、へへへ。忠助さん、おめえさんは仕合せものだ」

「…………」

「どうやら、かみさんはあんまり機嫌がよくなかったようだが、あれは夫婦喧嘩が尾をひいていたようだな。だが、女の笑顔もいいが、憤《おこ》った顔も格別だ、少々険《けわ》しい顔にも震いつきたいような色気があらあな。もし、わっちがおめえさんだったら、お絹さんを寝かせて、いっぺんに機嫌をよくして見せるんだがなあ」

「おまえは女道楽をしてるだけに、そのへんは心得ているんだな」

「自慢じゃねえが、四十八手の裏表、奥の手はみんな心得ている。わっちにかかったら、どんな女でも首に咬みついて、すすり泣きしますよ」

「そいつは大したものだ。やはり、おれなどよりは、年の功だな。それじゃ、丑六、お絹をおまえに預けようじゃないか？」

「な、なにをいうのだ、忠助さん。冗談だろう？」

丑六は、唾《つば》をごくりと呑んだ。

「冗談ではない、本気だ」

忠助は云って、あたりを見回した。寒いせいか、人の姿はその辺に無かった。

「おまえも察したように、今朝も夫婦喧嘩だ。このところ、夫婦喧嘩の絶え間がない。おれはつくづく女房がいやになったのだ」

「うむ。それは、おまえさんが、大津屋のおかみさんに惚れなすったからだろう？」

「そうじゃない。前からお絹とは別れようと思っていたのだ」

「もったいねえ」

「女房は連れ添った者でないと、他人《ひと》には判らないものだ」

「そんなものかねえ。おれはずっと独りだから、そう云われては返事のしようがねえ。だが、それはおまえさん夫婦がまだ若えから、男女和合の秘訣をまだ知らねえからだ。そいつをおぼえたら、たとえ一時の喧嘩でも、あとはけろりと仲が直るというぜ」

「だから、丑六。お絹にその道を教えてやってくれ」

「ふふ。おれの身体にかかっちゃ、お絹さんは、もう、おめえのところには戻りたくねえというかもしれませんぜ。それを承知なら、お絹さんに女の歓びの道をたっぷりと仕込んであげますよ」

　丑六は、まだ冗談半分にいった。

「承知とも。おれは本気で云っているのだ。お絹をおまえの家にひとりで行かせるから、家の中に入れて、あとはおまえの好きなようにしてくれ」

　忠助は真顔で丑六にささやいた。

「え、そりゃ、おめえ、真剣かえ?」

丑六の顔が急に緊張した。

「真剣も真剣、真剣の刃渡りだ。嘘じゃねえ、丑六」

「けど、お絹さんがひとりで、おれのきたねえ家にくるかねえ？　お絹さんは、どうやらおれに要心しているようだ」

「なに、明日の晩、六ツを過ぎてから、おれがおまえの家にお絹を使いに遣《や》る。お絹が家の中に入ったら、煮て食おうと焼いて食おうと勝手にしてくれ」

「だが、そのあとでお絹さんに騒がれたら、どうしよう？」

「おまえにかかっては、どんな女でも猫のようにおとなしくなると云ったばかりじゃないか？」

「いけねえ、あのときは冗談だと思ってたからなあ」

丑六は頭を掻いた。

「なに、騒いだら、お絹を素裸にして押入れの中にでも放りこんでおくのだ。女は裸では外に逃げ出せない。そして、おまえが、毎晩、押入れから女を引出して楽しめばいいじゃないか。……そのあとは、女衒《ぜげん》を連れてきて、女郎にでも、飯盛りにでも、いいように売ってくれ」

丑六が荒い溜息をついて、忠助の顔を見直したように眺めた。

「忠助さん、おめえは悪党だな」

その年の初午《はつうま》は二月二日だった。江戸中の稲荷《いなり》の宮は幟《のぼり》を立てて神楽《かぐら》を奏した。どの町にもたいてい稲荷を勧請《かんじょう》していたから、この日は江戸中ちょっとした賑いになる。絵心のある者は、絵馬《えま》に絵を描いて奉納する。神事の行灯《あんどん》の絵を描く。子供は正月以来この日を愉しむ。

だが、この年の初午は宵《よい》から雪が降り出した。翌日になっても止まなかった。昨日の初午の幟が雪で重く垂れ、その代りほうぼうに雪達磨《ゆきだるま》がつくられた。次の日も雪は止まなかった。今年は豊年だと、年寄りたちは喜んだ。

その翌日の四日の朝。浅草馬道の裏通りにある丑六の家では一つの椿事《ちんじ》が起っていた。

正午《ひる》ごろ、丑六の家を人足仲間が訪ねてきた。彼は博奕場の貸金を取立てにきたのだが、その狭い家の表は閉されていた。雨戸をいくら叩いても、中からは返事がなかった。

「丑六さんは居ねえんですかえ？」

と、その男は、隣から首を出した四十恰好の女房に訊いた。

た。

「さあ。あの人のことですから、どうしてるか分りませんよ」

仲間は丑六の家を見上げた。屋根には残雪が折からの陽をうけて解けはじめていた。

「まさか、居留守を使ってるわけじゃねえだろう」

彼はもう一度叩いた。そして、ひとり者の丑六のことだから構うことはないと思ったのだろう。無理に戸をこじあけた。

中は真暗だった。狭い家の中は、一枚はずされた表の戸の間から外の光が射《さ》しこみ、ひと目でその異常な様子が知れた。丑六は、ささくれた畳の上に大の字になって寝ていた。傍には徳利が転がり、箱膳の上には茶碗や湯呑が載っていた。仲間は丑六が酒に酔って寝ているとばかり思い、彼をゆり起した。

「おい、丑六、丑六」

丑六の手は、氷よりも冷たかった。

自身番に報らせたので、早速、地回りの岡っ引が飛んできた。丑六は死んでいたが、調べてみると、身体にはどこにも傷は無かった。傍に火鉢があり、おびただしい炭火が積まれたままの形で真白い灰になって、崩れかけていた。

「よっぽど寒かったとみえ、ずいぶん炭火を起したものだな」

と岡っ引は呟いた。

念のために、すぐ横の破れ襖《やふすま》をあけた岡っ引が思わず足を退いたのは、その押入れのなかにうしろ手に縛られたままの女の死体が転っていたからである。

女は襦袢《じゅばん》だけつけていて、ほとんど裸に近かった。その首には縄が捲きついていた。丸髷の根締も除《と》れて、髪は幽霊のように散っていた。二十三、四の女房ふうの女で、苦しそうに眼を閉じていた。

「ひどいことをしやがる」

現場に馴れた岡っ引も眼をそむけた。

丑六には女房はない。すると、殺された女は、彼がよそから連れこんだものに違いなかった。

丑六の素行は岡っ引も知っていた。

隣の女房は岡っ引に訊かれてこう話した。

「三日前の晩に、丑六の家から、どたばたと音が聞えていましたが、そのとき、女の喚《わめ》き声がちょっとしていました。わたしたちは、丑六がまたどこかの女を引張りこんだと思ってそのまま打っちゃっておきましたよ。かかり合うと丑六はうるさいですからね。……あくる日、丑六は朝から酒を飲んでいましたよ。いえ、表の戸を閉めていたから、節穴からのぞくと、丑六の前には若い新造《しんぞ》が丑六のきたない着物をきせられ、蒼い顔をして坐っていました。わたしは、丑六が凄い目をしてこっちを見たから、そのまま節穴からはなれました。あとでのぞくと、その節穴には紙の栓が詰って、中が見えないようにしてありましたよ。丑六がやったに違いありません。……その晩から、夜中に女の泣く声と丑六の怒鳴り声とが、ときどき聞えていました。丑六のやつ、今から思うと、あの女を手ごめにしていたに違いありません。あたしたちは、丑六がいつものように夜鷹でも連れこんだと思って気にしていませんでしたから、お届けもしませんでしたが」

するると、丑六はこの女を二月一日の晩に連込んで裸にし、昨夜まで逃げられないように留め置いていたものとみえた。だが、女が彼の云うことをあまり諾《き》かないのにじれてきたのと、逃出して訴えられるのが恐ろしくなって、昨夜、首を縄で絞めて殺したものと考えられた。

そこまでは分るが、あとは丑六の死である。彼は殺されたのではなく、ひとりで息を引きとっている。ほかに傷は何一つないのだ。何も吐いていないから毒物を飲んだ様子でもなかった。しかし、無意識の中でも苦しんだあとはあった。

だが、その謎はやがて判った。丑六が大の字に倒れていた傍には二本の徳利が転っているし、火鉢には夥《おびただ》しい炭の灰が残っていたから、丑六は女を殺し、押入れに投げこんだあと、酒を飲み出したのだろう。寒いので、火鉢に炭を盛った。そのうち酔ってぐっすり寝こんだ。炭は火になって狭い部屋に悪い息を充満させた。丑六は睡ったまま、その炭火の息（一酸化炭素）に中毒《あた》って死んだにちがいない。

丑六は女を殺した罰を昨夜のうちにてきめんに受けたと思われた。

では、殺された女はどういう素姓《すじよう》の者かが詮議された。天井裏《てんじようら》には、その女の着ていた着物や帯が丸められて投込んであった。丑六が女に逃げられないように裸にしたらしいのだが、その着物も帯も貧乏人のものではなかった。

すると、手下が、二月一日の暮六ツごろ、丑六の家はどこかと尋ねてきた二十三、四くらいの女があった、という話を、二町ほど遠い角の魚屋から聞きこんできた。女は丑六が引張りこんだのではなく、彼を訪ねて行ったところをこの災難に遇ったのである。

女の身もとはそのあとすぐに判った。日本橋の織物問屋大津屋の番頭、忠助の女房お絹であった。

忠助は、二月一日の正午《ひる》ごろから、急に女房のお絹が居なくなったので、心当りを探しているところだと云った。彼は事実、まる二晩も帰らない女房のことを気づかって、昨日、自身番に届出たばかりだった。それが馬道の岡っ引に連絡されたのである。

忠助は、変り果てた女房のお絹の死骸《しがい》にとりついて泣いた。

彼は奉行所の同心や岡っ引の尋問にこう答えた。

「お絹は、ちょっとした云い争いで直ぐにかっとする癖がありまして、その日もちっとばかりわたしがお絹を叱ったのです。それで、おおかた、かっとして見境もなく家を飛出していったのに違いありません。丑六という人は、全くわたしは知りません。どういう因縁でお絹が丑六という人を訪ねて行ったのか、さっぱりわけが分らないでおります」

お絹の死骸は無事に亭主の忠助に下げ渡され、忠助はささやかな葬式を出して、彼女の遺体を丁寧に葬った。

これで一件は落着したかにみえた。だが、疑問に思ったのは、日本橋を縄張とする岡っ引の文七であった。

「親方、あんまり話が出来すぎてやしませんか?」

と、下っ引の亀五郎が云った。

「この前の大津屋の主人と番頭の友吉夫婦の死にようといい、それから、おかみさんと忠助の噂といい、女房のお絹が殺されたのは忠助にかかわりがあるようですぜ」

「うむ、おれもそう思っている。丑六という野郎は、毎年、七種の日には百姓に化けてなずなを売って歩いたそうだ。やつが大津屋に売ったなずなの中にとりかぶとをまぜた下手人には違えねえ。こいつは忠助と、共謀だ。その証拠に、忠助夫婦だけが丑六のなずなを食ってねえ。大津屋の後家の千勢も、共謀だ」

「親分、すぐに忠助と大津屋の後家とをしょっぴいたらどうですかえ？」

「いや、まだ、それは早え。今のところ、証拠が残っていない」

「けど、忠助の女房が殺されていますから、忠助にとっては大津屋の後家といっしょになるのが好都合です。こいつも忠助が丑六にやらせたのかもしれませんぜ」

「まあ、もう少し待て。おれは丑六が炭火に中毒《あた》って死んだというのが、それこそあまり話が出来すぎてると思っているのだ。お絹を殺してすぐに仏の罰を受けたんじゃ、お寺の説教には向くかもしれねえが、こっちはそうはいかねえ。丑六が何で死んだか、そいつがはっきり分るまでは、忠助を挙げても泥を吐かせるキメ手にはなるめえ」

文七はその晩、寝ながらも考えたが、どうもいい考えが浮ばなかった。下手人は忠助にきまっている。しかし、殺しの方法が考えつかなかった。彼は雪が裏の枝を折る音を聞いていた。九日になった。今朝は昨夜から降った雪がやみ、久しぶりに陽が出ていた。

町の家々の屋根の上には竿が立てられ、その先に籠が吊下っていた。昨日それを立てたものが、取りかたづけられないままに、今日も残っていた。

毎年の二月八日を「事納《ことおさめ》」といい、江戸中町々の家ごとに籠を竿に懸けて屋根の上に高くかけておく風習があった。その由来《いわれ》はよく分らない。ある書には九字の形を表わした魔除けだとあるが、あてにならない。二月八日を「事納」というのにも種々の説があるが、とにかく、これは、江戸の年中行事の一つであった。

表に出て、隣の屋根を見上げていた文七が、何かを見てはっとなり、子分の亀五郎を呼んだ。

「おい、亀、あの籠を見ろ」

「へえ」

「昨日は事納だ。籠は昨夜《ゆうべ》からの雪で、あの通り、雪を饅頭《まんじゆう》みてえに載せている。ほら、お天道さまのぬくもりで、籠の下から融けた雪が雨垂れのようになって雫《しずく》で落ちてるじゃねえか」

「へえ」

亀五郎も、一緒に隣の屋根の上を見上げた。その通りであった。

「あれで丑六が殺された道具の推量がついたよ」

「へええ。どう、ついたんで……」

「丑六は三日の晩に殺されたのだ。雪を大そうに持ちこんだ奴が、酔って睡っている丑六の顔を上から埋《うず》めたに違えねえ。それも少々の雪じゃあるめえ。三日も大雪だったから、雪をとって、そいつを固《かた》め、丑六の顔を、そっくり埋めこんでしまったのだろう。丑六は、炭火にやられたのじゃねえ、雪のために息ができなくなったのだ」

「でも、死体を見つけたときは……」

「雪どころか、融けた水も流れてなかったというのだろう。それが、火鉢の炭火だ。狭い部屋の中で、カンカン火を起してみろ、あくる日の昼までにたいてい畳の水は乾かあな。ほれ、あの籠のようにな。……お絹も丑六殺しの下手人が殺《や》ったのだ。こうすれば、丑六が絞め殺したようにみえるからな」

「忠助は、なぜ女房のお絹と一緒に、ついでに眠っている丑六の首を絞めなかったのですかえ？　そうすれば、雪をつかうような手間もはぶけて、二人共いっぺんに片づくじゃありませんか？」

「馬鹿を云え。そんなことをすれば下手人が外から入ったことがわかる。丑六がお絹を殺して、炭火にあたって死んだということになれば、忠助は無事に探索の眼を脱れることが出来るじゃねえか」

「なるほど、忠助は悪知恵の働く野郎ですね」

捕えられた忠助が、その通りを白状したのは、翌日だった。続いて千勢も、縄をうけた。

虎

一

甲斐国《かいのくに》甲府の町に皐月屋《さつきや》という鯉幟《こいのぼり》製造の旧い問屋があった。亭主は平兵衛《へいべえ》といって、当年五十だが、三代目だった。

甲府は今では勤番支配となっているが、その前は大和郡山《こおりやま》に所替《ところがえ》になった柳沢美濃守吉保《よしやす》が居たり、徳川親藩の城下だったりした。昔は、いうまでもなく武田信玄の本拠であったから、武家風の習慣が盛んであった。また、甲州は甲府のほかにこれといった町も無く、したがって甲府の商売は奥が広かった。

皐月屋もかなり手広く販路をもっていた。鯉幟はむろん五月の節句の間だけだが、これを作るのにほとんど一年中かかっている。皐月屋も内職人のほか、町の職人にも仕事を出していた。

二月半ばのことである。皐月屋の表に旅姿の一人の若い男が入ってきた。彼は店先の上《あが》り框《かまち》に両手をついて番頭に云った。

「てまえをこちらで雇っていただけませんか」

その男は渡職人《わたりしよくにん》であった。たいてい店の人手不足のところを見込んで、いきなり雇ってくれと飛びこんでくるのだが、そうした渡り歩きの職人には腕の立つ者が多かった。その代り、道楽者も多い。女出入りでひと所に居られなくなったり、博奕《ばくち》で借金が嵩《かさ》んだり、いろいろな不義理をする。その挙句《あげく》、腕に覚えの職で渡り歩くことになる。いい腕でなければ渡職人にはなれない。先方で、二、三日置いてみて、その腕を鑑定し、駄目だと思えばすぐ放逐《ほうちく》されるからだ。

「おまえさんは何をやんなさるかえ?」

ひと口に鯉幟造りの職人といっても、幟の武者絵《むしやえ》を下描《したがき》通りに色づけするのもあれば、鯉を縫うのもある。鯉でも、職人の下絵は頭のほうが大事とされ、これは上手な職人がやる。そうでないものは鱗《うろこ》や尾鰭《おひれ》描きである。武者絵の下描は専門の画工に頼むのだが、器用な職人は見真似で自分で下絵を描く。この職業も分業になっていた。

「へえ、わっちは、鯉の下絵もやりますが、武者絵のほうも出来ます」

二十三、四と見える、その職人は云った。色の白い、面長な顔だった。

「この仕事をどこで覚えなすった？」

「へえ、京で奉公を勤め上げました」

「なに、京で。それにしては、おまえさんは京訛《なまり》が無いようだが？」

「元来が三州刈谷《かりや》の生れでございますが、小さい時に父親を失い、京の叔父貴を頼って行き、そこでこうした職を覚えたのでございます。ほんとうは絵描きになりたかったのですが、ものにならず、諦めてしまいました。けど、武者絵は元来好きですから、いくらか腕に覚えがございます」

二月半ばといえば、武者幟も鯉幟も製造にいちばん忙しい時期である。皐月屋は甲州一円だけでなく、信州、遠州、相州方面からも小売屋が品物を買いにきていた。それに、去年腕のいい職人が二人辞めて以来、不便を感じていたときであった。

「おまえさんは男前だから、京の女子衆に追いかけられて出奔《しゅっぽん》したのだろうねえ？」

と、番頭の広吉は相手の身分をたしかめ半分、冗談めいて訊いた。

「どういたしまして……ただ、わっちは、いずれ、こちらさまのような商売で一本立ちをしとうございますが、それについては腕を磨かないといけませんので、いわば修業のために旅をまわっている者でございます」

「そうかえ。そりゃ奇特なことだ。で、こっちのほうはどうですかえ?」

　番頭は左手をあげた。

「酒のほうは不調法でございます」

「これはどうだえ?」

　と、広吉は次に賽子《さいころ》を振る真似をした。

「それも駄目でございます」

　酒も飲まず、博奕もしない職人なら、腕さえよければ番頭は即刻にも雇いたかった。残る道楽は女だ。

「この甲府には、柳町といって花街《いろまち》がある。ずいぶんといい女が揃っているが、おまえさん、そっちのほうはどうかえ?」

「はい、先ほども申しましたように、わっちは腕の修業のつもりでほうぼうのお世話になっておりますので、まだまだ、そのほうは早うございます」

　それが本当なら、若いが感心な職人といわなければならなかった。渡職人の中にはすれ枯らしも多く、店に駈けこんできて五、六日も働くと女郎買いに行く。翌る朝は馬を曳いて帰り、雇主に遊興代を払わせるのがあった。また、三日も四日も流連《いつづけ》して、手紙を使いに持たせ、雇主に賃銀差引きで金を請求するのもいた。そうした職人に限って腕がよく、雇主はその腕に惚れこんで、一度だけはそのわがままを聞いてやるが、結局は、放逐しなければならなくなるのだった。また、十日も経たないうちに前借をふところに入れたまま、どろんをきめ込む者もいた。

「それじゃ、ちょっと待ちなさい」

と、番頭の広吉は奥に行って、このことを主人の平兵衛に告げた。

「何から何まできれいごとで、眉唾のような気がしないでもないが、ちょうど人手の足りないときだ。忙しいときには猫の手も借りたい。それに、武者絵も描けるというのなら、まあ、雑端物《ざつぱもの》ぐらいはやらせてみよう。とにかく、番頭さん、ためしに何か描かしてみな」

「へえ、分りました」

これが与助《よすけ》の皐月屋に雇われる初めであった。なるほど、絵描きを志望していたというだけあって、鯉の頭だけでなく、幟の武者絵を描かしてみると、なかなかうまい。甲府の町には、それ専門の画工が二人いたが、その一人よりも出来がいいくらいだ。

武者絵の型は決っているが、注文主の中には、特定の人物を名指しで云う者がある。そうした絵柄もちゃんと与助は器用に描き上げた。川柳に「初幟源平両家出て騒ぎ」「初幟追々に来る諸軍勢」とあるように、武者絵は顔だけでなく、鎧《よろい》の部分品から馬まで描かねばならぬ。ただ見様見真似ではごまかしの出来ないことである。

「番頭さんや。今度きた与助は、なかなか拾いもののようだな」

十日ばかり居ただけで主人の平兵衛が惚れこんだ。

「左様でございます。いい職人が来てくれました。あれでどこにも動かず、ここにじっとして居てくれたら、この上ございませんが」

「うむ、わたしもそうしてもらいたいが、どうだな、与助は口上どおり道楽の様子はないかえ？」

「へえ、今のところございません。まあ、当分猫を被っているかも分りませんので、先々のことは分りません」

「あれだけの腕だ。少々ぐらい大目にみてやろう。で、与助はほかの職人と一緒に寝かせているのかえ？」

「へえ、みんなと一緒に二階の部屋に入れております」

「大事にしてやってくれ。三、四年ぐらいは辛抱してもらいたいな。そのためには賃銀もはずんでいいし、ほかの者にもかくれてうまいものを食べさせてやろう。そうだ、おまえからお梅に、それとなく云い含めておきな」

「へえ。渡職人というのは腰が落ちつかないものですが、旦那がそのように目をかけておやりになると、当人も心がけ次第ではここに落ちついてくれましょう」

「ぜひ、そうありたいものだ」

お梅というのは女中で、同じ甲州の下部《しもべ》村から十九の時にここに来て、三年奉公している。下部は温泉で、お梅は湯宿にも働いていたから、うまい食物をつくるのが上手だった。ほかの下働きの若い女中二人を指図して、この家の台所一切を見ている。主人の平兵衛が、渡職人の与助の足止めに、お梅においしい食物をつくらせ、彼に食べさせろといったのはそのためだった。

お梅は主人や番頭の云いつけで、与助にはこっそりと特別なものをつくって食べさせた。住込みの職人で、ほかに道楽がなければ、寝ることと、食べることが何よりの愉しみである。

だんだんに見ていると、与助は、その言葉通り、酒も飲まず、手慰《てなぐさ》みもしなかった。同じ住込みの職人たちは、仕事が終った夜は、賽《さい》ころを振るが、与助はどのように云われてもその仲間に入らなかった。また、柳町に誘われても、笑って断わっていた。

「おい、番頭さんや。与助はなかなか固そうじゃないか。もう、ここに来てひと月以上にもなるが、酒も博奕も女も嫌いのようだな。あれで、猫をかぶっているのでないとすると、渡職人には珍しい。若いのに腕はいいし、手放すのが惜しい。与助が来てくれたので、この忙しさがずいぶんと助かったよ」

主人の平兵衛は、よろこび半分、心配半分に云った。心配は、折角《せっかく》のいい職人がいつ立去るか分らないことだった。

「そうでございますね。あれが地金《じがね》だとすると、碌《ろく》な者の居ない渡職人の中には、掃き溜に鶴でございますね。与助の描く武者絵は評判がよろしゅうございます。ことに、加藤清正が踏んづけている虎などは、まるで生きもののようによく描けております。紺屋町の玄斎先生が讃《ほ》めておいでになりました」

番頭の広吉がうなずいて答えた。玄斎は上手な老画工であった。

「うむ。わたしも、あの与助の虎には感心した。玄斎さんがほめる通り、あの虎は玄斎さんにも描けまいて。はじめは雑端仕事をさせるつもりだったが、なかなかどうして上物《じょうもの》をやらせても間違いはない。……なあ、番頭さん。お梅は与助にうまいものをつくってやってるかえ?」

「つくってやってるどころじゃございません。お梅は与助に一生懸命に尽しております」

広吉は笑った。

「え、それはどういうのだえ？」

平兵衛は番頭のうす笑いに気がついて首を伸ばした。

「旦那、はたで心配することはございません。お梅は与助に夢中になっております。ほかの職人には、そりゃ、もう、眼にあまるような始末で。ご存じないのは旦那ぐらいのものです」

番頭の広吉が主人の平兵衛に云った通り、与助とお梅とは仲のいい間になっていた。

というよりも、お梅が与助に惚れこんでしまった。はじめは主人から、与助を特別に大事にしてやってくれ、食べものも与助にだけはこっそりいいものを食わせてやれ、という達《たつし》があって、それをお梅は忠実に実行していたのだが、特別にそうされると、与助のほうも悪い気はせず、ときどきお梅に愛想を云った。与助は色白で、ひきしまった顔をしていた。自分では京訛《なまり》は無いと云ったが、やはり話す言葉にもどこか柔らかさがある。その点、がさつな他の職人とは別だった。

お梅は平兵衛から云われた以上の好意を与助に示し出した。腕もいいし、人間も職人にしてはずば抜けているように思われた。酒も呑まず、ばくちもせず、女買いにも行かない。お梅の眼から見ると、与助は、この皐月屋の仕事場に舞下りた鶴のようだった。

ほかの職人は、お梅が特別な食べものをつくって与助に食わせるのを、彼女の惚れた弱みからだと受取っていた。それが主人の指図だと気づけば、職人たちもこの不平等な扱いにはやはり心が平らかではあるまい。その点、お梅の与助への好意は、与助にも主人の平兵衛にも都合がよかったわけだ。もっとも、職人連中は与助の腕に一目おいているから、多少の差別待遇は我慢したかも分らない。事実、彼らは渡職人とはいえ、与助には遠慮していた。職人の世界はすべて腕がものをいうのだ。

主人の平兵衛は、何とかして与助を自分の店に留め置きたい。それで、番頭からお梅と与助とが懇《ねんご》ろにしていると聞いてよろこんだ。平兵衛は多勢の職人を置いているだけに、男女の風儀にはやかましいほうだが、与助だけは例外にしたかった。なるべく与助がお梅と深い仲になってくれることを彼はひそかに願った。

「なあ、番頭さん。もし与助がお梅と夫婦《めおと》にでもなってくれれば、これに越したことはないがの」

　と、平兵衛は広吉に話した。

「へえ、そうなればこっちの思う壺、与助もお店《たな》にずっと腰を落ちつけましょう」

「あれほどの腕だ。お梅を女房にさせ、この近くに世帯を持たせたい。もし与助にそのつもりがあれば、わしが仲人をつとめてもいい」

　仲人をつとめてもいいどころではなく、平兵衛は心からそうなるのを希望していた。与助の描いた幟の絵は得意先に評判がよかった。特に番頭の云う通り、加藤清正の虎は彼の特技で、他の画工の追随を許さなかった。

「まあ、旦那、あんまり急《せ》いてはことを仕損じます。男女の間は特別なこと、端《はた》からとやかく云うと、かえって当人がつむじを曲げることもございます。もう少し成行きをご覧になって、それとなく与助にすすめられたほうがよいと思います」

「おおきに、おまえの云う通りだ。だが、与助はお梅と深間《ふかま》になっても、彼女《あれ》を嫌うということはないだろうな？　そうなると、かえって虻蜂《あぶはち》取らずだが」

「今のところ、お梅のほうが熱を上げてるようでございます。与助もまんざらでもない様子、このままずっと進めたいもので。そのためには、旦那、おかみさんに二人の間をあんまりやかましく云わないようお願いします」

「それは心得ている。つまり、二人の仲の邪魔をするどころか、見て見ぬ振りをしろというわけだね」

「その通りで」

主従は、ここで笑い合った。

そのうち、主人の平兵衛の耳にはいろいろなことが入ってくる。みんな番頭広吉からの報告であった。

たとえば、与助とお梅とが台所の暗がりで手を握っていたとか、与助の下着を、お梅がさも嬉しそうに洗濯していたとかいう類《たぐい》である。職人や、ほかの女中が話すのを聞込んだらしいのだ。

職人の寝る所は二階で、お梅など女中の寝るのは台所に近い部屋だった。与助も仲間といっしょだし、お梅にも朋輩《ほうばい》がついている。夜中にこっそり脱け出すと、すぐにほかの者に気取られるから、それも出来ず、さぞ二人の心は燃え立っているであろうと想像された。主人の平兵衛も自分の口から野合《やごう》をすすめるわけにはゆかなかった。与助とお梅だけに夜の便利を与えては、家内のしめしがつかなくなる。

「番頭さんや。与助とお梅はまだ出来ていないかえ？」

平兵衛は気になって広吉にきいた。

「その辺がどうもよく分らないのでございます。出来ているようでもあり、まだのようでもあり……」

「与助が飯を食うとき、お梅は傍につききりでいるかえ？」

「はい。それはまるで女房気取りでございます」

「女房といえば、亭主と同じ皿のものを一緒に食べるものだが、お梅はどうだえ？」

「お梅は、与助の皿にはほかの者よりよけいに盛りますので、どうしても食べ残しになります。お梅は与助のその食べ残しのものに平気で箸をつけているようで」

「それだよ、番頭さん。もう、二人の仲は間違いない」

平兵衛は膝を叩いた。

平兵衛は与助を何としてでも手もとに置きたかった。忙しい時期というだけでなく、彼ほどの職人は、これまでも皐月屋には居なかった。だが、与助はもともと渡職人だから、いつここを飛び出ていくか分らないのである。気が変れば、その日にでもぷいと草鞋《わらじ》をはくだろう。平兵衛にはそれが怕《こわ》かった。せっかく皐月屋の評判が高くなったところで与助を失うのは大きな痛手だった。上った評判が落ちると、逆に商売は前より振わなくなる。

「旦那さま」と、番頭の広吉が平兵衛の傍にきて耳打ちをした。「与助とお梅のことですが」

「うむ、うむ」

「ご心配なさるに及びません。ちゃんと二人は首尾を遂げております」

「なに、首尾を？」

平兵衛は首をかしげた。仕事が終っても与助はほかの者のようにあまり外には遊びに出ない。たまにつき合いにその辺をぶらりと回ってくることはあるが、それにしても一方のお梅は外に自由には出られない身だった。一体、どこで、そのような首尾を遂げているというのか。

「申しあげにくいことですが」と番頭は云った。「ほかの職人の云うことですが、二人は、ときどき、紙倉や、布《きれ》を入れている倉で逢っているそうでございます」

「なに、倉で？」

鯉幟の材料は紙と木綿である。紙は甲府の南にある市川が特産地だった。この辺は楮《こうぞ》や三椏《みつまた》をつくり、良質の紙を生産している。鯉は強い風にも耐える、引きのいい紙でなければならなかった。そうした材料の紙が離れの倉には夥《おびただ》しく積んである。

　また武者絵の木綿布にしても、平兵衛は産地の信州や越後《えちご》からじかに仕入れていた。その点、甲府は地の利を得ていた。

　だが、そんな倉庫の中で、与助とお梅が逢瀬を重ねているというのは平兵衛も知らなかった。

「ほかの職人たちは、与助に嫉妬《やっか》まないかえ？」

　平兵衛もその点が心配だった。

「いえ、それはありませんが、面白半分に評判にしているようでございます。なんでも、仕事の途中に与助はぷいと起つと、そのころ、お梅も台所から居なくなるそうで。ちゃんと約束が出来ているようでございます」

「首尾を遂げるのはいいが、場所が悪い」

　と、平兵衛は渋い顔をした。

　しかし、その場所はもっと悪い所に変った。ほかの職人たちの眼が煩《うるさ》くなってきたのだろう、与助とお梅は今度は台所の穴蔵で忍び逢うようになった。

　皐月屋は家族や雇人《やといにん》で大人数である。そのために漬物桶が何荷《いくつ》も台所の隅に造られた大きな地下室におさめられてあった。漬物桶だけでなく、冬の間は野菜類なども仕舞われていた。穴蔵は冬暖く、野菜が凍らない。夏は冷たく、酒や塩魚の仕舞場所になっていた。甲府は海に遠い。台所はお梅が支配している。ほかの女中を追払うことも彼女なら自由に出来た。
与助は、そのお梅に引張られ、半刻くらいその穴蔵にかがむというのである。ほか
の女中の口から、揚板《あげいた》を下からはぐって与助とお梅の頭が出てきたという話や、だ
れも居ないはずの台所で男女の妙な声が聞えてくるという話が伝えられた。
四月になって、与助はお梅と皐月屋の近くの裏店《うらだな》に世帯を持った。半分は平兵衛
が無理に押しつけたようなものだった。
お梅は泪《なみだ》を流して与助と一緒になれたことを平兵衛に感謝した。まさか、こう
早く与助と一緒になれるとは彼女も思わなかったようである。お梅は、平兵衛が与
助を足止めしたいばかりに急いで祝言《しゅうげん》を挙げさせたとは考えていなかった。
だが与助には平兵衛の企みが分っていた。彼の後悔はお梅と盃を挙げたその日か
らはじまった。
与助は、お梅を女房にするつもりなど初めからなかった。ただほんの悪戯《いたずら》心から
お梅に手を出したのだった。いや正直にいって、お梅から持ちかけられて逃げ切れ
なかったのだ。

お梅は初めから皐月屋に流れてきた与助に親切だった。食事もほかの職人とは別につくってくれる。珍しいものがあれば、彼のためにとって置いて、こっそり呼んでくれた。その親切が彼女の恋慕と与助に分ったとき、彼の悪戯心が起った。お梅は人の居ない所では露《あらわ》に彼にしなだれかかる。据膳食わぬは男の恥だと、与助は思った。実際、長いこと彼は女に接していなかった。どうせこの店に長く居るつもりはない。いずれは江戸に出て、何とか身の処置を考えたい。もっと出世をしたかった。

こんな田舎《いなか》の鯉幟の職人などしていたくない。いくら腕がよくても自分で店が持てるわけではない。それには銭が要る。雇主は腕がいいから職人を重宝《ちようほう》がるだけで、そこまでの面倒はみない。みんなてめえの儲けから弾き出すことだった。――平兵衛がお梅を押しつけたのも、そんな企みからだと思うと、与助はむざむざと平兵衛の罠《わな》に落ちたような気がした。

お梅は与助に尽した。思わぬ亭主を持ったので彼女は夢をみているような心地らしかった。与助を下にも置かない。彼がちょっとでも手を動かそうとすれば、お梅が逸早《いちはや》く飛んできて何でもやり、与助に右のものを左にもさせなかった。与助が仕事場の皐月屋から戻ると、晩酌もちゃんと整え、膳の上にはいつも馳走をならべた。

料理の上手な女だった。

だが、与助は、お梅にそうされると、よけいに彼女が嫌いになってきた。とんだ所でとんだ女にひっかかったという気持しか起らないのだ。自然とお梅に冷淡になったが、お梅はそんなふうには取らず、亭主の冷たい顔が男らしいと思い、ますます手厚い世話をするのである。与助には煩《わずらわ》しいだけであった。

何とかしてここを脱け出たいと、与助はいつも出奔することばかりを考えていた。しかし、お梅が至れり尽せりの世話をするので、つい、その決心は一日延ばしになった。飛出してゆけば、またもとの旅の独り者である。ひとりで何もかも自分のことを始末するより、やはりお梅に世話されたほうが便利には違いなかった。

お梅は好色な女だった。

皐月屋の紙倉や、漬物桶のならぶ穴蔵にひきずり込まれたのも、お梅の積極さからだった。お梅は生娘《きむすめ》でなく、前にあっさりと男を知った経験がある。その後、ひとりで居たのだから、与助を知ってからはその身体に火がついたようになった。

真昼間の紙倉は暗いが、いつ、ほかの職人が紙を取りに入ってくるか分らなかった。躊躇《ちゆうちよ》するのは与助のほうで、女は、さっさと帯をゆるめた。お梅は手足を与助に搦《から》みつかせると、容赦なく奇態な声を発した。与助のほうがあわてて彼女の口を押えて、入口のほうに耳を澄まさなければならなかった。

そのあとのお梅は、顔中、汗で濡らしていた。汗かきは色好みということだが、全くその通りだと与助は思った。疲れを知らない女で、そんなことが済んでも、前に増して元気に働いた。

紙倉が職人の間に噂になりかけたので、お梅は台所の穴蔵に場所を変えた。ここはお梅の領分だが、漬物の糠味噌《ぬかみそ》の臭いには与助も閉口した。しかも、内に下りてから、揚板を下から元通りに蓋するので、夜のように暗くはなる。だが、漬物の臭いは呼吸《いき》を塞ぐ。

お梅は、その中に与助と一緒に入ると、すぐに鼻息を荒くし、身体をこすりつけてきた。だが、この穴蔵は、すべて、他の声と音とが頭の上にかすかに聞えて、これまでの経験にない別天地であった。与助も奇態な気持になった。そのうち、度重なってくると、漬物の酸っぱいような、塩《しよ》っぱいような臭いが、かえって妙な気持にさせ、お梅をよろこばせてしまうのだった。

あたしの身体はどういうんだろうねえ、とお梅は自分でも自分の強さに呆れて、桃色の歯ぐきを出して笑った。歯ぐきを見せるのは情の濃い女だというが、全くだと与助も合点をした。

穴蔵の中では、人の声も、足音も天井に聞えた。ほかの女中が気づかずに、お梅さんはどこにいったのだろうねえなどと話し合っている。内井戸のつるべの音、桶に落ちる水の音、まないいたをたたく庖丁の音、土間の下駄の音。——だれも、すぐ近くの穴蔵の中に二人がひそんでいるとは知らない。この内緒のよろこびは、色ごとをさらにたかぶらせた。お梅は、髪をふり乱して与助にしがみついてきた。——

あれが間違いだったのだ、と与助は今にして後悔した。あれから退引《のっぴ》きならないことになって、平兵衛や、番頭の広吉らの手で、こんな枷《かせ》をはめられてしまったのだ。与助は、はじめから平兵衛がお梅を道具に使って自分を嵌《は》めこんだような気がした。そういえば、かたちばかりの祝言だったが、仲人役の平兵衛の、してやったりといわぬばかりの狡《ずる》い笑顔も、今になれば忌々《いまいま》しかった。

「どうだ、与助、おまえはお梅にずいぶんと可愛がられてるそうじゃないか。お梅はここにくると、おまえのことばかり手放しで惚気《のろけ》ているよ」

と、平兵衛はときどき与助をからかった。それも平兵衛が彼を喜ばすためだが、与助には身体に唾を塗られているような気がした。

「おまえはお店《たな》に行ってよけいなことをしゃべるんじゃない」

と、与助は家に帰ってお梅を叱った。

「だって、おまえさん、あたしにとって大事な亭主だもの、二人の仲を黙っているのは勿体《もったい》ないよ。お店のおかみさんもずいぶんと喜んで下さるしね」

お梅は今の仕合せに夢中に浸っていた。これが好きな女房だったら云うことはない。与助はいよいよ耐えきれなくなった。

早くこの女を棄《す》てなければ、ずるずると生涯あがきのつかないところに落ちてしまう。彼にはお梅と同じ家に居ることが、まるであの皐月屋の漬物桶の中にいるような、異臭に満ちた暗い穴に思えた。

そのうちいい機会《おり》があったら、と窺《うかが》っていると、お梅が仕事場から帰ってきた与助に、

「おまえさん、これはよく出来ているだろう?」

と、掌《てのひら》に載せたものを見せた。それは小さな張子の虎だった。

「どうしたんだ?」

「なにね、おまえさんの描く虎が評判だから、あたしもこの先の店でこれを見つけたから買ってきたんだよ」

「そんなものをどうするのだ?」

「これはあたしのお護符《まもり》にするよ」

「そんな玩具《おもちゃ》がお護符にも何もなるものか。阿呆臭《あほくさ》い」

「いいよ。あたしの可愛い亭主が虎描きの名人だから、これからもその腕が上るお呪《まじない》として、ずっと虎ばかり集めてみるよ。おまえさんが何と云おうと、あたしは買集めるからね」

「勝手にしろ」

与助はばかばかしくなって横を向いた。

与助は相手にならなかったが、お梅はそれに構わず、張子の虎の玩具をふやして行った。それは近所で売っている玩具の大小を揃えただけでなく、他人《ひと》に頼んではよそのものまで譲り受けてきた。いつの間にかお梅は、箪笥《たんす》の上に無数の虎の玩具をならべてしまった。

「おい、与助。お梅は感心な女房だな」

と、ある日平兵衛が云った。

「どうしてですか?」

「どうしてですかもないものだ。おまえが幟に描く虎の絵がますます上手になるように、呪《まじない》に張子の虎を集めているそうじゃないか。そういう心がけのいい女房は、そうざらにはないよ。わしもお梅の心がけに感心したから、知った人に頼んで、なるべく虎を譲ってもらうようにしている。これでおまえの虎の絵もますます腕が冴え、評判をとるというものだ。まあ、お梅を大事にしてやることだな」

大事にしてやるどころか、与助にはますますお梅がやりきれないものになってきた。

与助は、こんな女にひっかかって、このまま甲州の田舎に果てる気はしなかった。この女を振切って早く逃げたかった。好きな女なら、たとえ竹の柱に茅《かや》の屋根、人里はなれた山中でも辛抱はするが、お梅が女房では、どのような亭主孝行をされても我慢できなかった。江戸に行けば、もっと広い天地があり、もっと気に入った女がたくさん居そうだった。

しかし、お梅に真正面から別れてくれと云っても、彼女がとうてい聞入れるはずはなかった。それどころか、うかつなことを口走ると、半狂乱になりかねないのである。

別れ話に間に人を立てるとしても、旅の土地の与助には知っている人間がなかった。平兵衛は、むろん、反対するに決っている。もともとお梅と一緒にさせたのも、自分の店に与助を長く置いて働かせるためだ。与助が、お梅と別れてもこの店に居ますと約束したところで、平兵衛は信用しまい。猜疑《さいぎ》心の強い男だ。それに、田舎者気質《かたぎ》で、いったんお梅と一緒にさせておいて、今度は離別の仲介を取るとは思えない。

与助はいろいろ考えたが、こうなった以上、お梅を捨ててこの土地を逃げるほかはないと、ますます決心をした。

お梅は、そのような与助の気持には気がつかないようだった。与助はお梅になるべく邪慳《じゃけん》に当るのだが、彼女は相変らずまめまめしく世話をした。与助がどんなに不機嫌な顔をしても、それに絡むようなことはなく、心を込めて機嫌を直そうと努める。だが、与助にとってはそれもまた煩しい限りで、器量のいい女が笑顔を見せてくれるならまだしも、お梅が前の歯齦《はぐき》を丸出しにして笑っているのを見るとぞっとするのだった。

五月が過ぎると、さすがに皐月屋でも商売のヤマが過ぎた感じで、仕事も閑散となった。そのころから与助はひそかに出奔の準備をはじめた。

与助は、少し家の道具を買いたいから、という口実で平兵衛に前借を申し出た。

「おまえの云うことだ。家の道具を買うなら要るだけのものは出してやろう。いくらだえ?」

平兵衛は訊いた。

「へえ、申しかねますが、五両ほど」

与助はもじもじして云った。

「なに、五両？」

平兵衛は眼を剝《む》いて、そんなに何を買うのだ、ときいた。

「へえ、家の道具を買うだけならそれほどは要りませんが、実は三州の国許《くにもと》の、わっちの叔父になるのが大病に罹《かか》ってるそうでございます。それで、その人にはわっちも恩があるので、近々向うから人がくるというから、金を持たしてやりたいと思います。ただ、これはお梅にはあんまり云いたくないことで。……そんな大金をわっちの身内にやるといえば、あれもあんまり喜ばねえと思います。実は旦那にだけ内々のお願いでございます」

与助は嘘をついた。

「そういう事情だったのか」

と、平兵衛は云ったが、彼もあまりうれしくない顔色だった。前貸にしては金額が張り過ぎる。だが、平兵衛も正面からいやとは云えないし、もう少し金高を少くしろとも与助に云えなかった。なんといっても大事な職人である。申込みを断われば職人根性でどう与助が臍《へそ》を曲げるか分らなかった。それに、金額は少し大きいが、それだけの金で彼を縛っておけば安全だという気持も湧いた。

「ほかの職人には、黙っていてもらいたい」

と、平兵衛は五両の金を手函《てばこ》からとり出して与助に与えた。

「おまえが可愛いから特別に計らってやるのだ。これは番頭の広吉にも云ってはならないよ。あくまでもわしとおまえとの内緒ごとだ」

「旦那のご親切は忘れません」

平兵衛は、よしよし、と鷹揚《おうよう》にうなずいているが、その顔つきは恩被《おんき》せがましいように与助には思えた。

金も手に入った。あとは逃出すだけだった。

与助は風来坊のありがたさで、べつに持出す品も無かった。お梅と世帯を持ってから出来た道具は、この女にみんなやって惜しくなかった。そう決心すると、家に帰っても、与助には何だか、その辺の世帯道具が自分とは縁の無い人のものに思えてきた。殊に、箪笥の上に載っている大小さまざまの張子の虎は、ことごとくお梅の深情《ふかなさけ》が籠っているだけに見るのもいやだった。

与助は出奔の日の前から、急にお梅に親切になった。お梅は亭主の様子が俄《にわ》かに違ってきたので、はじめは変な顔をしていたが、与助に親切にされるのはむろんいやでなかった。お梅は喜んで、これまで以上にべたついてきた。彼女の夜の求めが、一層濃くなった。

与助が口実として決めたのは府内の東にある古い寺だった。

「お梅、おれもここに来てからもう半年以上になる。せっかく甲州に来たのだから、かねがね聞いていた恵林寺《えりんじ》にお詣りしようと思っていたんだ。幸い明日は旦那からもお休みをもらったし、ちょっとひとりで行ってくるぜ」

「恵林寺なら信玄公の菩提寺《ぼだいじ》だから、それはぜひ見ておいで。あたしもおまえといっしょに行ってもいいかえ？」

お梅は甘えるように云った。

「まあ、今度はおれひとりにしてもらいたい。お寺に夫婦《めおと》揃ってのお詣りは年取ってからのことだ。それに、おれも忙しい仕事がつづいたから、のんきにひとりでぶらぶらしてみたいのだ。それよりも、帰りは腹を減らして戻ってくるから、晩飯にはうまいものをつくっておいてくれ」

「あい」

与助がいやだと云えば、お梅もそれ以上には同行を主張しなかった。何よりも亭主の機嫌を心配している女であった。お梅は、翌る朝は早い出発だというので、その日のうちに旅の支度を新しく整えてくれた。甲府から恵林寺まではちょっとした道程《みちのり》であった。

「済まないな」

と、珍しく与助がお梅に礼を云った。実際は着更えの着物くらい振分け包みにして出たいのだが、そんなことをすれば、もちろん、お梅に怪しまれるに決っていた。ふところには五両の金があるから、江戸に出れば何でも整えられると思った。

翌る日は晴れ上った天気だった。与助は朝飯を早く済ませ、脚絆《きやはん》、草鞋《わらじ》をはいた。お梅は、莨《たばこ》、紙入れなど、小さなことにも気を配った。五両の金は、与助がお梅に分らぬよう胴巻に呑んでいた。

「それじゃ、お梅、行ってくるぜ」

「気をつけて行ってお帰り」

と、お梅は門口に立ち、与助が町の角に消えるまで見送った。

与助は、やれやれ、と思った。これで初めて自由な天地に鯉のように泳ぎ出ることができるのである。つまらない所でつまらない女にひっかかったものだ。あのままお梅の深情に引きずり込まれたら、これから先の自分が滅茶滅茶になるところだった。

甲府から恵林寺に行くには、甲州街道を田中という所で北に折れなければならない。しかし、与助には、もちろん、そんなつもりは毛頭無く、江戸の空につながる東に向って真直ぐに歩いた。

この辺から甲州街道は上りとなり、これまでの盆地が山また山の地形となる。裏富士もいつか見えなくなった。

こうなったら、べつに急ぐことはない。与助は自由な気持に浸りながら、途中、宿場の掛茶屋では何度も休み、道端の草の上に坐っては莨を吸った。

与助がのんきに歩いて笹子峠にかかったときだった。うしろのほうで女の声で自分の名を呼ぶのが聞えた。

与助はふり返った。下の道から手拭を頭にかむった女が杖を持って必死に歩いてきているのが眼に入った。与助はぎょっとなった。女はお梅であった。

与助は、お梅がこんな所まで追って来たかと思うと、横の藪《やぶ》の中に飛びこんでかくれたかった。

「与助さん、与助さん」

と、お梅は大声を出しながら駈けてくる。それで、通りすがりの旅人がお梅を眺め、与助をふり返った。与助は逃げることも、隠れることもできなかった。彼の怯《ひる》みは怒りに変った。この女、どこまで悪女か分らなかった。せっかくここまで逃げたのに、執念深くも追ってきたのだ。まさかと思っていただけに、彼もお梅の執拗さには腹が立った。

もっとも、甲府の出はずれの石和《いさわ》までは、そんな予感もあって、ときどきうしろをふり向いたものだが、それから先は安心しきっていたのだった。

お梅は、街道の真ん中に立っている与助に息せき切って走り寄ってくると、

「おまえさん」

その眼はぎらぎらと光っていた。顔じゅう汗を流し、肩で激しく息をついていた。

お梅は与助の胸倉を強くつかんで、いきなり恨みごとを云った。

「おおかた、こんなことになるんじゃないかと思ってあとを追ってきたけれど、案の定《じょう》だったね」

お梅は、与助に追いつけたうれしさと、怒りと悲しさを混ぜた声で喚いた。

「おまえさん、それであたしから逃げ切れると思うのかえ。あたしはおまえがどこに行こうと、金輪際《こんりんざい》放しはしないからね」

与助は声が出なかった。

「この前から、そろそろおまえの様子がおかしいとは思っていたが、やっぱりそうだったのね。急に親切になんかするもんだから、何か考えがあると思って気をつけていたんだよ。おまえさん、あたしはあんたに惚れて夫婦《めおと》になれたのを、どれだけうれしく思ったかしれないよ。だから、おまえには女房として出来るだけのことを尽したつもりだよ。おまえが居なくなったら、あたしはいつ死んでもいい覚悟だからね。さあ、すぐにあたしと一緒に家に帰っておくれ。平兵衛旦那の耳に聞えないうちに戻っておくれよ」

お梅は、ふところにかけた手を引張った。

「えい、何をしやアがる」

与助はお梅の手を払った。だが、うしろによろめいたお梅は、またその胸に飛びついてきた。

「おれはおまえから逃げたくなったのだ。いや、おまえだけじゃない。甲府の町にくすぶっているのがいやになってきたのだ。おまえとは一時の縁、夢を見たと思って諦めてくれ」

「何を云う、おまえさん」

と、お梅は顔を真赤にして口説《くど》いた。

「そんなことで、おまえ、人間といえるのかえ。大恩のある平兵衛旦那まで騙《だま》して、おまえは何という人かえ」

「平兵衛旦那だと？　笑わせるな」

と、与助はせせら笑った。

「おい、お梅。平兵衛さんはな、なにもおれたちが可愛くて一緒にさせたんじゃないぜ。あれはみんな、おれを店に足止めして働かせ、稼ごうという魂胆だったのだ。恩義も親切もあったものか」

「おや、旦那の悪口まで云って……」

と、お梅はけわしい顔になって、

「それほど、おまえはあたしが嫌いかえ？」

と、眼を凄ませた。その瞳は蛇のように冷たい、青い炎が燃えているように与助にみえた。

与助は、ぞっとしたが、ここで負けては、また元に戻ると思った。剣が峰の正《しょう》念場《ねんば》だと思うと彼も必死だった。

左右を見回すと、街道には旅人の影も途絶えている。与助は急に表情を柔らげた。

「お梅。おまえが嫌いというわけじゃないが、これには仔細《しさい》のあること。その次第を話してもおまえがとても承知しないと思ったから、無断で出たのだ。だが、おまえがここまでおれを追ってくるからには、その訳をとっくりと話してやる」

「あい。聞きましょう」

と、お梅は身体ごと与助の胸に押しつけた。

「だが、こんな街道の真ん中で、こそこそ話も出来ない。さっきから通る人がおれたちのほうをじろじろ見て笑っていたぜ」

「かまわないじゃないか。夫婦だもの」

「いくら夫婦でも、こんな往来での喧嘩はみっともない。少し、山陰に入って話をしよう」

「話なら、此処《ここ》でしておくれ。早く、その仔細というのを聞こうじゃないか」

「だから、人目のつかないところに坐って、とっくりと聞かしてやるというのだ」

与助が、胸倉をつかんでいるお梅の手を外《はず》すついでに、それをじんわりと握りこんで、眼を微笑《わら》わせた。

お梅は与助の顔をじっと見つめていたが、その表情には、不安な中にもいくつかの安堵《あんど》と、怒りの中にもあたたかい湯のような和《やわら》ぎがあらわれてきた。与助の顔と言葉にはお梅の血を温《ぬく》めるものがあったのだ。

街道の横から分れた径《こみち》が山峡《やまかい》に入っていた。お梅は素直に与助のあとに従った。狭い野道は谷間に下りていた。そこに杉林が繁り、夏草が麻のように伸びていた。

「ここは涼しくていい」

与助は枝が傘のようにひろがった杉の下に入り、生《お》い茂った草の中に腰を落した。

「おまえもここに坐れ」

お梅が傍に坐ると、与助はその手を急いでつかんでひきよせた。お梅は与助の膝の上に斜めに倒れた。

「お梅」

と、与助は女の背中を抱いて云った。

「早く、帯を解け」

「まあ、おまえ、いきなり何ということを云うの。その仔細というのを話しておくれ」

「それは、あとでゆっくり話して聞かせる。それよりも先に……お梅、いま、おれは妙な気持になってきたのだ」

「おまえさん、そんなことをしてあたしをごまかそうというんじゃないだろうねえ？」

　お梅は、懐に入ってくる与助の手を押えたが、それには拒む力が脱けていた。

「そんなことをするものか。これで、もう、おれの気持は分ったはずだ。おまえから逃げるなら、こんなことはしない」

「どうだか。……おまえは、あれがすんだら、いつも薄情に知らぬ顔をしているからね」

「愚図愚図《ぐずぐず》云わずに、帯を解け」

「だって、おまえ、こんな所で……。誰か人が来やしないかえ？」

「誰も来るものか、安心しろ」

　お梅は、もう荒い息をしてあたりを見回した。山峡は森閑として、鳥の声も無かった。

「あたしは、お天道さまに恥しい」

　それでも、お梅が坐ったまま帯をほどくと、そのゆるんだ懐から、草の上に転り落ちたものがあった。三個の小さな張子の虎だった。

「そんなものを持ってきたのか？」

　与助は下に眼を据えて云った。

「あい。あたしは、おまえの虎の絵の腕が天下一になるように、いつも持っているのさ。ほれ、ここにも」

と、お梅は両の袂《たもと》からも、小さな張子の虎を四つ出した。

「つまらないことをするやつだ」

「これほどまでに、あたしはおまえさんを想っているのに……」

着物の前を楽にしたお梅は、熱い息を吐いて与助にしがみついた。

「さあ、おまえ。好きなようにしておくれ」

「うむ」

好きなようにしてくれ、というお梅の欲望と、与助のその意志とは違っていた。与助がお梅に応えたのは、彼のほうで、好きなようにすることであった。

――お梅は夏草の中に、眼を宙に剝いて横たわっていた。その顔は赤黒くなって、鼻血が出ていた。頸《くび》には指の痕《あと》が深くめりこんでいた。

与助は女の死体から逃げるとき、七つの張子の虎が眼についた。青草の中に、その玩具の黄色が鮮やかに浮き出ていた。涼しい風が吹いて、虎は揃って首を振った。

与助は七つの虎を摑むと、谷間に向って投げた。杉林の上で鴉《からす》が啼いた。

二

与助は江戸の町に入った。

もともと彼の本来の目的は本場で絵を描く仕事にありつくことだった。絵師にはなれなくても、自分の才能を生かしたものを職業として択《えら》びたかった。だが、笹子峠《かぞ》でお梅を殺してからは、それを諦めなければならなかった。鯉幟《こいのぼり》は武州の加須が製造の本場になっていて、ここが江戸の供給源になっている。もともと、鯉幟は下級士族が内職で始めたものが発達し、専門化したものである。お梅と出遇う前の与助のつもりでは、いったん江戸に出て、そこから加須に行く考えだった。なんといっても江戸を控えた生産地だから、加須には腕のいい職人も多い。そこで腕を磨けば立派に一人前の職人として通る。いろいろと寄道をして渡り歩いたが、結局は最後の仕上げをそこに求めていた。

だが、それはお梅を殺したばかりに不可能なものとなった。お梅の死体は、あの笹子峠の杉林の中に横たわっていても、いつかは人が見つけるに違いない。また甲府の皐月屋でも、与助が失踪《しっそう》し、つづいてお梅があとを追ったことが近所の話でも分るから、お梅の死体発見は、すなわち下手人与助ということにつながるのである。

与助は見えない追手におびやかされた。この状態では江戸でも絵にかかわりのある仕事にはつけなかった。彼が甲府の皐月屋で五月幟の絵を描いていたことは捕方《とりかた》でも知っているから、甲府代官所からの通告で、江戸の町方もそうした関係の職人に眼を光らしているに違いなかった。殊に、近ごろ雇われたとなれば一番に眼をつけられる。

与助はお梅を殺したこと自体に少しも後悔は無かった。むしろ、あんな女に一生まつわられる厄介《やっかい》から解放された安心があった。だが、一人の女を殺したことには違いなく、器量よしであろうと、不器量であろうと、罪は同じだ。これが、いっそ人の惜しむような器量よしの女を殺したというならまだしも、お梅のような女のために日蔭者になったかと思うと、甲府に行った自分の不運を呪《のろ》った。

与助は、なるべく長く生きたかった。

今も眼に残るのは、夏草の中に首を振っていた張子の虎だった。お梅が彼の腕の上達のために呪《まじない》として集めたものだ。悪女の深情《ふかなさけ》で、お梅はあとを追ってきても、それを袂に入れていたのだ。

女を殺したあと、その虎の一つ一つを谷間に投込んだが、あれだってお梅の持っている品だった。張子の虎と与助が下手人であることとは結びつかない。

ただ、与助には、あの街道でお梅を杉林の中に連れこむところを見た者はなかったかという懸念があった。それはどう考えても心当りが無かった。お梅を街道から杉林の径《こみち》に連れこんだときも、与助は左右を十分に見て人の姿の無いのをたしかめたのだ。もちろん、そのときから殺すつもりだったので、その点は十分に気をつけた。

もっとも、その径に入る前、与助はあとから追ってきたお梅と口論をした。女は激しく彼の不実を責めた。与助も腹が立って罵《ののし》り返した。そうした口喧嘩を通りがかりの旅人が笑いながら見て通ったのが微かに今も眼の底に残っていた。しかし、通行人が笑って通ったのでも分るとおり、二人は夫婦者だと見られていたのだ。だから、人は街道の真ん中で夫婦喧嘩がはじまったと思って気にも留めず、おかしそうに笑って通ったのだ。その旅人もこちらがどこの誰だか分っていない。甲州街道は甲府から先が韮崎《にらさき》を通り、信濃の国境を越え、諏訪で中仙道と合する。あのときの通行人は甲府を抜けてその先まで行った旅人かも分らないのである。

こちらを見て通り過ぎた旅人の姿も今ははっきりおぼえていなかった。与助はお梅との口論に気をとられ、そうした人たちをかえり見る余裕がなかったからだ。だが、一人は六部のような男だった。一組は夫婦づれが女の子の手を引いていたような気がする。あと二、三組通ったが、それらはまるきり記憶になかった。

いずれにしても、甲府から出た与助とお梅があの現場近くで一緒になっているのを見たのは、そうした無縁の人たちだけである。心配はなかった。なにもそこまで気を遣うことはない。

こう考えてくると、何もかも仕合せだった。ただ、用心を重ねるのに越したことはない。当分は人の目に立たないでいることである。与助は、江戸に落ちつくことにした。江戸は人間も多いし、町も広い。上手に隠れていれば、つかまることはないと思った。それに、彼は皐月屋では生国に嘘をついていた。三州刈谷と云ったが、実は隣の遠州掛川の在の生れである。

与助は、江戸では名前を変えることにした。与助で通すのは危険である。考えた挙句、庄吉と変えることにした。

与助が宿をとったのは日本橋馬喰《ばくろ》町《ちょう》の見すぼらしい旅籠《はたご》だった。ふところには皐月屋から騙《だま》し取ってきた五両の金があった。だが、これこそ虎の子で、仕事を見つけるまで無駄遣いしてはならなかった。

仕事といえば、絵に関係のある職ならすぐにも見つかる気がしたが、これは危険だった。うっかりそんな仕事に入ろうものなら、どこで誰が甲府のお梅殺しに結びつけるか分らない。いろいろ云い逃れの口実は考えていても、まず、誰にも疑われないことがいちばんだった。

旅籠は金の無い連中ばかりが泊っていた。

「ちょっと、おまえさん」

と、宿のおかみさんは与助の庄吉を梯子段の蔭に呼んだ。

「へえ」

庄吉は、四十ばかりのおかみさんが眼を笑わせて見ているのが、はじめは何のことだか分らなかった。

「おまえさん、庄吉さんと云いなすったね？」

「へえ、その通りで」

「妙なことをおききするけれど、おまえさんは、見れば江戸見物のお方でもなさそうな。それでいて、二、三日ずっと外を歩いてきなさるようだが、もしや、仕事でも探しておいでではないのかえ？」

「これは恐入りました。実は、その通りなんで」

「やっぱりそうかえ。あたしは商売柄、そうじゃないかと睨んだんだけど……口入《くちいれ》屋《や》に行ってみなさったかえ？」

「へえ、ちょいとのぞきましたが、あっしの手に合わねえような仕事ばかりで。荷揚げ人足とか、駕籠《かご》かきだとか、力仕事ばかりでございます」

「そうだろうね。おまえさんの手を見れば、すぐ分るよ」

与助は思わず手をうしろに隠したかった。力仕事をしていない手は柔らかく、華奢《きゃしゃ》だ。

「どうだね。おまえさんさえその気になれば、一つ口が無いでもないんだけど？」

「そりゃぜひお世話願いたいもので。実は、あっしもこちらのご厄介になっていますが、日が経つにつれてだんだんふところ具合が心細くなってきた次第でございます」

「おまえさんは身体がほそいし、女のような手をしていなさるから、荒仕事はとても駄目だね」

「へえ」

与助は眼を伏せた。

「どうだね、医者の薬箱持は？」

「え、お医者さまの？」

「この前から、知合いのお医者さんに頼まれているんだよ。馴れた人が辞めてしまって、あと、いい代りが見つからないで困っていなさる。あたしは、おまえさんなら、そのお医者さんの気に入ると思うけど」

「ですが、おかみさん。お医者さまの薬箱持とはいえ薬の調合の手伝いや、薬についての知恵も知っていなければなりますまい。あっしはズブの素人ですから、とても勤まらないと思いますよ」

「そんなことはちっとも構わない。なに、薬研《やげん》を転《ころが》すぐらいのことはすぐにおぼえられる。そのお医者さんというのはちょっと変った人でね、今まで雇ってくれと頼みにゆく人もいたけど、ひと目みて、みんな首を振っていなすった」

「そりゃ、おかみさん、あっしではますますいけませんよ」

「まあ、ものはためし。とにかく、あたしがそのお医者さんのところに連れて行ってあげるから、お目見得するだけはしなさいよ」

医者は正岡了庵《まさおかりようあん》といって五十がらみの男だった。容貌魁偉《かいい》で、茶筅《ちやせん》頭が無かったら、とても医者とは見えなかった。彼は与助のどこが気に入ったのか、ひと目で薬箱持として雇入れた。

「わしは女房がいないでな。むろん、子供もいない。おまえ、ここに住んだら、女房代りに炊事《すいじ》から拭き掃除一切をやってもらわなければならん。それでもいいかな?」

了庵は与助の庄吉に念を押した。

「へえ、結構でございます」

そのくらいのことは与助も覚悟だった。

「次に、わしは酒好きじゃ。大酒を飲む。なにしろ、顔色の悪い病人ばかり診ていると、酒でも飲まなければやりきれんでな。そのことも云っておく」

「はい」

「庄吉、おまえは酒を飲むかえ?」

「そのほうは至って不調法でございます」

「そうか。だが、心配せんでもよい。べつに酒の相手を云いつけようとは思わん」

「はい」

「おかみ。よい若者を世話してくれたな」

了庵は与助をじっと見ていたが、気がついたように横の旅籠《はたご》の女房にも云った。

与助は、一旦、旅籠に残した荷物を取りに戻る道すがら旅籠のおかみに礼を述べた。

「おまえさんなら了庵さんの気に入ると思ったよ。そういう身体つきだからね」

「え？」

「了庵さんにはちょっと癖があるんだよ。いえ、酔狂なんかではないけど。それさえ心得ていれば、これほどいい主人はないと思うよ」

「おかみさん。それはどういう癖ですかえ？」

「まあ、行ってみれば分るさ。酒の相手じゃなく、ほかの相手かもしれないよ」

おかみは謎のような笑い方をした。

そのときは判じかねた医者の悪い癖というのは、与助が住込んで二、三日してから分った。了庵に女房がいない理由も同時に分った。夜、酔った了庵が与助の寝床を襲ったのである。

――日が経つにつれ与助は観念した。そういう好みは彼には無かったが、それさえ目をつむって辛抱していれば、旅籠のおかみの云う通り、これほど居心地のいい家はなかった。はじめ了庵は、掃除や炊事もしなければいけないと与助に云ったが、それは脅しで、そうした用事は前から住込んでいる老僕が一切をやっていた。与助の仕事といえば、文字どおり薬箱を提げて、患家を見舞う了庵のあとに従《つ》いて行けばよかった。薬の調合一切は、むろん、了庵ひとりがやった。与助は、ときどき襷《たすき》がけで薬研を転す程度であった。

了庵の腕はたいそうなものだった。彼はそのため金持の患家を多く持っていた。彼は外で道楽することもなかったから、金を溜めていた。家作も八軒くらい持っていて、それだけでも立派な家主だった。もっとも、彼は医者だったので店子《たなこ》の面倒をみる一切の任務から免れ、その代理として近くの家主に一切を任していた。家主の仕事は、店子の世話から、奉行所からの達しを取次ぐことまで甚《はなは》だ厄介で煩しい仕事だった。これは町内の家主同士で月番を決めて交替でつとめた。

了庵は言葉どおり酒飲みだった。患家をひと回りして帰るのが大体夕方近くだったが、それから酒を飲みはじめる。そのいかつい顔は赤鬼みたいになり、両肌《もろはだ》脱ぎで濃い胸毛を現わした。そんなとき、与助はまるで了庵の女房のように可愛がられた。

与助は、了庵の夜の務めさえ辛抱すれば、こんな安全地帯はないと思った。まさか甲府の鯉幟職人が江戸で医者の薬箱持になっているとは誰も思うまい。彼は了庵の傍で辛抱した。だが、慣れというものはおそろしいもので、はじめ厭で仕方がなかったその方面の相手も、のちにはそれほどでもなくなってきた。いや、むしろ、彼も次第に了庵の趣味に融けてくるようになった。実際、了庵の筋骨たくましい身体を見ていると、与助もだんだん倒錯的な気持になってきた。

「了庵先生は、おまえさんが来たのをとても喜んでいるよ」

と、ときどきやってくる旅籠のおかみは蔭で与助に云った。

「実は、おまえの前に居た人は了庵さんの道楽をいやがって逃出したんだよ。そのあと、なかなか先生の思うような人が見つからず、また、たまにいても長つづきしなくてね。だから、了庵先生はおまえが可愛くて仕方がないらしいよ。そりゃおまえだって分っているだろう」

と、旅籠の女房は奇妙な笑いを浮べた。

まったくおかみの云う通りだった。了庵は与助が完全に自分の相手になりきったことを喜び、給金も法外にはずんだ。食べものは上等なものを食わせた。ある晩、その鬼のような男が与助の床で泣出し、両手をついて、どうか、いつまでも辛抱してくれと頼んだ。それはまるで好きな女に逃出されないよう懇願する気の弱い男と同じだった。

与助はだんだん了庵にわがままになった。自分に惚れた亭主をあしらう女と同じだった。事実、了庵は与助がどんなわがままを云っても諾《き》いてくれたし、また、そのように彼が甘えるのを喜んだ。むしろ、与助から無理難題を云われて虐《いじ》められる昼間こそ了庵は医者としての威厳を保ち、与助とは主従の体裁を見せ、ときには人前で彼をこっぴどく叱ることがあった。しかし、だれも居ない夜は立場が逆となり、了庵は与助を横暴な女房のように怖れて、機嫌をとった。

与助が了庵の家にきて一年経った。了庵は与助に嫉妬深かった。彼は、与助が女とどのように親しそうに話しても一向に気にかけなかったが、少しでも男と長話をしているとすぐに悋気《りんき》を起した。そのあと、了庵は与助の上に荒れた。まるで嫉妬した亭主が女房を打擲《ちょうちゃく》するのと変りなかった。そのあと、了庵は急に人が変ったように与助の庄吉に涙を流して謝り、至れり尽せりの介抱をした。そうしたことも特殊な夫婦と同じだった。

そんな晩だった。与助は、泣いて謝っている了庵に云った。

「先生。おまえさん、そうしてわっちに謝りなさるが、そりゃ、毎度のことだから、あっしはそろそろ辛抱できなくなりましたよ」

「庄吉、そんなことを云わないでくれ。頼むから、いつまでもここに居てくれ。そのかわり、何でもおまえの望む通りのことをする。おまえに去られたら、わしはどうなるのだ?」

了庵は身もだえして嘆いた。

「そんなら、おまえさんが死んだらこの家の身代一切をわっちに下さるかえ？」

与助は、これを冗談半分に云ったのだった。この難題を了庵がきくはずはなかった。いわば、痴話喧嘩の挙句の拗《す》ねたねだりごとだった。

「この身代をか？」

了庵はさすがにちょっと考えたが、与助に狂った彼は、

「いいとも」

と、大きくうなずいた。与助を見る目が燃えていた。

「え、それじゃ、おまえさん、全部をこのわっちに？」

「庄吉。わしはおまえが可愛くてならないのだ。おれには知っての通り、女房子もいない。冥土に身代ごと持って行けるわけじゃなし、三途の川は六文あれば足りる。可愛いおまえの云うことだ。いっそ、みんなおまえにくれてやる……。そのかわり、庄吉。おれが死ぬまでおれの傍から離れないでくれるな？」

「先生。それは本当ですかえ？」

「なんの嘘を云うものか。惚れたおまえだ。この真実《まこと》をおまえに分らせたい。わしの胸を切り開いて見せたいくらいだ」

与助は半分は真剣になった。了庵の云うことがまんざら嘘ばかりとは思えなくな

ったからだ。

「おまえさんの胸を裂いてもらってもはじまらねえ。おまえさんがその気持なら、いまの内、そのことをはっきりと書いた証文を作っておくんなさるかえ？」

「おまえも疑い深いやつだな」

と、了庵は気弱そうに笑った。

「よしよし。納得がゆくように何でも書いてやる」

了庵は、その通りに実行した。彼は硯箱《すずりばこ》と紙を持出し、与助の要求どおりのことを達筆で書いたのだった。

了庵がぽっくり死んだ。酒飲みでもあった彼は、突然、卒中《そっちゅう》を起して倒れたが、あとは半日ほど大いびきをかいていた。それが熄《や》んだときが末期《まつご》だった。

それは了庵の家に与助がきてから僅か一年余りだった。了庵には女房も子も無いから、遺言によって与助がその身代をそっくり貰い受けることになった。このとき、了庵の書いた証書がものを云った。また旅籠のおかみも力強く与助が跡継ぎだと宣伝した。なにしろ、独り身の医者だったから、べつに親戚も無かった。与助がそうなってもどこからも文句はこなかった。

幸運とはこのことである。与助は、了庵の死でその家から医者の看板を下した。家を改造し、小ぎれいな小間物屋をはじめた。

「庄吉さん。おまえも運がよかったね」

と、旅籠屋のおかみはニヤニヤした。おかげさまで、と云った与助は、このおかみにも礼として十両ほど渡している。

「運のいいついでにいいかみさんを持ったらどうだえ？　小間物屋をはじめたら、とても男ひとりでは手が回らないし、おまえも身を固めてもいい年ごろだ。なんといっても、商売するには信用が第一だからね。かみさんを持つのと持たないのとでは世間の眼が違ってくるよ」

「だれかいい人がいますかえ？」

「あたしの姪《めい》ではどうかね」

「おかみさんの？」

「器量は悪くないし、第一、気立てがいいよ。まあ、いっぺんここに伴《つ》れてくるから、見てやっておくれ」

旅籠屋のおかみの下心は知れている。彼女は俄分限者《にわかぶげんしゃ》となった与助の庄吉と、いつまでも縁をつないでおくつもりなのだ。

与助は、そのおかみの姪に当るお澄と一緒になった。器量もまんざらではなく、性質も素直だった。そうなると、いままで了庵が家主として果さなかった町内の任務が彼に背負わされた。了庵は医者だから仕方がなかったが、今度からおまえさんが月番をやってほしいと、近所の家主から代理を戻された。

家主の役目はまことに厄介である。家主はもともと地主の使用人の一種であった。それで、主な仕事は地主から委託された土地、家屋の管理、いいかえれば家賃の取立て、家屋の修理、店子の選択、貸付けなどだった。また、奉行所との連絡、お触れの下達、道普請、それに店子の吉事や葬いの面倒をはじめ、実に雑多な用件まで処理しなければならない。それで、とても一人ではできないから、町々には物書きを置き、また、家主同士で五人組をつくり、月行事の当番制とした。だが、自分の支配する長屋一切は、むろん、自分で片づけなければならなかった。

了庵の遺した家作は横丁で、ここには小さな豆腐屋、煮豆屋、そば屋、建具屋、経師屋《きようじ》などがいた。ちょうど、同じ町内の家主が身代限りとなり、家作を売放したので、与助はそれを買った。ここは少し品が落ちて、大工、左官、それに提灯《ちようちん》屋の居職《いじよく》の店持《たなもち》職人などがいた。

与助は、甲府のお梅殺しなどとっくに忘れてしまっていた。もはや、何の懸念も無いのだ。奉行所からの達しを見ても、お梅殺しの下手人が江戸に潜りこんでいるから気をつけろというような類のものは何一つなかった。ほかの事件の容疑者は記載されているのに。——江戸で家を借りようとすれば家主にその身元を届けるので、奉行所の探索には家主は大きな役目を務めていた。与助は、思わぬ幸運にわが身をつねりたくなるときもあった。

女房のお澄もよくできた女で、それに才覚があった。女中を二人ほど雇い、小間物屋は店売りだけにした。なにもこの商売で儲《もう》けることはないのだ。店賃のあがりで十分に食ってゆける。

いつの間にか三年経った。与助も今では少し肥って、どこから見ても分別のある家主としか見えなかった。町内の家主五人の中では一番の若手だった。むろん、名前は庄吉で通っていた。

そうした或る日だった。いままで横丁に住んでいた店子の煮豆屋が浅草のほうに引越すことになり、そのあとが空いた。借手の希望者はすぐに三人ほどあったが、与助は、その中で人形屋に貸すことにした。主人《あるじ》は喜兵衛といって、三十五、六の男で、女房も同じ年ごろだった。

聞いてみると、玩具人形の製造で、通いの職人を五人くらい雇い、ほうぼうの店に卸《おろ》すのだという。いままでは芝のほうに居たが、土地の便利が悪いのでこっちに出たいと思っていた折から、恰度《ちょうど》いい場所が見つかったので、ぜひ貸してほしいというのである。

「おまえさん。喜兵衛は律義《りちぎ》そうな男だった。いままでの煮豆屋と違い、家も汚れないし、きれいでいいじゃないか」

女房のお澄のほうが人形屋に貸すのに乗気だった。

人形屋は引越してきた翌日から早速に仕事をはじめた。与助もちょっとのぞいたが、なかなか可愛い人形が出来ていた。見た眼にも美しいし、愉しいものだった。

与助は、ときたま、何かの用事のついでには喜兵衛の家に行った。喜兵衛も家主のことなので、彼がくると粗略には扱わなかった。そんなある日、与助は、ふいと隅のほうで職人が黄色い絵具を塗っているのが眼についた。彼はぎょっとした。張子の虎を造っているのだった。

「おまえさんのところは張子の虎も造りなさるのかえ?」

と、彼は少し言葉鋭く喜兵衛に訊いた。

「へえ。前も造っておりましたが、なかなか評判がよかったんで、今度もまた造りはじめたのでございます」

職人の周りには大小無数の張子の虎がならべられてあった。すでに絵つけが全部済んで、黄色い地に黒の斑《ぶち》をつけたのもあるし、まだ地色の黄だけのものもあった。張子の虎は、ほかの職人が畳の上を歩くたびに、そのかすかな震動でも首を左右に振った。与助はものも云わないで帰った。

二、三日して、与助の庄吉は女房のお澄に云った。

「なあ、お澄。おれはあの玩具屋に店《たな》を出て行ってもらいたいんだが、おめえ、ひとつ、喜兵衛さんにそう云ってくれないか」

「え、どうして急にそんなことを云い出すのだえ?」

お澄はびっくりして亭主の顔を見た。

「どういうこともねえが、おれには何となくあの商売が気に入らないのだ。といって商売を廃《や》めさせるわけにはいかないし、移ってきたばかりで気の毒だが、なに、今度引越す先のひと月ぶんぐらいの店賃はこっちから出してやってもいい。そう云って話を決めてくれないか」

与助は、玩具屋がまさか張子の虎まで造るとは思わなかった。人形づくりと聞いていたので、そこまでは考えが及ばなかったのである。

与助は、張子の虎を見るだけでもいやだった。忌《いまわ》しい四年前の場面が浮んでくる。充血で赤黒くなっているお梅の死顔だ。鼻血が頬を伝わって耳のつけ根に垂れていた。何個かの張子の虎がその横の草の中に折からの微風を受けて一斉に首を振っていた。

それと同じものが店子の家で造られている。今後、喜兵衛がそこに居る間、張子の虎は永久に造られてゆくだろう。何百、何千、何万と生産されてゆく。そう思って怖気《おぞけ》をふるった。それを見ないわけにはいかないのだ。家主の義務としていろいろな行事がある。喜兵衛の家に足を向けざるを得ないのである。

わけが分らないながらもお澄は喜兵衛に立退きを掛合った。むろん、相手は拒絶した。そんな理不尽なことはないと云うのである。むろん、それは道理だし、道理にはかなわなかった。いやでも無理難題をつくらなければならない。与助は、あの張子の虎さえ造らなければ我慢ができるのである。

「喜兵衛さん」

と、彼は相手を呼びつけて云った。

「おれはどういう性分か虎が嫌いでね、たとえ張子の虎でも見ただけでぞっとするのだ。どうだろう、張子の虎だけは造るのをやめてもらえまいか？」

「そいつは、旦那、合点がゆきませんね。世の中には蛇が嫌いとか、守宮《やもり》がいやとかいう人は多いが、張子の虎がいやだというのは初めてですね」

「そう云われては一言もねえが、こいつはおれの性分でな、あれを見ただけで鳥肌が立つのだ。どうだい、理屈はともかく、張子の虎だけはやめてくれ。でなかったら、こっちも都合があるから店を出てもらいたいな」

「こいつは難儀だ。旦那、あっしのとこじゃ張子の虎が一番よく出ていますぜ。これからはほかの人形づくりをやめて、みんな張子の虎に切替えようと思ってるところでさ」

喜兵衛も案外強情張りで、家主の無理に意地で対抗した。

「おい、喜兵衛さん。あの家はおれの持ちものだぜ。店子が気に入らねえとなりゃ、入替えはこっちの勝手だ。それもおめえの移る先の一ヵ月ぐらいの店賃はこっちが持ってやろうといっている。あんまり逆らうのは考えものじゃねえか」

「何をおっしゃる、旦那。張子の虎を造るのはこっちの商売だ。一旦、店《たな》に入れておきながら、すぐ出て行けとは、あんまり訳が分らなすぎますぜ。たとえ、おまえさんから一年間の店賃をタダにしてもらっても、わっちは借りた家から出ませんよ。家はそっちのものかもしれねえが、一旦、移ったからには、落度のねえ限り、こっちにも居坐る理屈がある」

喜兵衛は畳を蹴って帰った。

それから両方で何回となく、明けろ、いや、出て行かぬ、と押問答的な掛合いが重なった。そのたびに二人の言葉は激しくなった。

ある晩、その喜兵衛が腹に据えかねてか、酔って与助に会いにきた。

「おい、庄吉さん。おめえもつくづくと因業《いんごう》な家主だな。いくら張子の虎がおめえの性に合わねえか知らねえが、そのために店を明けろというのは、権現さまご入府以来聞いたことのねえ講釈だ。あんまり分らないことを云うと、奉行所に訴えて裁いてもらっても構わねえぜ。恰度《ちょうど》幸い、おめえは店子の訴願を取次ぐ家主だ。なにも他人《ひと》の手を煩わさねえでも済む。どうだえ、いっしょに出るところに出て白黒をはっきりつけてもらおうじゃねえか」

——与助は沈黙した。理屈に負けたのではない。奉行所の裁きを受けようという申入れが彼を敗北させたのだった。

奉行所に出れば、与助は庄吉で済まされなくなる。いままでは死んだ了庵の跡継ぎということで何とかごまかせたが、今度はそうはゆかぬ。いろいろと素姓を追及されるに違いなかった。与助は悪事の露顕が何よりも怕《こわ》かった。せっかくここまでのし上って、自分ながら仕合せに浸り、天道さまを拝んでいる身だった。

与助は喜兵衛の商売を我慢することにした。だが、律義にみえた喜兵衛はよほど意地張りなのか、それとも実際に商売になるのか、彼のもとでは張子の虎がそれまでの人形づくりにとって替った。人形を造るぐらいだから張子の虎づくりは器用で、仕上げが丁寧《ていねい》なのかもしれぬ。とにかく、与助のすぐ目と鼻の先で一番忌しいものが毎日おびただしく造られるのだった。

与助はだんだん気が鬱《ふさ》いできた。あの張子の虎が神経にさわってならぬ。あれさえ無かったら、この世に何の不足もない。毎日をさわやかな気分で送れるのだ。喜兵衛が張子の虎を造っているばかりに憂鬱《ゆううつ》な毎日を送らなければならなかった。

与助は、どのように努力しても喜兵衛の張子の虎を気にしないではいられなかった。とうとう、こっちの神経までおかしくなってくるのである。

といって立退きには応じない相手だ。これ以上強硬に云えば、また奉行所で白黒をつけようと云い出すに決っている。与助は食欲も失せ、次第に痩せてきた。……

——玩具屋の喜兵衛の家から火が出た。真夜中で、みんな寝静まったあとだった。喜兵衛の家だけでなく、隣三軒が焼け落ちた。喜兵衛の造っていた品はもとより、家財道具一切が灰となった。

町方が喜兵衛をつかまえ、出火の原因を糾明《きゆうめい》した。喜兵衛は、当時家に火の気は無かったと主張した。失火でなければ放火である。

役人はもう一度焼跡を検視した。すると、玩具を造っていた場所が最も焦げてい
た。それに、おびただしい紙の灰が堆《うずたか》く残っていた。役人は連れてきた喜兵衛に、
これは何だ、と云って見せた。

「へえ、わっちのほうで造っている張子の虎でございます。紙でございますから、
そいつが全部灰になったんで」

彼は半泣きで説明した。役人は訊いた。

「おめえ、だれかに恨まれているようなことはねえか？」

「さあ、べつに心当りはございませんが」

と云って、喜兵衛は張子の虎の灰をじっと見つめた。

「なに、張子の虎が気に入らねえで家主から追立てを喰っていたと？」

その話を耳に挿んだのが、神田の岡っ引文吾だった。

「変な家主もいたものだな」

喜兵衛が役人の問いに、べつに他人から恨みを買う筋はないが、家主の庄吉が張
子の虎が嫌いで追立てを喰っている、だが、自分はべつに落度もなし、立退く理由

もないので頑張っている、それが家主には気に入らない、もし他人から恨みを買うとしたらそのことくらいだ、と申立てたのを、文吾は同心から聞いたのだった。

　まさか、そんなことで火をつけるやつもあるまい、第一、自分の店を家主が焼く道理もないと思って喜兵衛の申立てはそのまま立消えになったという。

　文吾もその話は笑って済ませるところだったが、ふいと記憶に浮んだのが四年前に子分の亀吉が云った言葉だった。

　甲府の岡っ引が江戸に遊びに来ての話だというが、鯉幟職人の女房が笹子峠の山林で頸《くび》を絞められていた。その女の身元はやがて判ったが、死体の周りを探すと、そこからあまり離れていない谷底に小さな張子の虎が五、六個落ちていた。奇妙なことだと思って、いっしょに居なくなった殺された女の亭主与助の勤めていた皐月屋に問合せた。皐月屋の主人は、お梅は亭主思いで、与助が虎の絵に巧みなので、その呪に無数の張子の虎を集めていたと云った。

　その与助は今もって行方が知れない。彼がお梅殺しの下手人であることは分りきっていた。

　というのは、当時、江戸から甲府に稼ぎに行った六部の話が伝わっているからだ。江戸に舞戻った六部の話によると、恰度、笹子峠のあたりで二十三、四くらいの夫婦者がしきりと口喧嘩をしていた、という。六部は、その話を甲府の捕方《とりかた》にも云ったから、女の風体《ふうてい》からして、それが殺されたお梅だと判った。口喧嘩の相手は亭主の与助に違いない。お梅が与助に殺されたのは、六部が通り過ぎたあと杉林の中に連れ込まれたときだろうと、代官所でも推定していた。

文吾の記憶に戻ったのは、亀吉が甲府の岡っ引から聞いたというその話である。

「おい、亀」

文吾は亀吉を家に呼びつけた。

「おめえ、ずっと前、甲州街道の笹子峠で夫婦者の口喧嘩を見かけたという六部のことを云っていたな？」

「へえ。親分、何を今ごろ思い出したんです？」

「何でもいい。おめえ、その六部の居るところを知っているか？」

「あいつは今でも、新宿の大木戸あたりの汚ねえ旅籠屋でとぐろを巻いていますよ。酒好きな野郎でしてね」

「そいつは何よりだ。その六部をすぐに引張ってこい」

「あの六部が何かしましたかえ？」

「六部がしたのじゃねえ。ある人間の首実検をさせるのだ」

「合点です」

亀吉が訳のわからないまま草履をつっかけると、文吾はうしろから云った。

「亀。おめえ、いつも無駄話をしてるが、ときにはいいことも聞かしてくれるぜ」

突風

一

十一月八日は吹革祭《ふいごまつり》である。鍛冶《かじ》、鋳物師《いもじ》、錺《かざり》、白金細工、すべて吹革を使う職人が、この日稲荷《いなり》を祭って息災を祈る。同じ火の行事で、つづく十六日には秋葉権現の祭礼が行なわれる。これは火除けの守りで、向島の秋葉社には参詣人《さんけいにん》が多い。向島の三囲稲荷《みめぐりいなり》から遠くないので春などは遊びがてらに行く者が少くなかった。遊山舟の多くは浅草から出て三囲に上陸し、遊び暮して舟に戻る。なかには吉原に繰りこむ者もいた。初めから遊山舟に芸者を伴《つ》れ、秋葉社の庭を眺めて遊ぶ者もある。古川柳《こせんりゅう》に「秋葉から川へ三味線とりにやり」「狐から上り天狗で日を暮し」というのがある。狐は三囲稲荷に托し、天狗はもちろん秋葉社にかけている。また

「船頭へ呑めと秋葉へ上りしな」というのもある。しかし、これは春のことだ。

　吹革祭も済み、風が冷たくなった十一月十六日の朝のことであった。浅草御厩河《おんまやが》岸《し》から三囲の下に渡る舟は、秋葉の祭礼に行く客で混み合っていた。

　遊山のときと違い、このときの舟は参詣の老若男女《ろうにゃくなんにょ》でこみ合っていたが、なかには武士体《ぶしてい》の者もまじっていた。

　空はうす曇りで微かな風が吹いていた。もちろん、この微風の程度では渡し舟に危険はない。

　だれしも早く向うに渡りたいのが人情で、詰った舟に無理にも乗込もうと船頭と争っている者もいた。

「もういっぱいだ。これだけの人数でも危ねえくらいだ。さあ、次を待った、待った」

　と、船頭は割込んでくる客を防ぐに懸命だった。

　舟は四ツ（午前十時）ごろに岸を離れた。むろん、舟の中は坐り場もない。客はいずれも立っていた。祭礼なので女子供は着飾っていた。やがて舟は隅田川の中ほどにさしかかった。

　このとき、俄かに南風が強く吹き起った。そのため波が舟の中に入った。南側にいた客は裾が水に濡れて騒いだ。

「もそっとそっちに寄ってくれ」

その声が終らないうちに二度目の波が飛沫《しぶき》を上げて舟に入った。近くにいる女は叫びを上げた。

だが、いっぱいの人なので、それ以上避《よ》ける場所はなかった。しかし、水が浸入した側の客は、この難儀に一寸でも二寸でも反対側に位置を移そうと人を押した。

「危ねえ、危ねえ。じっとしていねえと舟がひっくり返るぞ」

船頭は声を嗄《から》して制止した。

すると、この舟の混乱をあざ笑うように、今度は前より強い風が吹いてきた。波も大きいのが舷《ふなばた》から飛沫を上げて打入った。

こうなると舟の危険も忘れてそこの客はみんな片方へ雪崩《なだ》れた。舟が大きく傾いたのはそのときで、あっという間に客全部が川の中に投出された。

水の上は忽《たちま》ち人の顔で黒胡麻《くろごま》を撒いたようになった。助けてくれ、と叫ぶ人間はまだよかったが、川の中に沈んだ人間の多くは泳げない者ばかりだった。船頭も多勢の人間に手脚に捲きつかれて沈んだまま二度と浮び上らなかった。泳ぎの出来る者は取りすがる人を振払い、浅草側と向島側とに逃れた。一瞬の出来事である。

両方の渡し場から見ていた連中がおどろき、すぐさま助け舟を何艘《なんそう》か出した。当日は秋葉祭のため舟がいつもより多かったので、水上に漂っている者はたいていい救い上げられた。が、水を飲んで意識を失っている者も少くなかった。

浅草の御厩河岸では、早速藁火《わらび》を焚《た》いた。遭難者の水を吐かせ、冷えた身体を火で暖まらせた。近所の医者も駆出《かりだ》されていろいろと手当てをした。

だが、ここに困ったのは女の処置である。まさか人前で濡れた着物を脱がせ、裸にさせて火に当らせるわけにはいかないので、近所の家に連れて行き、戸を閉め切って、その中で介抱した。

手当ての効《かい》なく、死んだ者が多かった。また、沈んだまま死体の知れない者もある。川中には十五、六艘の舟が出て、長い縄の先に錨《いかり》をつけ、水底を浚《さら》って歩く。その日も死体の全部を収容できず翌日も舟による捜索が行なわれた。

記録によると、助かった者は十人で、本湊町弥七店忠右衛門七十五歳から、本所石原町治兵衛店久右衛門の倅増吉五歳という者の名が記《しる》されている。また、藁火を焚いて身体を暖まらせたのはいいが、介抱の者があわてているので当人に火傷《やけど》をさせている。茅場町清右衛門店の市之助という者は大火傷のため一ヵ月も寝込んだ。

水難と火難が一どきに来たようなものだった。

水死者の中には武家体《ぶけてい》の男がいた。人相書によると、色白く鼻筋通り、白痘痕《しろあばた》が少しある。藍《あい》通し小紋袷半纏《あわせはんてん》、絹の小紋綿入胴着、同じく無地袷胴着、茶の博多帯、猿股、飛脚半着、紺の木綿の打裂《ぶっさき》羽織、ただし、裏は甲斐《かい》絹付、大小一通り、紙入れ一つ、中に二朱銀一つ、紙莨《たばこ》入れ一つ、革銭入一つ、ただし、この中には銭少々があった。

当時、水死人の人相、服装についてはかなり詳細に記録されている。しかし、この主はやがて知れた。大御番松平但馬守組森川権六郎家来本多只三という二十三歳の若者だが、実は四谷新屋敷森川権六郎二男と判った。だが、これは水練も出来ぬは武士にあるまじきこととしてみなの嘲笑を買った。事実、他の乗合せていた武士はみんな水練が出来て、全部が向島のほうに泳ぎ上った。屋敷へ帰ったあと、流れた紙入れなどを取りにきた者もいたのである。

なにしろ、船頭自体が溺死しているので転覆の事情の詳細は分らなかったが、両河岸で目撃している人間が多かったので、突風で舟の一方に波が入り、客が片方に寄ったため、舟が平衡を失い、客が投出されたことははっきりしている。ただ、どれだけの人数を乗せたかが正確に知れなかった。およそ三十人近くも乗せたであろうことは浅草側に残っていた人たちの話だ。そのうち助かったのはわずかに十人、死体の収容されたのは十三、四名で、あとの五、六体は二、三日舟で川曳きしても容易に知れなかった。しかし、この捜索も長くつづけられなかった。というのは、十八日に本所筋へ将軍家の御成りがあり、そのため捜索が中止されたからだ。多分、川底の死体は川下に押流され、やがて両国橋を過ぎたあたりか、あるいはずっと河口に行き、海に流れ出たものと思われた。

さて、舟の遭難が伝わったその日は、御厩河岸に家族や知人が駈けつけて大騒ぎだった。秋葉祭礼に行くと云って出たことが分っているので、心当りの人びとでその辺は埋まった。助かった者は迎えの者に駕籠《かご》に乗せられて帰った。また、その舟に乗れないで岸で待たされていた者は、その幸運を秋葉権現のお護りであろうと感謝した。ただ、哀れなのは手当ての甲斐《かい》もなく死んだ人間で、これらは遺族や知人に泣く泣く引取られて行った。なかには半狂乱になって夫の死骸にとりつく女房もいた。

しかし、ここに引取手のない身元不明の男の死体二つがいつまでも残された。検視の役人の書き止めたところによると、一人は、

「町人体の男、年ごろ四十歳ぐらい、鼻高く、色黒く、鼻際に少し痘痕《あばた》がある。眉毛うすきほう、耳常体、上歯一本抜これあり、月代《さかやき》うすきほう、藍縞木綿布子《ぬのこ》膝に

少し継《つぎ》がある。股引《ももひき》、縞財布、ただし、中に一朱銀一つ、銭三百文、木綿細引」

もう一体は、

「町人体の男、年ごろ二十三、四歳ぐらい、鼻高く、色白く、眉毛濃きほう、耳常体、月代うすきほう、鉄色紬《つむぎ》、甲斐絹襦袢《じゅばん》、革銭入れ一つ、ただし、中に二分金二つ、一朱銀二つ、銭少々、博多帯一本、莨入れ一つ、煙管《きせる》は銀口」

これでみても四十歳くらいの男は貧乏な人間だが、若いほうはかなり余裕のある暮しをしていた人間だと思われた。しかし、両人とも身元を知る手がかりは一切無かった。遺体はいつまでもそこに置いておかれないから、近くの浅草の安養寺に仮埋葬された。それにしても、この舟の転覆事件はその日のうちに近隣に伝わり、翌日からは江戸中にひろがっているので、誰かが心配してたしかめにこなければならないはずだった。まさか身寄りのない者ではあるまい。だが、どういうわけか、問合せにくる者はなかった。

話は、舟の転覆した直後溺れた女を介抱するときに戻る。

助けられた女は三人だった。さっきも云う通り、濡れた着物を多勢の人間の前で脱がすわけにはゆかない。三人の女はすぐ近くの家に別々に抱えこまれた。家々では土間に火を焚き、その傍に蓆《むしろ》を敷き、着物を脱がせて寝せた。これぱかりは医者以外は女だけの介抱であった。

三人のうち一人は四十五歳の女房で、一緒の舟で溺死した惣兵衛という者の家内だった。一人は十六の娘である。これは幸いにも助かった源兵衛店藤六の娘お藤という名だった。あとの一人は善助《ぜんすけ》の家に抱えこまれた三十一、二くらいの身装《みなり》のいい女である。着ている物も立派で、裕福な家の女房と思えた。

善助は香具師《やし》だった。ふだんは向両国や広小路あたりに屋台を出していかさまものを売っている。よそに祭があれば、高市《たかまち》を追って店を出す。彼は今年二十七になるが、まだ女房はもらっていず、老母と二人きりだった。どういう訳でこのような家に溺れた女が抱えこまれたか分らない。もっといい家が近所にいくらでもあるが、急の椿事《ちんじ》でかつぎ込むほうも気持が動顚《どうてん》していたのかもしれなかった。その善助は、やはり今日の秋葉祭を当てこんで商売に出て留守だった。

その女は医者の手当てが早かったせいか、おびただしい水を口から吐いて蘇生した。正気づいた彼女は火の傍で裸になっている自分に気づくと、ふり乱した髪を伏せて羞《はずか》しそうに身を縮めた。

「もし」

と、善助の母親の六十二になるお豊が女の耳に口をつけて云った。

「気がつきましたか。おまえさまは助かったのですよ。おぼえていますか。舟がひっくり返ってほかの人と一緒におまえさまも水の中に落ちて、溺れ死ぬところでした。みんなで救い上げて、こうして介抱しているのです。冷たくなった身体を火であぶっているのですから、存分にぬくもって下さい。ここには女ばかりしか居ませんから、ちっとも遠慮することはありません」

裸といっても、女の腰から下は、老婆の着物がかけてあった。しかし、女はそれでもまだ顔を上げなかった。が、苦しい息づかいはつづいていた。

「おまえさまは仕合せですよ。いっしょに乗った舟のお客で多勢仏になった人がいるんですからね。さあさ、お医者さまの云う通りに薬を飲んで下さい」

老婆は近所の女たちと一緒に、彼女を元気づけた。医者は気つけ薬を与え、あとの介抱の要領を云いつけて忙しそうに立去った。ほかに診なければならない遭難者は多かった。

真蒼《まつさお》だった女の顔にも次第に生気が戻ってきた。冷えていた身体も焚火のために次第に暖まり、その白い肌にはうすい紅さえ射してきた。

別な女房たちは、その女の着ていた着物を竿に通したり、帯をかけたりして乾かしていた。それは立派なもので、女たちは手に取って生地《きじ》を見たり、裏を返して摘《つま》んだりして羨しがった。

気の利いた老婆は奥から自分の着物をとり出して、とりあえず女に着せた。

「ご親切さまにありがとうございました」

と、ようやく人心地ついた女は老婆に礼を云った。ぐるりに居る女たちにも頭を下げた。

「ようござんしたねえ。ほんとにおまえさまは神参りのご利益《りやく》があったのですよ」

と、近所の女たちも彼女の無事を祝った。

「ありがとうございます。みなさまのご親切で一命をとり止めました。このご恩は決して忘れはいたしません。いずれあとから改めてお礼に参ります」

と、女は丁寧《ていねい》に云った。その言葉つきも決して卑しくはなかった。着物や帯の品といい、どこか大家の内儀と見受けられた。

「そんなご斟酌《しんしゃく》には及びません。ですが、このままではお家にもお帰りになれないでしょうし、また、この騒動を聞いてお家の方が心配して駈けつけてきておられるかも分りません。どちらにしてもお所とお名前をお聞かせ下さいまし」

と、老婆はいんぎんに訊いた。

「はい……」

女はうなずいたまま俯向《うつむ》いていた。それから低い声で云った。

「申し訳ありませんが、所と名前だけはどうぞご勘弁下さいまし。いずれあとからお礼に参ります」

女はあとから礼にくると云うだけで、何としても自分の家の所と名前を明かさなかった。介抱した女房たちはさすがに顔を見合せて不愉快な表情になった。

「ほんとうに申し訳ありません」

それと察したか、女は何度も詫びを云った。そして、さいわい流れずに済んだ紙入れを干している場所からとり寄せさせた。彼女は、その中から二分金一枚を出して、

「これはほんの当座のお礼です。どうぞみなさんでお取り下さい。また、お医者さまにもお礼として差上げて下さい」

と云った。二分金でも大そうな礼金だった。女たちは眼をまるくした。

「いま何刻《なんどき》でしょうか？」

と、女はそわそわしはじめた。

「はい。もう、かれこれ昼すぎになります」

「それでは、すみませんが、駕籠を呼んでいただけませんか」

「大丈夫ですか？　どこまでお帰りですか？」

と、老婆は気遣《きづか》った。女の顔色はまだ蒼かった。

「それほど遠くはありません。なに、もうすっかりよくなりましたから、気遣いはありません」

「着物も帯もまだ濡れたままですよ」

女はそれを聞いて当惑した。が、すぐに、それは持ち帰るから油紙に包んでほしいと頼み、

「申し訳ありませんが、この着物はわたしに譲っていただけませんか？」

と、老婆に云った。

「それをお渡しすると、わたしの着更えが無いので困りますが、あとで返して下されば、それで結構です」

老婆が云うと、女はまた紙入れから一朱銀二枚を出した。

「これでこの着物を譲って下さい」

「いいえ、そんな。それだけの値打ちはありません。洗晒《あらいざら》しの安物ですよ」

「でも、無理にこちらで譲っていただくのですから」

女は、その金を老婆に押しつけた。それだけの金があれば老婆には新しい着物が買えた。

老婆は女の乱れた髪を櫛《くし》で梳《す》き、ともかく恰好《かっこう》だけはつけた。すると、老婆の着物をきた彼女は、その地味な色と柄とがかえって彼女の派手な顔をふしぎに引立たせた。

「駕籠はまだですかえ？」

女は落ちつかなげに催促した。

「もう、ほどなくくるでしょう」

表から足音が入ってきた。駕籠屋かと思っていると、それはこの家の主《あるじ》の善助だった。

「今日はえらい騒ぎだった。おかげで商売も滅茶滅茶だ……」

彼はぶつぶつ云いながら土間に入ったが、この場の様子を見て眼を瞠《みは》った。

「善助かえ。いま、この方もあの舟に乗って災難に遭いなすったけれど、さいわいに命拾いをされたのだよ」

老婆は息子に手短かに説明した。

女は善助に両手をついて鄭重《ていちょう》な礼を述べた。その顔を善助はじっと見つめていた。

「そりゃ何よりだ」

彼は手拭《てぬぐい》で脛《すね》を叩き、着物の裾《すそ》を下した。

「それで、いま駕籠を呼んでお帰りになるところだよ」

老婆が口を添えた。

「ご気分はいいのですかえ？」

善助は女にたずねた。

「はい。お蔭さまでもう大丈夫でございます」

「それは何よりだ。で、どちらまでお帰りで？」

女は黙った。眼を伏せていたが、

「深川まで」

と、低い声で云った。今まで行先を云わなかった彼女も、この家の主の善助に問われると答えないわけにはゆかないようだった。

「深川はどのへんで？」

善助はなおも訊いた。

「少し訳がありまして……」と、女はかぼそい声で云った。「改めてお礼に伺いますから、所と名前はどうぞご勘弁下さいまし」

善助は女のうつむいた顔に眼を据えていたが、腰から莨入れを出し、ぽんと筒を抜いた。老婆が息子に気を兼ねたようにそれとなく手に握っていた二分金と一朱銀二枚を見せた。

善助は、それをじろりと尻眼に見た。彼は煙管《きせる》をくわえて女に云った。

「難儀を助けるのはお互いさまですがね。わっちらもいつ人さまのお世話になるか分りません。だが、いくら何でも助けてもらった人には名前ぐらいは申しますよ。なにも深川から改めてここに礼においでになるには及びません。見れば、こちとらと違って、どうやら結構なお家のご内儀のご様子、お名前をおっしゃらないのはちとお行儀にはずれているように思いますが」

善助は口から煙を吐いて云った。

「いちいちご尤《もつと》もでございます。でも、どうか今日のところはお見逃し下さいまし」

善助に厭味《いやみ》を云われて、女は両手をついた。

「なにもおまえさまが悪いことをしたわけじゃねえ。見逃すも見逃さねえもありますめえ。だが、わっちらはそれでいいとして、今日の舟の騒動にはお上のお調べもあることです。あとで助かった人のお名前を聞き洩らしたと云やあどんなお咎めがわっちらにかかるか分りませんぜ。べつに恩を被《き》せるわけじゃねえが、ここに居る女どもはおまえさまにとって命の恩人、その恩人が迷惑を蒙《こうむ》ってもかまいませんかえ？」

善助は煙管をくわえながら女を横眼で見てねちねちと云った。女はいよいようなだれた。老母がはらはらして眼顔で善助を制したが、彼は取合わなかった。

女はしばらく考えていたが、やがて紙入れをとり出すと、二分金をもう一つとり出して善助の前に置いた。

「おっしゃることはいちいちご尤もでございます。でも、今日のところはどうぞご内聞に願います。先ほどからも申します通り、また改めてお礼に伺いますが、これはほんのあなたさまへのお礼心、おさめておいて下さいませ」

と云った。

善助は二分金と女の顔とを見くらべていたが、何かひとりでうなずくと、急に様子が変った。

「なるほど、ひとさまにはそれぞれ事情《わけ》のあること、わっちも岡っ引じゃなし、よけいな詮議はいたしますまい。もし役人があとで調べにきたら、どこのどなたさまだったか、つい、お名前を聞くのを忘れていたと、とぼけておきましょう。どうやら表に駕籠もきた様子、気をつけてお帰りなさいまし」

善助は二分金を手早く懐の中に入れた。

女を乗せた駕籠が表から出て行くと、善助は急に立上った。

「善助。おまえ、どこへ行くのかえ?」

老婆は息子を見上げた。

「なに、ちょいと用事を思い出したんだ」

「おまえ、二分金を持って行くが、またどこかへ手慰みに行くんじゃないだろうね?」

「心配することはねえ。おっかあ。博奕《ばくち》でも、ひょいとすると、もっと大きな目を張るかもしれねえ」

善助は謎のような言葉を残して表に出た。彼はそこで頬被《ほおかぶ》りをした。尻を端折《はしょ》って小走りに行くと、さっきの女を乗せた駕籠はすぐに眼についた。彼はそのあとを見え隠れして追った。

駕籠は大川端沿いに進んで行く。その方角はどうやら永代橋のほうなので、女の云った深川に嘘はないようだった。駕籠は思った通りに長さ百二十間の永代橋を渡った。

橋を渡り切ると火除地《ひよけち》だが、駕籠はそれを北にとった。突当ると、この辺は大川から引いた掘割が多い。駕籠は正面の小橋を渡らずに東へ向った。さらに一つの堀にかかった別の小橋を越すと、道は堀沿いについて曲っている。結局、駕籠が入ったのは場末の裏町だった。善助は、その駕籠が裏店《うらだな》の角に止るところまで見届けて天水桶の蔭に隠れた。

駕籠から地面に降りた女は、走りこむように長屋の角の一軒の中に消えた。手には生乾きの着物と帯の包を抱えていた。

善助は意外な気がした。相当裕福な家の女房だと思ったが、このような裏長屋に住んでいようとは思わなかった。しかし、女は気前よく二分金二つと一朱銀二枚を出したのだ。一両と二朱は善助もめったに手にしない大金であった。彼は不釣合な貧乏長屋を見て首をかしげた。

空駕籠が引返したのを見送ったあと、彼は表通りへ出て角の酒屋に入った。酒も売るし、茶碗酒くらいは隅で出してくれる。ふところに二分金を呑んでいる彼は、気前よく上酒を注文した。

「この町は何という名前ですかえ？」

と、彼は茶碗に酒をついでくれた亭主に訊いた。

「黒江町といいましてね。ほら、眼の前にかかっている橋が黒江橋でさ」

「なるほど。わっちはこの辺は初めてだ。ところで、亭主。つかぬことを伺うようだが、この裏の長屋の角の家、あれはどういう方が住んでいなさるかえ？　いえ、ちょいと表に立った人に顔のおぼえがありますのでね。もし人違いだったら挨拶しても気拙《きまず》いと思い、そのまま知らぬ顔をしてきたが、どうも気になっていけねえ」

「あの家はお房さんといって、材木屋に勤めている新吉さんの住居ですよ。母子《おやこ》二人暮しだが、母親のほうはいま五十くらいです。近所の針仕事などぼつぼつやっていますがね」

善助は考えたが、いわくありそうなのは、その息子のほうではなく、母親だろうと思った。

「そのお房さんというのは、前にどこかに奉公でもしていましたかえ？　どうもわっちにはそのほうで顔をおぼえたような気がするのでね」

「お房さんは三年前まで、京橋の菱屋という太物《ふともの》屋に乳母に上っていましたからね。おまえさんが見たのは、そのころ菱屋の前を通ったときじゃありませんかえ？」

酒屋の亭主は云った。

「うむ。そうかもしれねえ」

善助は調子を合せた。

「それで、なぜ、そのお房さんは菱屋をやめなすったのかえ？」

彼はさらに訊いた。

「菱屋の一人息子の玉太郎という三つになる子が疱瘡《ほうそう》を患《わずら》って死んだからでさ」

「うむ、うむ。なるほど」

善助はうなずいた。すると、今、お房の家に駕籠をつけて駈けこんだのは、その玉太郎の母親の菱屋のおかみであろうと彼は推量した。川水に濡れて生乾きの衣裳を包むところをちらっと見たが大そう立派なものだった。いかにも大店《おおだな》の内儀のようである。その内儀があの災難に遇ってなぜに真直ぐ家に帰らずにもとの乳母のところに寄ったのか。善助に新しい疑問が湧いた。

「子供さんが死んでも、菱屋のおかみさんは子供の乳母さんとつき合っていなさるのですかえ？」

善助は酒を呑みながら訊いた。

「乳母といってもお房さんは、菱屋のおかみさんが実家《さと》から連れて行ったときの女中なんですよ。おかみさんは、お綱《つな》さんといって品川のほうから菱屋に嫁入りしなすったんですがね。菱屋の旦那に器量よしを望まれてね。そんなわけでお房さんはお綱さんに従いて菱屋に行ったが、二年くらいでやめ、子供が生れてまた乳母に出た。こういうわけですよ」

亭主は話好きとみえた。

「なるほど、おめえは詳しい」

善助は感心したように云った。

「今でも菱屋のおかみさんとお房さんとはつき合いがあるというわけですね。それで、おかみさんはときどき、この裏のお房さんの家に来なさるのですかえ？」

「おかみさんのほうから来なさることはありませんよ。お房さんのほうからお店《たな》に時々は行っているようです」

それはそうだろう、もとの主人のほうからもとの女中や乳母のところに来ることはない。してみると、いま、そのお綱という菱屋の内儀がお房の家に駕籠を乗りつけたのは特別な事情だと善助は思った。

その特別な事情とは、お綱がお房の家で着更えをしたいからであろう。お綱は善助の老母の着物を仮りに着ているが、あんなものでは家には帰れない。そこで、お房のところで着更えをするのだろうが、なぜ、お綱は菱屋に真直ぐに帰らないのだろう。お房のところに行っても彼女に似合う着物はないはずだ。また水に漬った着物や帯を着て帰るわけにもゆかない。

お綱は秋葉祭に行く途中の災難だから、べつに恥しいことではない。むしろ、菱屋ではその無事を祝うはずなのだ。それがどうして人目を避けるように乳母のところへ行ったのか。また介抱されて蘇ったのに、その恩人たちになぜ所と名前を云わなかったのか。実際はまだ十分に身体が恢復したのではないから、もう少し寝ていなければならないのに無理をして起きて出て行った。それに、まるで口止めするかのように一両二朱という金を置いて行った。どうも善助には合点のゆかぬことばかりだった。

しかし、これは酒屋の亭主に云うことではない。彼は酒代を置くと、そこを出てもう一度お房の家の近くの路地に近づいてみた。すると、表が固く閉っている。察するところ、中ではお房がお綱の来たことを近所に知られないため秘密にしているようにみえた。

まあ、いいや、と、善助はそこを立去った。人にはいろいろと都合がある。それほど詮索することもあるまい、と考え直した。それに、あの女房は少なからず金をくれたのだ。べつにこっちが損をしたわけでもなかった。だが、お綱という名前だと聞いた、その女房の顔が奇妙に善助の頭に残った。

その夕方、彼はいつもの賭場《とば》に回り、もらった二分金を元手に久しぶりに盆茣蓙《ぼんござ》に坐った。だが、翌朝はしょんぼりと戻った。

「また博奕で夜明ししたのかえ？」

と、老婆は彼を見てめくじらを立てた。

「なに、あの金をもらわなかったと思えば、それで済む。おっかあ、腹が減ったから、すぐ飯を食わしてくれ」

善助は大の字になって云った。

もう、ああいうことはないかな、と、天井を見つめながらぼんやりと思った。

——それから二、三日経ってからである。善助は、舟の災害で水中から引きあげられた溺死者のうち身元の知れない男の遺体が二つあるのを聞いた。一つは四十ばかりの男、一つは二十三、四歳くらいの男だという。四十年配の遺体は貧乏人らしいが、二十三、四の若いほうはそれほど困っている暮しとは思われない風采だというのである。

それを聞いて善助にすぐに浮んだのが菱屋のおかみお綱のことだった。

二

あの女は、たしかに死地を脱した。川から救い上げられ、手厚く介抱された。善助の家に担ぎこまれてからの世話でようやく蘇生した。その女がお礼として善助の母親や皆の者に二分金一枚を出したのは、大店《おおだな》の内儀としては当然の金高である。介抱した連中は彼女にとって命の恩人に違いないから、それは当り前の仁義《じんぎ》であろう。問題は、そのあとである。彼女はまだ蒼い顔をして身体がふらふらなのに無理して起きた。みんなが制《と》めるにもかかわらず、駕籠に乗って逃げるように立去った。

それも不自然だし、その前、たずねられても、どこに住んで居るのか云わなかった。強《し》いて訊くと、おどろいたことに、これまた二分金一枚を出したのである。事情があるから訊かないでくれというのだ。善助のそのときの不審が駕籠のあとを追わせた。京橋の「菱屋」という太物屋も、そこの内儀のお綱という名前も、彼女が駕籠を着けた深川の乳母の家の近所で聞き知ったことである。

その数々のふしぎが、ひょいと今、身元不明の溺死者の一人に結びつけてみて、はじめて春の日向《ひなた》の雪のように解けた。

「そうだ」

と善助は手を叩いて破《や》れ畳の上から跳び起きたことである。

災難の日にお綱を介抱した母親がふりむいた。昨夜も博奕ですって裸になって帰った息子である。また無理な勝負をしに出かけると思ったのだ。

「おっかあ、もう一枚の着物を出してくれ」

「あれ、一張羅の着物まで質においで、盆茣蓙を張るつもりかえ？」

「そうじゃねえ。勝負は勝負でもケチな盆を張りに行くのと違うのだ。少しばかり装《なり》をよくしなくちゃならねえことがある。つべこべ云わずに出してくんな」

善助は、少しはましな着物に着更えると家を飛出した。

「一体、どこへ行くんだえ？」

「なに、鼻の向いたほうだ」

行先は京橋の菱屋が目当てだった。

菱屋は善助の想像以上の大きな店だった。表には「菱」と染抜いた紺の暖簾《のれん》が軒いっぱいに張られてある。紺の日覆《ひおい》にも同じ染抜きがあった。善助は、その前を二、三度往復して、横眼で中をのぞいたが、二十七、八くらいの番頭が帳場に坐り、色の生白い手代が客に反物を見せていた。

この前の、色の白い、肉づきのいいお綱の顔は見えなかった。実は善助がこれまで熱心になったのも、自分の家での彼女が眼に灼《や》きついているからだった。

善助は、菱屋からあまり離れていない横丁に入り、小さな魚屋の前に立った。

「いらっしゃい」

と声をかけたのは四十ばかりの女房だった。五つぐらいの子供を叱っていたのが、こちらに愛想顔を向けた。

「すまねえ。わっちは魚を買いに来たんじゃねえんですが……」

と、善助は愛想笑いをして云った。

「へえ」

女房は急にふくれた顔をした。

「おや、これはおまえさんとこの子供かえ?」

善助は、母親に叱られて泪《なみだ》を溜めている子供の顔に眼を向け、素早くふところからなけなしの小銭を出して紙に捻《ひね》った。

「可愛い子だね。ほら、おじさんがこれを上げるから、何でも好きなものを買って来な」

子供はもじもじして母親の顔を見た。

「まあ、すみませんね」

と、女房の顔が崩れた。子供は素早く受取ると表に駈出して行った。

「なにね、つかぬことを訊くようですが、おまえさんとこはそこの菱屋がお得意だろうね？」

「菱屋さんですかえ。いいえ、あすこはわたしのとこなんか入れませんよ。もっと大きな魚屋が前から出入りしています」

女房の口ぶりが菱屋にあまりいい感じを持ってないらしいので、善助は内心でしめたと思った。

「それは近所づき合いがよくねえですね」

「あちらは大店だから、わたしのとこなんかまだ入らせてもらえませんよ」

魚屋の女房は皮肉を云った。

「そうですかえ。……ところで、おかみさん。菱屋さんの世帯は何人ぐらいですかえ？」

「ご主人夫婦と、番頭さんと、手代二人に小僧四人です」

「そいつは大世帯だ。旦那はどんな人ですかえ？」

「そうですね、五十近い人でしょうか。けど、もう、あんまり店には出ていませんよ」

　善助は、お綱を三十一、二とみた。すると、亭主との年齢があまりに開きすぎる。多分、それは後妻であろうと想像した。彼の眼には、またもお綱の白い顔が浮んだ。

「菱屋の旦那が店に出ねえというのは、ほかの番頭さんがしっかりしていて、べつに面倒をみることもないからでしょうね？」

「はい、それもありますが、宗兵衛さんは中風のかげんで寝たり起きたりです」

「そうですかえ。まあ、こちとらとは違い、ああいう大店になると、寝ていてもちゃんと銭が入るんだから、安心なわけはわけだが……」

　善助は笑顔を魚屋の女房に向けた。日ごろ人づき合いに馴れているので取入るのはうまかった。魚屋も今は客が途切れ、魚を置いた盤台《ばんだい》も水が乾き気味だった。

「そうですねえ、同じ商売でも菱屋さんとうちとでは月とスッポンの違いですよ。旦那が寝ていても番頭さんや手代が稼いでくれるんですからねえ」

「番頭さん一人に、手代が二人でしたね？」

「ええ……」

　と云ったが、女房は首をかしげた。

「その手代のうち、一人はこの前郷里《くに》に帰ったそうだから、あとは一人ですね」

「なに、手代の一人が郷里へ帰ったのですかえ？」

「そういう噂です。それで、近ごろはその人の顔を見ませんよ」

「それはいつのことです？」

「四日前に、信州の母親が病気だというので暇を取って戻ったそうです」

「その人はいくつぐらいですかえ？」

「そうですねえ、二十三、四でしょうか。長三郎さんといって、菱屋では三年前に手代になった人です」

「それは色の白い、ちょっと苦み走った、いい男じゃなかったですかえ？」

「ええ、そうでした。あなたは長三郎さんを知っていなさるのかえ？」

「なに、ときおり菱屋の前を通って、そんな顔を見かけましたのでね。そうですか。四日前というと、十一月十六日ですね？」

「そんな話です」

「長三郎さんには好きな女がいましたかえ？」

魚屋の女房は笑い出し、

「さあ、そんなことまでは聞いていません。おまえさんは長三郎さんの仲人でもするつもりですかえ？」

「なに、そんなんじゃねえ。あの手代なら男ぶりがいいから、さぞ女にもてただろうと思ったまでのことでさ」

「ほんとうは、近所の娘っ子が二、三人、長三郎さんに岡惚れしていたと聞きましたが、ついぞ浮いた噂はありませんでしたねえ」

「そいつは身持ちが堅い。太物屋の手代には惜しいくらいですな。で、長三郎さんは信州に帰って、いつ、こっちに戻ってくるのですか？」

「さあ、そこまでは分りません」

善助があまり根掘り葉掘り菱屋の手代のことを訊くので、さすがの女房も少し警戒的になった。善助は、この辺が汐時だと思い、いいかげんな挨拶をしてそこをはなれた。

――もう間違いはなかった。身元の知れない溺死者のひとりは菱屋の手代の長三郎に違いなかった。十六日、秋葉権現の祭には菱屋のおかみのお綱と一緒に渡し舟に乗ったのだ。二人は別々に家を出たのだろう。病気勝ちな、年の違う亭主を持つ女房と、近所の娘にも騒がれるような年下の若い雇人《やといにん》とならべてくると、助けられた女が素姓をかくしていたことも、手代がその日から急に信州の故郷に帰ったことも、筋道のすべてが分ってきた。

（二分くれえでごまかされてたまるものか）

善助は腹の中で、お綱の小細工をあざ笑った。

彼はもう一度、菱屋の店の前をさり気なく往復した。店の奥を横眼でのぞくと、さっきの客は帰って番頭と手代一人がぼんやりと外を見ていた。

お綱の白い顔は無かった。

「おい、だれか表に水を撒きなさい」

善助の耳に番頭の声が聞えた。

（はて、これからどうしたものか）

彼は歩きながら今後の方寸を胸で考えていた。眼に女の白い皮膚がまた走った。

善助は神田の裏店《うらだな》に住む才次《さいじ》を訪ねた。才次は餅屋をしている。自分の家でも搗《つ》いているが、忙しいときには頼まれて賃搗きに行くこともある。また閑になれば、そっちのほうは女房にまかせ、臨時の日傭《ひやとい》で河岸人足などしていた。

「善助か。珍しいじゃねえか。まあ、こっちに入れ」

才次は長い顔を出して寒そうにしていた。

「うむ。ちっとばかりおめえに内緒の相談ごとがあって来たのだ。かみさんが家に居たんじゃ拙い。そこいらまで一緒に歩いてくれ」

　善助は暗い奥でうろうろしている才次の女房を見て云った。

　才次はすぐに半纏《はんてん》をひっかけて出てきた。

「少し金儲けの口があるのだ。おめえに片棒を担いでもらいてえ」

　善助は云った。

「金儲けとはありがてえ。ぜひやらせてくれ。このごろは不景気で餅もあんまり売れねえのだ」

「おめえ、たしか信州の生れだったな？」

「信州は高遠《たかとお》の在だ」

「そんなら、信州訛《なまり》はお手のものだな」

「江戸に来てから長えことになるが、まだ郷里《くに》の言葉は忘れちゃいねえ。その信州訛が金儲けとどう関《かかわ》りがあるのかえ？」

　実はこうだと、善助は菱屋のおかみの一件を手短かに話した。外にはあまり人も歩いていなかった。着物の裾から寒い風が埃《ほこり》を巻いて上ってきた。

「こういう次第だ。菱屋のおかみと、信州生れの手代長三郎とは乳くり合っていた。秋葉権現詣りを口実に人目に隠れて首尾を遂げようとしたに違いねえが、神罰てきめん、舟がひっくり返ってあの騒ぎだ。そうなると、女房はてめえの隠しごとが露顕《ばれ》るのが怕くなり、無情にも手代を棄《す》てて来たのだ。安養寺に眠っている身元の知れない二十三、四の男は、長三郎に間違いなしだ」

「なるほど、おめえの云う通りかもしれねえ」

と、話を聞いた才次もうなずいた。

「ひどい女もあったものだ。手代の死体を引取りに行かねえのは隠しごとが分るからだ。知らねえ振りをしてるだけじゃねえ。長三郎は、急に信州の母親が病気になり、郷里に帰ったと、店の者にも云い、近所の手前もとりつくろっている。おおかた、菱屋のおかみは、亭主が年寄りなので嬶《かかあ》天下に違いあるめえ。あの女の口先一つでどうにでもなるらしい」

善助は云った。

「それで、金儲けというのは、その菱屋のおかみを強請《ゆす》るのかえ？」

才次の眼が少し光った。

「そうだ。あの女房は、今も云った通り、助かったときにおれの家で介抱してやったが、どこに住んで居るかと訊いても、ひた隠しに隠していた。そのとき、おれに二分くれたのだが、なあ、才次。玄冶店《げんやだな》の与三郎の台詞《せりふ》じゃねえが、こいつは二分じゃ帰《けえ》られめえぜ」

「うむ、もっともだ、もっともだ」

と、才次も芝居がかって相槌《あいづち》を打った。強請る相手が大店と聞いて、彼も欲が出てきたようだった。

「それで、おいらの役目は何だえ？」

「身元の知れねえ男の死体がこちらの手代の長三郎さんでしょうと云うだけじゃ力がねえ。そこで、おめえが長三郎の兄貴になって菱屋に訪ねて行くように芝居をするのだ」

「なに、おれが長三郎の兄貴になるのか。顔が似ていめえ？」

「そんなことはかまうものか。信州から江戸に用があって来たが、久しぶりに弟の顔が見てえ、どうか会わしておくんなさいと云うのだ。こいつはおかみもあわてるぜ」

「それからどうする？」

「あとのことは、このおれに任せておけ。おめえが承知なら、思いついたが吉日《きちにち》だ。今から一緒に出かけようぜ」

「いいとも」

才次は早速善助に従いてきた。

二人は京橋に行った。才次は、菱屋の店の構えの大きいのにびっくりしている。

「怖気《おじけ》るんじゃねえ」

と、善助は才次の肘《ひじ》をつついた。

「まさか店から入るわけにもゆくめえ。おめえは田舎から出てきたように、なるべく郷里《くに》の言葉を出してくれ。そして、今は馬喰町《ばくろちよう》の旅籠《はたご》に草鞋《わらじ》を脱いでいると云うのだ」

手短かに打合せが済むと、二人は菱屋の横手に回り、勝手口をのぞいた。怪訝《けげん》な顔をして出てきた女中に、

「おかみさんに、こちらでご厄介《やつかい》になっている手代の長三郎の兄貴がご挨拶に上りましたとおっしゃって下さい」

善助が云った。

「長三郎さんは信州のほうに帰りましたよ」

と、女中は善助のうしろにいる才次をふしぎそうに眺めている。

「おや、そうですか?」

善助はわざと首をかしげたが、とにかくおかみさんに取次いでくれと頼んだ。

しばらくすると、お綱が出てきた。彼女はそこにのぞいている善助の顔を見ると、はっと棒立ちになった。顔色も変った。

「これはおかみさんですかえ」

と、善助は逸早く彼女に声をかけた。

「お初にお目にかかります。わっちは馬喰町《ばくろちょう》にいる善、いえ善太郎という者ですが、ここにいなさる才次さんは、こちらにご厄介になっている手代の長三郎さんの兄貴です。今度、講中《こうじゅう》で江戸にこられたのを幸い、日ごろ弟さんがお世話になっているお礼を述べに伺いたいと云われましたのでね、なにしろ江戸には不案内なので、わっちがここまでお連れしたわけです」

善助が眼配せすると、心得た才次がうしろからおずおずと出て、朴訥《ぼくとつ》そうに頭を下げた。

「今も善太郎さんが云った通り、わっちは長三郎の兄貴でございます。どうか弟に会わしておくんなさいまし」

と、才次は信州訛で云った。

お綱は呆然と立っている。彼女はもちろん善助の顔を見おぼえていた。溺れた直後介抱されたのが彼の家である。妙に執拗に素姓を訊かれたが、結局、それを隠し通した。二分の金もそのときに与えた。その善助がいま手代長三郎の兄という男を伴れて現われている。彼女の顔は、その辺のいきさつが分らず、混乱だけがひろがっているように見えた。

「おかみさん。済まねえが、早く手代の長三郎さんを呼んでもらえませんかえ。なに、忙しいさなかだろうから、ほんのちょっとでいいのですよ」

善助はお綱には初めて遇ったような顔で口を出した。が、その眼は或る表情を湛《たた》えていた。お綱もようやくそれに気づいたようだった。

「おや、あなたが長三郎の兄さんですかえ？」

と、彼女は才次に云った。

「へえ」

才次がお辞儀をした。

「長三郎はこのあいだ、郷里《くに》に帰りましたよ」

「なに、長三郎さんは郷里に帰りなすったのか。……おい、聞きなすったか。あんたの弟さんは入違いに信州《けえ》に帰りなすったとよ」

善助は才次に云い聞かせた。

「え、それはまたどうしたわけで？」

才次が如才なくおどろいた顔をした。

「ちょいと、……」

と、お綱は素早くあたりを見て、女中や雇人に、

「少しこの人と用事があるから、ちょいと外に出るよ」

と云うと、すぐに下駄をつっかけて降りた。

「長三郎のことでちょいと話があるんです。済みませんが、こちらに来て下さい」

お綱は二人の先に立って、その通りを奥に歩いた。そこには小さな寺があった。

彼女は善助と才次を境内《けいだい》に連れこんだ。あたりには人影が見えなかった。

「おまえさん、ほんとに長三郎の兄さんですかえ？」

お綱は才次を見つめた。ちらりと横眼が善助の顔にも走った。

「へえ……」

「信州から出てきなすったというが、村はどこですかえ？」

「………」

そこまでの打合せは出来てなかったので才次がうろたえた。

「長三郎の村は、藪坂《やぶさか》村というところだと聞いたけど、おまえさんもそこですかえ？」

「へえ、その通りで。藪坂村から出てきました」

「本当でしょうね？」

「へえ、間違いはございません」

お綱が急に笑い出したので、今度は二人が呆気《あっけ》にとられた。

「長三郎の兄さん。おまえさんも案外正直者だねえ」

と、お綱は二人に云った。

「…………」

「藪坂村というのは、わたしが出鱈目《でたらめ》に云った名前だよ。そんな村がほんとに信州にはありますかえ？」

「…………」

才次が返事に詰っていると、横から善助がずいと出た。

「おかみさん。こいつは参った」

と、彼は小鬢《こびん》を掻いた。

「おまえさん、わっちだということを知っていなすったね？」

「あい、おぼえております。その節はどうも」

お綱は善助に頭を下げた。

「なるほどねえ。才次、こいつはおかみさんのほうが役者が一枚上だぜ」

善助が、がらりと態度を変えた。

三

善助と才次は行きつけの飲屋に上った。二人は上機嫌だった。いつもはろくな皿ものをとらないが、この晩ばかりは何でも持ってこいと亭主や女中に云って、眼の前いっぱいに贅沢《ぜいたく》な皿をならべさせた。

富籤《とみくじ》でも当ったのかえ、と女中は眼を瞠《みは》ったが、

「何を云やアがる。今ごろ何処《どこ》に富籤があるものか。妙な眼つきで見るな、べつに盗みを働いたんじゃねえ。心配《しんぺえ》しねえで酒でも料理でもどしどし持ってこい。金はちゃんとふところの中にある。何なら、もう一度見せてやろうか」

善助が赧《あか》い顔をして景気よく怒鳴った。

「なに、それには及ばないよ。先ほどから、その三両をさんざん見せつけられたからねえ。それじゃ、どこかいい旦那集の集る賭場で勝ちなすったのかえ？」

「図星だ。そこいらのケチな盆茣蓙じゃ、こんな小判や小粒は拝めねえのだ」

「はいはい、よく分りました。それでも、善さん、おまえさんの前にはまだ酒も料理も残っているよ」

「何を云やアがる、銭を払えば文句はあるめえ。あとで犬や猫に食わせてもかまわねえから、云っただけを運んでこい」

「あいあい」

亭主も女中も善助と才次のいつにない金づかいに呆気にとられていた。

女中が引っ込むと、才次は障子を閉めて善助に云った。

「なあ、善助。それにしても菱屋のおかみは豪気なものだな。いきなり三両がとこ差出したときには、おれは魂消《たまげ》たぜ、玄冶店《げんやだな》の二分どころじゃねえ。三両とはまたはずんだものだな」

「おい、才次。あんまり三両三両と云うな。おめえの分け前は一両だからな。酔って分らなくなっちゃ困るから、今のうちに念を押しておくぜ」

「分ってる、分ってる」

と、実際酔っている才次は虎の首のように合点合点をした。

「今日は何といってもおめえが立役者《たてやくしゃ》だ。さしずめおれは蝙蝠安《こうもりやす》の役だからな。一両がとこ貰えただけでも御《おん》の字だ。それよりも、善助。おれがびっくりしたのは菱屋のおかみの度胸っぷりだ。いくら出来合った手代のことをおめえにほじくり出されて厭味を云われたからといって、いきなり三両とは大きいな」

「あのくれえの大店《おおだな》になれば世間体もあるし、親類もある。おかみのお綱さんはおれの口一つで身の破滅になるかもしれねえ。それを考えると、初手の三両は安いほうだ」

「なに、初手の三両だって？　善助、おめえ、それじゃ、これからあとも菱屋をいたぶる気かえ？」

「まあさ、もののたとえだ。もう、そんなあこぎな真似は可哀想で出来ねえがね」

善助はあわてたように云い直した。が、才次は、その彼の顔を下からじろりと見上げた。

「おい、才次、勘ぐっちゃいけねえ。おれはそれほど悪党じゃねえ。菱屋との縁はほんとにこれっきりよ」

と善助は盃を才次に渡して云った。

「うむ、うむ」

「考えてもみろ。菱屋のおかみも気の毒だ。あの女盛りに、亭主の宗兵衛さんは五十に近く、しかも半分ヨイヨイの身だ。自分の身体を寝間で持てあましているお綱さんが、前からいる若え手代をつまみ食いしたところでそれほど仏罰は当るめえ」

「全くだ。今日初めて拝んだが、あのおかみは男好きのするふっくらとした顔で、しかも色が白《しれ》え。あれじゃ、きっと餅肌だぜ。善助、おめえ、あのおかみさんが秋葉祭りの日に隅田川で溺れ、引揚げられて、おめえの家で介抱してるところを見たというが、本当かえ？」

「何の嘘を云うものか。その縁があればこそ今日の三両の金にありつけたのだ」

「冷たい水に溺れた人間は、女でも真っ裸にして火に暖まらせるという。おめえ、あのおかみさんの素っ裸のところを見たのかえ？」

「いや、おれが帰《けえ》ったときにはもう着物を着ていた」

「なんだ、そうか。あのふっくらとした身体つきだ、さぞ、脂がのってすべすべした膚《はだ》にちげえねえ」

才次は盃の滴《しずく》と一緒に唾を呑んだ。

「いってえ、あのおかみさんの前身は何だね？」

「そいつはおれにもよく分らねえ。だが、今日の度胸のよさからみると、まんざら素人とは思えねえな。手代の長三郎の在所を逆にカマをかけて来たところなんざ、ただの玉じゃねえ。やっぱり水商売の垢《あか》をくぐってきた女だと睨んでいる」

「そいつが菱屋の旦那に見染められて玉の輿《こし》に乗ったというわけか。だが、あれじゃ年寄りの宗兵衛さんが参るわけだ。それにしても、菱屋の身代はいってえどのくらいあるんだろうな？」

「さあ。長い間繁昌してる店だから、千両や二千両じゃあるめえ」

「二千両よりまだ持っているのか。ふうむ」

才次は善助の言葉に唸って、

「それだけの身代を持っていて子供がねえのかえ？」

と、また訊いた。

「一人生まれた子が三つで死んだってえ話だ。まあ、前のかみさんはどういう女だったか知らねえが、あと釜に乗込んだお綱さんがそっくりそのまま身代を貰ってゆくんだから、墓場の下のかみさんも浮ばれねえわけだ」

「なるほどな。宗兵衛さんは年が二十も上で病身だから、早くこの世におさらばするのは決まっている。すると、たいそうな身代を握った年増盛りの後家が出来るというわけか。こいつは他人事《ひとごと》でなく気が揉《も》める話だ」

「おい、才次。おめえがいくら気を揉んだところでどうにもなる話じゃねえ。妙な気を起すんじゃねえぜ」

「分っている。おれはただ世間話をしているだけだ。なあ、善助。墓場で浮ばれねえといえば、無縁仏になっている信州生れの手代長三郎、こいつも浮ばれねえ男だな。なにしろ、溺れ死ぬと、知らねえ赤の他人だと女には置いてけ堀にされるの、身元知れずで無縁仏になるので、まったくその手代も可哀想なやつだな」

「そいつは野郎の自業自得だ。どうせ若えときから店《たな》の丁稚に出るほどの男だ。若え二度目のかみさんが入って来て自分に白い歯を見せてくれたとなると、色と欲とを一緒に出したのだ。あの日もきっとお綱さんと諜《しめ》し合せ、手に手を取って秋葉詣りに出かけたにちげえねえ。帰りはどこかの出合茶屋でしっぽりと濡れようという寸法だったのだ。やっぱり秋葉権現の本尊が三尺坊だけのことはあらあ、破邪の剣を揮《ふる》いなすったのだ」

善助は心持よさそうに盃を呷《あお》った。

「なるほどねえ。悪いことは出来ねえものだ」

と、才次は神妙にうなずく。

「そうだとも。才次、おめえも一両がとこ思わぬ金が入ったのだから、律義に仕事をしろ。決してこの金の出所を他人《ひと》に云うんじゃねえぜ」

「分った、分った。それで、おめえはこれからどうする気だえ？」

「これからだと？」

「うむ。せっかく眼の前に菱屋という身代と、お綱さんという玉とが転っているのだ。このままおとなしく引っ込んでいる気かえ？」

「おい、才次。だから云わねえことじゃねえ。さっきもおれがくどく云って聞かしたじゃねえか。妙な料簡《りょうけん》を起すと、お互い、身の破滅だ。向うさまは大店《おおだな》、こちとらはしがねえ日稼ぎ人足。もちっと間が近かったら娑婆《しゃば》っ気が出ねえでもねえが、あまりに開きが大きすぎらア。おれはもうこれっきり菱屋のことは忘れるつもりだ。おめえもその気になっていろ」

　善助は才次をあたまからたしなめた。

「おめえがその気なら、なにもおれが色気を出すわけがねえ。おめえの云う通りにする。だが、おめえがそんな立派な口を利くからには、おめえこそつまらねえ欲気は起さねえで地道に仕事に励むだろうな？」

「当りめえよ。身分不相応な夢は身の破滅の因《もと》だ。おれは二両ふところに入っただけで何も云うことはねえのだ」

「そいつはいい料簡だ。善助、その言葉を忘れねえでもらいてえな」

「おや、おめえ、いやにしつこくからむじゃねえか。さては酔ったな？」

「酔った、酔った。酔っているが、まだ性根が分らなくはねえ。まあ、心持を悪くしねえでくれ。おれはただおめえが間違えねえように念を押しただけだ」

と、才次は口の雫《しずく》を指で拭いて笑った。

十一月の晦日《みそか》の八ツ刻《どき》であった。善助がこざっぱりとした装《なり》で菱屋の裏玄関に立った。店とは別に、母屋の出入りはここからするようになっている。

顔を出した女中に、善助は律義そうにお辞儀をした。

「わっちは、こちらのおかみさんの遠縁に当る者ですがね。ちょっとお会いしてえと思って上りました。善助が来たと、そうおっしゃって下さい」

今日の彼は、なるべく堅気《かたぎ》に見せかける支度でいた。この間来たのと同じ男だと女中たちに見やぶられてはまずい。しかし取次の女中は違う女だった。女中が引っ込んで、そこで待っている間、彼は寒空を見上げながら、お綱は今の取次でどう出るだろうかと考えていた。善助という名でお綱も誰が来たか分っている。十日ほど前、才次と一緒に手代の長三郎のことでおどかして帰るとき、本名を名のってきていた。

しかし、あれをタネに三両脅迫したのだから、いくら度胸のいい女でも顔色を変

えて会うのを断わると思われた。三両の金には、今後一切かかわりなしの意味が含まれている。善助もあの場では、

（おかみさん、どうもありがとう。信州から来なすった長三郎さんの兄貴も、これ限りで信州に帰られます。江戸にはそうそうやってこられませんからね）

と云って、暗にこの金で一切の始末がついたと云ったものだった。

その善助が今日来たのは一か八かの下心があってのことである。もしお綱が会わないと云ったら、それでもよし、そのときの手立ても彼は心組みして来ていた。

首尾はどうかと思っていると、女中が戻ってきて、どうぞお入り下さい、と彼を中に招じた。善助は案外な気がした。十中八九は断わられると思っていたのに、相手は二つ返事で中に入れてくれたのである。やっぱりあれが弱味だなと、善助は肚の中で舌を出して喜んだ。

女中は彼を奥の間に案内した。襖《ふすま》を開けて女中が脇にのくと、こぎれいな六畳の間に長火鉢を前にしてお綱が坐っていた。中が暗いだけに、その顔は浮き出るように白かった。

「ご免下さいまし」

と、彼は閾際《しきいぎわ》に膝を揃えた。

「おや、善助さんかえ」

と、お綱はそこから声をかけたが、それは彼の傍にいる女中の手前をとりつくろっているからだった。

「おまえさん、いつ葛西《かさい》の在から出て来なすったのかえ？」

葛西の在というのにお綱は声を少し大きくした。善助は、ははあ、遠縁の者は葛西から来たことにしろという謎だなと察した。

「へえ、今朝江戸に入ったばかりでございます。早くこちらにご挨拶に回るつもりでしたが、いろいろとほうぼうに用事があって……」

善助も調子を合せた。

「そりゃ、そうだろうとも。さあ、寒いから襖を閉めてこっちにお入り。……お常や、早く熱いお茶を出して」

お綱は女中を急き立てるように起たせた。

女中の足音が遠ざかると、お綱は急に険《けわ》しい顔つきになった。

「善助さん。おまえさん、何でここに来なすった？」

低いが鋭い声であった。

「へえ、この前はどうも申し訳ありません」

と、善助は両手をついて頭を下げた。下げたままで、じっとあたりの様子を耳で探っていた。すぐ隣に人は居ないか、この部屋に亭主の宗兵衛は居ないようだが病人の寝ている部屋がここから遠いかどうか、また別なほうから足音が近づいていないかどうか、お綱のいるこの座敷をめぐる一切の気配に彼の神経は集中していた。しかし、何も耳に入ってこなかった。店からも遠く、冬の真昼間はしんと静まりかえっていた。

「善助さん、そういつまでも手をついていないで顔をあげておくれ」

と、お綱はやはり小さいがしっかりした声で云った。

「へえ」

顔をあげると、お綱の眼が彼を睨んでいた。いい女だけに、その険しい顔は凄いほどきれいだった。

「おまえさん、もう、あれっきり妙な云いがかりをつけないはずだったねえ?」

「…………」

「あのときはおまえさんの友だちまで引張ってきて変な芝居を打ちなすったが、こっちはきれいに三両出して上げました。あれからまだ十日というのに、よくも、のこのことやって来なすったね」

「面目ねえ次第です。おっしゃる通りこられた義理じゃございませんが、これには仔細《わけ》のあること……」

と、あとをつづけようとしたとき女中の足音が近づいて来たので、善助は声を呑みこんだ。

女中は茶を二人の前に順々に置いた。その間、お綱の声がまるきり違って、とってつけたように愛想よくなった。

「そうですかえ。それじゃ、あちらも皆さんお変りなくて結構ですねえ」

顔までにこにこさせていた。

「へえ、お蔭さまで……」

善助のほうがとまどって、うまい相槌が打てなかった。

だが、女中が襖を閉めて足音を遠ざけると、お綱の顔も声もまた元のけわしいものに戻った。

「おまえさんがここに来た用事は分っている。つまりは金が欲しいからでしょう。わたしもおまえさんにたびたびこられては、主人の手前、また店の者の手前、迷惑ですから、きっぱりとこれっきりこないという約束で金を出しましょう」

「へえ」

うつむいていた善助が、

「おかみさん、わっちと分っていながら、どうしてここに上げて下すったのですかえ？」

と顔をあげた。

「そりゃ、おまえ、外でこそこそと話をしていれば店の者に見咎められるからさ。おまえさんが遠縁の者だと名乗って来たからには、上にあげないとかえっておかしく思われるよ」

「なるほどね。おかみさんは頭がいいお人だ」

「つべこべ云わないで、早いとこ金の高を云ったらどうだえ」

「へえ。そいじゃ、一両ほど……」

お綱は、その金高の少いのに意外な顔をした。もっと彼が吹っかけると覚悟していたのである。

「それだけでいいかえ？」

と、彼女は信じきれない顔で念を押した。

「へえ。わっちはしがない香具師《やし》です。そんなに金はいりません」

「それじゃきっと、もう、これでここには来ないね？」

お綱はすぐに二両を出した。

「どうもありがとうございます。遠慮なく戴きますよ」

と、彼は二両をおし戴くと、両の袂《たもと》の中に落した。しかし、彼はそれですぐに起ち上るのではなかった。

「おかみさん、済みませんが、莨《たばこ》を一ぷく馳走しておくんなさい。あいにくと莨入れを忘れて来ましたのでね」

「おや、そうかえ。そりゃ気の毒だが、あいにくとここにはほかに煙管《きせる》がないんでね」

「いいえ、おかみさんのその煙管でよろしゅうございます」

「なに」

と、お綱がぎくりとして気色ばんだ。

「へへへ、おかみさん、そのおかみさんの煙管は、死んだ可愛い男なら吸いつけ莨で渡したが、わっちには貰えませんかえ？」

「帰っておくれ」

と、お綱が叱って片膝を起しかけたとき、善助の腰が伸びてお綱の手を上からしっかりと押えた。

「あ、何をする？」

「おかみさん、大きな声を出しなさんな。出すと、どこかで寝ているおまえさんのご亭主も、女中も、店の者もここに駈けつけてくる。そしたら、ことの成行きでわっちも死んだ手代の長三郎のことをしゃべらなければならなくなる。信州に帰ったはずの手代が浅草の寺で無縁仏になってると聞いては、おまえさんも都合が悪くなるだろうからね」

お綱がひるむと、善助の腕は彼女の首にいきなり巻きついた。彼は女の頬に自分の口を吸いつけた。

「あ、あ」

お綱はもがいた。善助の片手は彼女の温い懐ろに入って、もり上った乳房をつかんだ。そのまま女を畳の上に押倒した。

捻じ伏せられたお綱は激しい息使いをした。一緒に倒れた善助も荒い息を吐いた。

「これ、おかみさん」

と、善助は一方ではあたりに耳を澄ませながら、女の耳朶《みみたぶ》にささやいた。

「わっちはおまえさんに惚れたんだ。家でおまえさんを一目見たときから煩悩《ぼんのう》にとりつかれたのさ。長三郎が死んでからは、おまえさんだって淋しいに違えねえ。ほら、こうしている間にも、おまえさんの肌がだんだんと熱くなってきてらあな」

「い、いけない……」

「ふふ。どんなにおめえが口の先でおいらを断わっても、その身体はもう承知してるぜ。ほら、な……」

「ああ」

お綱は裾前を必死に押えたが、男の力にはかなわなかった。彼女は身体の向きを変えようとして脚をばたばたさせたが、蹴出《けだ》しの間から白い腿《もも》が無残に顕《あらわ》れた。

「ほら、ほら」

と、善助は汗をかきながら傍若無人な動作をつづけた。

「おめえも可哀相だ。身体の利かねえ亭主をもって気の毒にな。いくら身代があっても、こればかりは金では買えねえ。……それ、悪あがきをするんじゃねえ、いい加減に早く往生しろ。長三郎がどれくれえよかったか知らねえが、おいらも女道楽で鍛えた術を持っている。一度、おいらにかかった女は離れられねえといってるぜ。これから、とっくりとおまえさんに得度《とくど》をほどこしてやるぜ……」

急な坂を駆上るような男女の苦しげな息使いがつづく間、この部屋に近づく足音もなかった。

年が明けて二月に入った。初午《はつうま》が昨日済んだという日、菱屋の裏口から才次が、おかみさんにお目にかかりたいと女中に云った。彼は初めから自分の名前を告げた。

お綱のひとりで居る部屋に入った才次は、ねちねちと厭味を述べはじめた。

「おかみさん、この前から善助がこちらにたびたびお邪魔をしているようですが、野郎はどういう用事でここにくるのですかえ？」

「善助さんはここに来ませんよ」

お綱は顔を横に向けた。

「そりゃ、おかみさん、匿《かく》しても無駄ですよ」

と、才次はせせら笑った。

「わっちは、善助が去年の十二月からこっち、しげしげとこの家の裏から入ってるのを知っていますよ。一、二度ならず、野郎のあとを尾《つ》けて来ましたのでね」

「…………」

「それも真昼間だ。善助の野郎は仕事も休んでここにやって来ている。仕事を休んでは顎《あご》が干上るはずだが、近ごろの野郎はずいぶん景気がいい。賭場でも野郎はいつも大きな金を張っている。前にはケチな金を張って裸にされると蒼くなったものだが、このごろはどんなに金を取られても平気の平左。野郎、酒を呑んでうそぶいていますぜ。おれには金づるがあるとな」

才次は、いやな顔をしているお綱の横顔をじろりと見た。

「おかみさん。これだけ云えばあとは分っていなさるだろう。わっちも野暮なことは云いたかありません。思えば、去年、善助と二人で初めておまえさんにお目にかかったとき、いっぺんにこっちの計略を見抜いたのには恐れ入りました。それにぽんと三両がとこ投出しなすった度胸のよさ。さすがに大きな身代を持っている菱屋のおかみさん、どうもこっちの考えの及ばないお方だと思いましたよ。蟹《かに》は甲羅に似せて穴を掘るというが、わっちらのような小さい甲羅じゃおまえさんの度胸のよさが分らなかったはずだ。だが、友だちの善助がしげしげとおまえさんに逢いに行ってるのを見かけると、こっちの甲羅もだんだん大きくなって、おまえさんがそれほど大きくは思えなくなってきましたよ」

「才次さん、おまえさんはどういうことを云いたいのだえ?」

「善助とわっちとは友だちだ。その友だちがしてる通りのことをわっちもしたくなったのでね」

お綱は顔色を変えた。

「これ、おかみさん。人を呼びなさるのはおよしなさい。人を呼べば、わっちもおまえさんが信州に帰したという手代の死骸がどこにあるかを云わなければならなくなる。善助との、天道さまをおそれぬ、真昼間の乳繰合いもしゃべらなきゃならねえ。たとえ強請《ゆすり》でわっちが捕まっても、菱屋の身代を背負ったおまえさんがいっしょに沈むんじゃ割が合いますまいぜ」

才次は、逃げかかるお綱の横にいざり寄って、その手を握った。

「これさ、おかみさん。友だちの善助にほどこしたようなうめえものをわっちも貰いてえものだ」

「な、なにを……」

「そんなにあわてなさるには及ぶめえ。おめえさんが善助の野郎と真昼間、この六畳で汗を流し合っているのはわっちにも分っている。寝たきりの年寄りとはいえ、亭主のいる同じ屋根の下で男と乳くり合うとは、おめえさんも見上げた度胸だ」

「これ、あんまり大きな声を……」

「出すなと云うなら、おかみさん、小さな声でわっちを可愛がってくんな。善助にはいくらでも内緒にできる。わっちも金輪際《こんりんざい》しゃべりはしねえ。ええ、おかみさん」

才次は、放心したようなお綱に襲いかかって遂に自分のものにした。

それからひと月ばかり過ぎた。

善助が博奕場から朝帰りの才次を呼出した。善助の顔は初めから殺気立っていた。

「やい、才次。うぬはよくもおれの顔に泥を塗ったな」

「何のことだ？」

と、才次は空とぼけた。

「この野郎、ごまかそうとしたって駄目だ。うぬは菱屋のお綱に無理無体なことをしやがったな」

「うむ、分ったか」

と、才次はせせら笑った。

「やっぱりそうか。どうも、この前からてめえの様子がおかしいと思ったら、案の定だ。ありゃおれの女だ。よくもおどかして云うことを聞かせた上、金までせしめて来やがったな。もう勘弁ならねえ」

「何を云やアがる。善助、それはおめえに云うことだ。どっちが先か、てめえの胸に手を当てて考えてみろ。そんなことをおれに文句のつけられる義理合いじゃあるめえ。やい、善助、てめえは善助じゃねえ、悪助だ。てめえのような悪党がいるからお綱が泣いているのだ。てめえ、あの女をさんざんなぐさんだ上、もう、二十両も捲上《まきあ》げたというじゃねえか」

「そういうおめえはどのくらい取って来た？　近ごろ、おめえは仕事を休んでのらりくらりとしている上、賭場にばかり入りびたっている。あれほどお綱には手を出すなと云ったのに、よくも約束を破ったな」

「何をぬかす。てめえはいつお綱の亭主になった？　お綱のことで文句がつけられるのは、よいよいで寝ている亭主の宗兵衛だけだ。大きな面をしやがって、まるで自分の女房を寝取られたような喚き方をするぜ」

「こん畜生」

と、善助は才次につかみかかった。才次も負けてはいなかった。二人の男の胸には、一人の女を中心に憎悪が燃え上っていた。いや、それだけでなく、菱屋の身代を目当てに金を奪い合う執念が火となっていた。二人は組打ちした。雪解けの路に転り回った二人は顔も身体も泥だらけになった。勝負は容易につかなかった。二人とも疲れ果てて、泥道に坐りこんで喘いだ。

「覚えていやアがれ」

と、善助が先によろよろと起ち上って捨台辞《すてぜりふ》を吐いた。

「おい、善助、ちょいと待て」

と、坐った才次が呼止めた。

「な、なんだ？　うぬはこの場で勝負をつけてえのか？」

「まあ、いつまでもそんなに怕い眼つきをするな。考えてみりゃ、お互い、友だちだ。それに世間で云う何とか兄弟だ。こんなことを云い合って喧嘩してもはじまらねえ。ここはいちばん、二人で相談して、菱屋の身代をうめえように引出そうじゃねえか。二人で喧嘩してそっちのほうが元も子もなくなってしまえば莫迦《ばか》をみる話だ」

「何を云やアがる。おめえのその口には騙《だま》されねえ」

「おっと、善助、そう短気を出すんじゃねえ。おれがごまかそうとしてもごまかされるおめえじゃあるめえ。お互い、知恵を働かすのが利口というものだが」

「そんなら、おめえはお綱を諦める気か？」

「ことと次第によっちゃ諦めてもいい。おめえがそんなにあの女に執心なら、女のほうはおめえのほうに任せる」

「才次、そりゃ本当か？」

「その代り、身代のほうは諦めねえぜ。どうだ、善助、それで手を打とうじゃねえか？」

「うむ」

善助は考えこんでいた。

「才次、おめえはおれに抜駆けしてお綱をうめえこと云いくるめ、おれを押しのけるんじゃあるめえな？」

「そういうおめえこそ先回りして、お綱に妙な吹っ込みをするんじゃあるめえな？」

二人は、そこで探り合うように顔を見合せた。

——その晩、善助は、今夜あたり才次がお綱の寝間に忍び込み、自分を除け者にするよう口説きに行くような気がした。今までお綱のもとに通ったが、一度も才次と鉢合せすることはなかった。だが、今朝才次と喧嘩したあと、どうも才次の知恵が先に働いて、明日を待たず、今夜のうちにお綱を自分の味方にするように思われた。

善助は、今まで、夜に菱屋へ忍び込んだことはなかった。あそこには雇人《やといにん》も多勢寝ている。昼間は雇人が店で働いたり台所に居たりして、お綱の部屋に近づかない。そこがお綱との短い濡場の盲点になっていた。しかし、夜はそうはゆかぬ。誰かに見咎められないとも限らなかった。雇人は多勢だ。うかうかすると取押えられる。善助は、まさかのときの用意に脇差を持出して、闇に紛れて菱屋の裏から入った。

昼間行きつけているのでお綱の居る部屋には見当がついた。そこにたやすく入ったが、彼女の姿はなかった。寝る所は別らしかった。

彼は足音を忍ばせて奥に歩いた。襖の向うに微かだが寝息が聞える。善助は、こうしている間でも、同じ思いで才次があとからやってくるような気がして心が焦った。

こっそり襖を開けると、着物をかけた行灯《あんどん》の枕もとにお綱の髪が蒲団《ふとん》の端から出ていた。寒いので蒲団は肩の上まで押上げられている。

善助が見たのは、お綱のまるくなった身体の横にもう一つ盛上ったかたちがあることだった。二つの姿はぴったりと寄添い、お綱の髪が相手の顔を隠しているくらい密着していた。

才次だ、と善助は直感した。やはり先回りをして来ている。

善助は身体じゅう怒りに燃え上った。彼は無我夢中で脇差を抜き、抱合っている姿を蒲団の上からかわるがわる突立てた。

お綱が血だらけになって蒲団の下から匍《は》い出た。行灯の光は相変らずうす暗い。残っているもう一つの姿は呻き声をあげたまま蒲団の中に静かに残っていた。

お綱が畳に血を撒ながら気違いのように襖にとりついた。善助は、才次が急所の傷で動けなくなったと思い、その蒲団をめくった。病みほうけた五十の年寄りが眼を宙に吊って、口を震わせていた。

はっとすると、襖をようやく開けたお綱が駆けつけてきた誰かにとりつき、畳に膝を落した。

「おう、善助」

才次が暗い中で眼をむき、この場を眺めて立っていた。

見世物師

一

このところ、両国の見世物小屋はいい種がなくてどこも困っていた。

見世物小屋は両国と浅草の奥山とが定打《じょううち》だった。常設となれば、年じゅう新しい趣向を探していなければ客足が落ちる。両国橋を隔てた東と西の両側がこうした娯楽地だった。両方とも娘義太夫、女曲芸、講釈、芝居といった小屋がかかっているが、見世物もその一つである。ほとんど一年じゅう休みなしに興行をつづけているので、いつも同じものを見せてはならない。観客を飽きさせないように、ときどきは出し物の種を変える必要がある。

この前は蛇使いを見せたから今度は一本足を見せる、次はろくろ首、その次は一つ目小僧、夏は化物屋敷というように趣向を変えた。だが、客のほうはどうせマヤカシものとは分っていながらも木戸銭を払って見てくれる。しかしどうしても新趣向の見世物小屋へ客足が集るのは人情だ。

両国も向う両国もこうした見世物小屋が多いので競争は激甚だった。何とか目新しいものをと工夫《くふう》するが、人間の知恵は知れたもので、相変らずろくろ首や鶏娘《とりむすめ》、河童《かっぱ》、大ムジナといった類《たぐい》からあんまり脱けない。でなかったら因果ものだ。

その中でも去年大当りをとったのは両国にかかった大鯨だった。これは品川の沖に泳ぎ着いたのを漁師が捕獲し、見世物小屋に売ったのである。鯨はときどき品川や浦安、房州の海岸に泳ぎ着いてくるが、去年品川に来たのは特に大きいというので評判となった。それには瓦版《かわらばん》がまず紹介するので、見世物はそれだけ宣伝が行届くわけである。

種の工夫に詰った見世物小屋は、こうした珍しい出来事に目を着けて、少しでも変った噂があると、すぐに人を現地に走らせ、買受の交渉をするようになった。もっとも、去年の品川の大鯨は二、三日の間は大入り満員だったが、そのうち鯨が腐り出し、異臭を放ったので興行的には失敗だった。しかし、話題を呼んだ点では在来のろくろ首や一つ目小僧の比ではなかったのである。

今年の四月、両国に見世物小屋をもっている八兵衛《はちべえ》は一つ大当りをとった。三月の旗本屋敷の掃除のとき、土蔵の中に小判ぐらいの大きさの鱗《うろこ》三枚が落ちていたのが発見された。蛇の鱗だった。

これが瓦版にされてちょっとした話題になった。八兵衛はそれに目を着け、早速、その旗本屋敷に行き、蛇の鱗三枚を貰い受けてきた。先方でも始末に弱っていたところなので無代で渡したのだが、八兵衛はそれを竜の鱗だと云って見世物にした。もっとも、いくら竜の鱗でも三枚ならべただけでは景気がつかない。八兵衛は張りボテの竜を小屋いっぱいの長さにつくらせ、実物の鱗をその前に飾った。張りボテのほうは子供騙《だま》しだが、鱗は真物なので小屋は毎日大入りをつづけた。こうなるとほかの小屋も負けてはいられない。いろいろな種を探してくる。

それから二月《ふたつき》経って、向う両国の源八《げんぱち》という男のやっている見世物小屋に豊虎《ぶこ》という怪魚が現われた。真黒い図体をし、かたちは鮫《さめ》に似ている。両の鰭《ひれ》がおそろしく長く、まるで人が手をひろげているような恰好《かっこう》だった。これは三州横須賀の沖で獲れた怪魚で、この怪魚は夜な夜な漁船の傍に現われ、まるで人が呼ぶように船頭を手招きしていたのである。真黒に耳を立て、目、口は大きく、鼻が無いというところから、海の化物だと船頭たちが恐怖していたしろものだった。

これは瓦版に読まれたが、当時よほど珍しかったとみえ、江戸の随筆集にも見えている。

「知多郡横須賀海へ首筋周り尺ほど大きなる人の通りにて真黒に耳立て、目、口大きにて鼻は無く、両手を挙げ漁船などに向い候ところ、人も過《あやま》ちなく、その後は行方知れず候由。もの識《しり》の古老曰《いわ》く。これはさだめし豊虎なるべし。昔周の文王の代に名を豊虎という魚あり、この魚を食したる者病を逃れ、日本にては人皇十五代神功《じんぐう》皇后三韓《かん》を御征伐の御時南海にてこの魚を獲たることあり、諸軍勢病難を逃れ、軍御利運にて天下泰平なりしと伝え聞きたり」

源八は、この風聞に乗じて早速豊虎と称する怪魚を見世物にしたのである。評判で源八の小屋はたいそうな客入りとなった。怪魚だが、その魚をひと目見れば無事息災に過し運が開けるというので、そのほうの魅力もあって見物人が源八の小屋に殺到した。

もちろん、それはまやかしものである。どうせ鮫の大きなのを買って来て、中の腸《わた》を抜き、ほかのものを詰めて腐らないようにした上、黒漆《くろうるし》で全体を塗って真黒に仕立てたのだ。鰭はこしらえもので、長いつくりものを魚にくっ付けた上、これまた黒漆で塗りたくったのである。

ほかの見世物小屋でもいろいろと際物《きわもの》を探してみるが、すぐにはこれというものがなかった。

源八はご機嫌で朝から酒を飲んでいる。彼にはおえんという女がいたが、これはならび茶屋の女で、源八と惚れ合って一年前に一緒になったのである。源八が三十二で、おえんは二十三という年回りだ。

「八兵衛め、口惜しがっているにちげえねえ」

と、源八は酒を飲みながらいい気持になっていた。

「竜の鱗三枚であいつもしばらく稼いでいたが、このところあとの種がつづかず、時化《しけ》ているからな。それにひきかえ、おれのところは十日経ってもまだ豊虎を見にくる客足が落ちねえ」

おえんがそれを聞いて、

「おまえさん。八兵衛さんは仮りにもおまえが前に世話になったお人、あんまり悪く云わないほうがいいんじゃないかえ。もし他人《ひと》の耳に入って八兵衛さんに告げ口されたら、おまえが憎まれるよ」

と忠告した。

「べらぼうめ。八兵衛のところに世話になったといっても、あんまりいい待遇を受けたわけじゃねえ。それに、あいつのためにおれはいろいろと細工をしてやった。こっちから恩があっても向うさまから恩を受けたおぼえは少ねえのだ。それに、八兵衛は悋気《りんき》深いやつだ。他人《ひと》の商売が繁昌するとやみくもに妬《や》きやがる。あいつはおれのところの豊虎が当っているので、ずいぶんと陰口をしているぜ」

と、源八は女房に云い聞かせた。

「それは商売人同士のことでお互いが競合《せりあ》っているから、少しは仕方がないよ。でも、あんまり喧嘩を売らないほうがいいよね」

女房はまだ云った。

「なに、べつにこっちから喧嘩を売るわけじゃねえ。だが、かねてから一本立ちになったおれがどんどんのしてくるので、あいつの気持は面白くねえのだ。なんだかんだと云ってケチをつけやがる。だから、おれのところの豊虎が当ってざまアみやがれとおれは思っているのだ」

源八が云う通り、彼は二年前まで八兵衛のところに雇われていた。八兵衛は四十二で、恰度《ちょうど》彼より十歳上だった。その源八が二年前に八兵衛のもとを離れて独立した。源八は目先が利き、小才が働く。彼の思いつきは絶えず目新しいものを自分の見世物小屋に出した。もっとも、今まではそれほど大当りしたものはないが、少し趣向が変っているので彼の商売は伸びている。もとの雇主の八兵衛には、それが面白くなかったのである。

前にも云う通り、八兵衛は蛇の鱗を三枚ならべて竜の鱗だと称し、少しばかり当てた。源八に云わせると、あの蛇の鱗は、古い土蔵によく棲んでいる青大将の少し大きいやつだろうといっている。しかし、そこは同商売の仁義で他人には種明しはしないが、女房には八兵衛の知恵はそのくらいだとあざ笑っていたのである。

その源八が、ある日、両国橋を渡って三味線堀に用足しに行く途中、橋の袂《たもと》でばったりと八兵衛と出遇った。八兵衛はじろりと源八を見て呼び止めた。

「源八。おめえの小屋は大そうな入りだそうだの」

旧主人だから源八も八兵衛には一応の敬意を表さなければならない。

「親方。おかげさまで何とかひと息入れておりますよ」

「豊虎を持ってきたのはおめえの手柄だ。だがの、源八。あの鮫に似た黒漆はちっとばかり光りすぎるぜ。あれじゃ客にすぐ飽かれてしまう。まあ、人気もあんまり長くねえようだから、今のうちにせいぜい稼いでおきな」

八兵衛の皮肉だつた。源八はむっとしたが、わざとニヤリと笑い、

「親方。おめえさんの云う通り気をつけましょう。わっちのほうはなにも豊虎だけ

を頼りにしているんじゃねえ。そのうち、おまえさんに賞めてもらう種を仕込んできますよ」

と云い返した。

「そいつは愉しみだ。実は、源八。おれもちっとばかり心当りのものがある。いつ見世に出すか今は云えねえが、ひょいとすると、おめえの新趣向とぶっつかり合うかもしれねえな。どっちが客足を集めるか競《くら》べてみるのもおもしれえかもしれねえ」

「全く親方の云う通りです。おまえさんには恩にはなったが、商売となればまた別。こっちのほうでは遠慮はしませんぜ」

「当りめえよ。前の縁は縁、今じゃ商売仇《がたき》同士だ。男らしく知恵と知恵の果し合いでゆこう」

二人は、真綿にくるんだ刃《やいば》をちらつかせて別れた。


八兵衛を負かすには読売《よみうり》と組むのが一番いいと源八は考えた。

読売は瓦版ともいって、新しい出来ごとをすぐに木板《もくはん》に刷って世間に売る商売だ。心中《しんじゅう》や刃傷沙汰《にんじょうざた》だけでなく、火事、地震、水害の天災地変から役者の評判など、

五、六人の人を使って聞込ませ、すぐに読売にする。しかも売子を使って町々に触れ歩いて回るので宣伝が行届く。見世物に出す前に評判を立てるにこれに越したものはなかった。

読売、すなわち、瓦版の名称の由来はいろいろあるが、なかには河原版、すなわち四条河原の興行物に関する版行だという説もある。しかし、実際は土板木《つちはんぎ》のことで、これがのちに榛《はん》の木で彫られるようになってから土板木が廃《すた》れた。古川柳に「騒がしや心中をおこす土板木」というのがある。瓦版屋によってはその取材の得意によって、それぞれ趣きが変っていた。教訓の歌や心学の道歌などを主にするものもあり、流行歌《はやりうた》を主体とするのもある。これらにはチョボクレやチョンガレなどがあった。あるいはクドキや何々ヅクシといったものもある。

だが、瓦版の主体は何といっても時事性で、地震、暴風、天変地異、あるいは情死ものに売行きが集中した。政事の諷刺《ふうし》も歓迎された。もっとも、政事向きのことや、情死などになると幕府の取締がきびしかったので、文句に気をつかわなければならなかった。また、超自然的な怪異の報道も庶民によろこばれた。

読売では本所の丑吉《うしきち》というのがなかなかやり手だった。彼は敏捷《びんしょう》に世間の出来事を耳に捉えて読売にとり入れる。読売もやはり材料の新しさが生命だった。丑吉のは単に江戸だけでなく、遠国のものも種にする。そういう材料の仕込みでは丑吉は同商売の群を抜いていた。

　源八が考えたのは、この丑吉と組むことだった。瓦版が伝える遠方の出来事も、それが珍しいものだったら結構江戸の評判になるに違いない。その現物を持ってこられない場合は、それに似せたものをつくって見世物に出せばいいのである。

　板元の丑吉は本所の梅ケ枝町に住んでいた。源八が手土産《てみやげ》を持って訪ねると、丑吉は昼寝から起きた顔で店に下りてきた。彼は三十二、三の男盛りだったが、どういうわけか女房を持たなかった。店の隅には瓦版を彫る榛の木の板が積み上げられてあった。雇人も二人ほどいて一人が座布団をすすめ、茶を出した。

「そいつはいい思いつきだが」

　と、あぐらをかいた丑吉は源八の話を聞いて云った。

「見世物に出すような種はそう滅多《めった》には入らねえかもしれませんぜ。なにしろ、このところ、わっちのほうも仕込みのほうがつかねえで弱ってるところでさ」

「なに、ちょいと目先の変ったものなら、それでようござんす。あとはこっちで何とかこしらえますから」

　と、源八は云った。

「それはそっちのお手のものだろうが、わっちのほうは嘘やこしらえごとを書くわけにもゆきませんからね」

丑吉は着物のはだけた前に厚い胸を見せて煙管《きせる》を叩いた。

「この前、八兵衛のところでは蛇の鱗を三枚ならべてちょいとした当りを取りましたがね、あんなものでも人は集るんです。これが全国となればもっと変った話があると思いますが、どうでしょうね？」

源八は粘った。

「そういえば、おまえさんとこではこの前、豊虎という魚を見世物に出して大当りを取ったそうじゃありませんか」

丑吉は鼻の孔から煙を吐いて云った。

「お蔭さまでしばらく客がつきましたが、もう駄目ですよ」

「豊虎は神田の庄作という瓦版屋が書いたのだが、あれなんざ本当か嘘か分らねえ。勿体《もったい》らしく唐土の話など持って来てつくっていましたがね」

同商売のことで、丑吉も庄作の仕事をあまり賞めなかった。

「そこです、丑吉さん」

と、源八はひと膝進めた。

「小さな種でもあれくらいふくらませるのだから、なに、ものによってはおまえさんのほうで作ったらどうですかえ？」

「つくる……つくるというのは根も葉もねえ話をこしらえ上げるのですかえ？」

と、丑吉は眼をむいた。

「根も葉もないというと聞えは悪いが、なに、遠国の出来事なら江戸の者には分りはしません。それがちっとでも煙の立つ噂ならかまわねえと思うんですがね」

「なるほど、おまえさんのほうはそれで商売をなさるつもりだろうが、わっちのほうは嘘が分るとお上のお叱りがありますんでね、あんまり空々しい話はつくれませんよ」

丑吉は少し機嫌を悪くしていた。

「そう云っちゃ身も蓋《ふた》もねえが、おまえさんのほうだってこのところネタ切れで困っていなさるようです。いつもいつも作りごとではお上のお叱りもありましょうが、なに、噂話として伝えるぶんには、そう確かなものでなくともいいと思うんですがね」

ここで源八は用意していた包をふところから出した。その中には小判一枚が入っていた。

「これはお近づきのほんのおしるしです」

源八は軽く頭を下げて前に押出した。

「こんなことをしてもらっちゃ済まねえ」

丑吉はチラリと包に眼を投げて云った。彼は包の中身を逸早く察したようで、機嫌も俄《にわ》かに直った。

「源八さん。何か珍しい種があったら、早速おまえさんのところに報《し》らせますよ」

「どうかよろしくお願いします」

源八は丑吉に何度も頼んで家に帰った。

「こういう次第だから、今に八兵衛の鼻の孔をあかすのもじきだ」

と、家に帰った源八は女房のおえんに云った。

「それはいい人をつかんだね。けど、もしそうなったら、八兵衛さんの見世物は景気が悪くなるから、おかみさんのお徳さんが可哀想だね」

と、おえんは云った。

「うむ。まあ、それは仕方があるめえ。見世物師は相場師とおんなじだ。当りはずれを気にしていちゃ女房も亭主に一緒についていられねえ」

それから十日ばかり経ったが、瓦版の丑吉からは何も云ってこなかった。源八はしびれを切らしてまた本所へ出かけていったが、収穫はなかった。所在無さに一服つけていると、町に瓦版の呼売りが聞えた。

「おえん。あれを一枚買ってこい」

と源八が云いつけると、女房は表に駈出した。そして、すぐに瓦版を手にして持ち帰った。

「なに、『近ごろ珍しいことづくし』だと……」

源八は煙管を棄てて瓦版の文句に読入った。

なかは数え唄式になっている。真夜中、辻駕籠《つじかご》に乗った女が或る商家の裏口から消えた。駕籠かきが駄賃をもらうために待っていると、実は娘は半刻《はんとき》前に死んだばかりと聞いて腰を抜かしたという話、大泥棒が処刑された話、その辞世が泥棒とも思えない上出来だったことなど、他愛のないものばかりである。だが、その中で源八の注意をひいたのは、房州勝浦で畳一畳もある大鮑《あわび》の化物が網にひっかかった話である。

源八は、腕を組んだ。畳一畳とはあんまり大きすぎる。瓦版の法螺《ほら》かもしれないが、しかし、これは見世物の種になると思った。

ただ、鮑の化物だけではいかにも曲がない。しかし、それに何かこじつけて趣向を凝《こ》らせば結構人気を呼びそうな見世物になると思った。

その瓦版は板元が本所の丑吉だった。

「丑吉はおれには今日何も話さなかった。こんないい種があるのに云わねえのはどうしたのだろう？」

彼はそう考えたが、いや、丑吉は、まさか鮑が見世物の種になるとは思ってなかったのだろうと考え直した。それは瓦版屋と見世物師との違いで、考え方が違う。しかし、とにかく、これが出た以上、一畳敷の大鮑は勝浦の何という名の漁師が獲ったのか、それを聞きに行ってみようと思った。それが分れば勝浦まで出向いてもいいと思った。ただし、実物がそれほどでもないとなれば躊躇《ちゅうちょ》しなければならぬ。江戸から房州勝浦といえば二、三日泊りの旅であった。人を遣《や》るにしてもそれほどの旅費を使って行く価値があるかどうか、それも丑吉に聞いてみたかった。

だが、その日は丑吉のところから帰ったばかりなので翌日出直すことにした。これが源八にとって不覚だった。

翌朝、源八が本所の瓦版屋に行くと、丑吉はすぐに会ってくれた。

「昨日、おめえさんところから出た瓦版を読んだら、房州勝浦で獲れた鮑《あわび》の化物のことが書いてありましたね。あれはあの通りの大きさのものですかえ？」

源八はすぐにたずねた。

「一畳敷だかどうだか知りませんが」

と、丑吉は笑いながら云った。

「あれはわっちのところで使っている熊蔵というやつが聞いてきた話です。熊の話だと畳半畳敷だということでしたが、なに、半畳敷だって大鮑にはちげえねえ。同じ化物の鮑だったら、半畳敷も一畳敷も大したことはねえと思って、わっちの知恵で一畳敷にしたのでさ」

「なるほど、そういうことでしたか。それで、その大鮑を獲った勝浦の漁師の名前は分っていますかえ？」

源八は内心、これは種になりそうだと思って訊いた。

「そいつは熊蔵に聞かないと分りません。あいつなら知っているでしょう」

「その熊蔵さんは、いつ、ここに見えますかえ？」

「熊は毎日のようにここに顔を出していますから、今夜あたり面《つら》を見せるかもしれません」

丑吉はそう云ったあと、源八を眺めて、

「おまえさん。その鮑のことを聞いてどうなさるんですかえ？」

と訊いた。

「わっちのところで、あれを種に見世物にしようと思います。一畳敷が半畳敷になっても、親方の云う通り鮑の化物には変りはありません。江戸の者はきっと珍しがると思います」

するど、丑吉が気の毒そうな顔をした。

「そいつは、源八さん、少し遅かった」

「何ですって？」

「実は昨夜、同じ両国の見世物師で八兵衛さんという人が見えましてね、その鮑の話を詳しく聞いて帰られましたよ。そのときは、わっちはちょうど近所の寄合に出て留守でしたが、熊の野郎が居合せてべらべらとしゃべったようです」

「え、じゃ、あの八兵衛が？」

「お仲間ですからご存じでしょうな？」

「へえ、存じております」

と云ったが、源八はしまったと思うと同時に口惜しくなってきた。昨日、あの瓦版を見てここに駈けつければよかったのだ。それを遠慮して一晩寝たばかりに後手に廻った。

これがほかの仲間だったら苦笑いして済ますところだが、相手が八兵衛と聞いて平静な気持にはなれなかった。この前、橋の袂で八兵衛から厭味を云われたばかりなのである。近いうちきっとおめえの鼻をあかしてみせる、という彼の言葉が源八の耳に憎たらしく蘇《よみがえ》った。

「源八さん。そのうち珍しい話が入ったら、この次はおめえさんところにすぐに報らせますよ」

という丑吉の慰めを聞いて源八はむなしく家に帰った。

それから半月ほど経った。

八兵衛の見世物小屋に房州勝浦で獲れたという大鮑が出た。

小屋の表には畳一畳敷の鮑を絵看板にして掲げてある。その図柄がちょっと面白い。

海の底にいる大きな鮑からは一条の白煙が立ち、波の上にまであがっている。その煙の中に裲襠《うちかけ》姿のきれいな上﨟《じょうろう》が檜扇《ひおうぎ》を持って現われている。それから右には鮑を獲る海女《あま》が泳いでいるが、これが歌麿描く鮑獲りの女そっくりで、髪をふり乱し、赤い湯文字を白い脚に纏《もつ》らせている。どうして檜扇を持った上﨟が描かれているかと思うと、横にその由緒がもっともらしく書いてある。

それを読むとこういうことだ。

つまり、景行帝が安房国《あわのくに》を巡国されたとき、海女が海の底から大きな鮑を獲って皇后に献じた。皇后は、その中のいちばん大きな鮑を海に投じられた。そのことから天皇の舟には魚が群れて大漁となった。ところが、今度獲れた一畳敷の鮑は、このとき景行天皇妃が海に放たれた鮑であろうというのだ。二千年も経っているのだから、このくらいの大きさになるのは当り前だという書き方だった。

この話を他人から聞いて源八は唸った。

「なるほどな、そういう手もあったのか」

彼も瓦版から、その鮑を一度は見世物に出そうと考えた男である。そのとき、その種をどのように売物に仕立てるか案がつかなかったが、いま絵看板のことを聞いて八兵衛の知恵を見直した。

「で、小屋の中の評判はどうだえ？」

「それが大層な入りでございますよ」

と、雇人の庄太はそっと自分でも見てきたのでありのままを報告した。

「鮑はそれほど大きなものじゃありません。その点は看板に大偽りありです。ですが、それを景行帝の故事来歴にくっ付けて勿体《もったい》らしく注連縄《しめなわ》を張り、三方《さんぼう》に魚や野菜を盛って供えているので、見物の中には柏手《かしわで》を打つ者もあり、年寄りなどはお賽銭《さいせん》を投げていますよ」

「ううむ。うめえことを考えたな……」

「それだけじゃありません。絵看板に描いてある通りの海女の恰好《かっこう》をした若い女が、洗髪《あらいがみ》に白い肌襦袢《はだじゅばん》を着てときどき現われます。その女がチラチラと赤い湯文字を見物にみせるので男どもは大喜びです」

「うむ」

と、源八はますます唸った。

神事と女の色気とを組合せたのはただの知恵ではない。八兵衛にしては出来すぎている。こいつはうしろに誰か知恵をつける軍師がいるかもしれないと思った。源八は、たとえ自分が勝浦から鮑を持って帰っても、そこまでの工夫はつかなかったと思うのである。

「その赤い湯文字の女というのは、どうせ白壁を塗立てたどこかの夜鷹《よたか》に違えねえが、少しは踏める顔かえ？」

源八はしつこく訊いた。

「それが親方、なかなかの別嬪《べっぴん》ですよ。夜鷹や提重《さげじゅう》のように白粉《おしろい》で誤魔化《ごまか》している顔じゃありません」

庄太は感心したように云った。

「おめえは助平だから眼にそう映るのだ。見世物に裸で立つようなのにまともな女がいるものか。赤い物にごまかされて鼻欠けも見えねえのだ」

源八は腹立ちまぎれに子分を叱った。

だが、あとで考えて、どうも気になってならない。鮑に注連縄《しめなわ》を張ったところは工夫だが、それだけでは人気は集らない。やはり半裸の女が客足を呼ぶのだろうが、それも醜女《しこめ》ならかえって興ざめであろう。また、夜鷹や提重や舟饅頭《ふなまんじゅう》は金に転んでくるかもしれないが、蝦蟇《ひきがえる》のような顔の女しかいない。提重というのは武家屋敷の中間部屋に出入する物売りの女で、鮓《すし》や駄菓子のたぐいを入れた重箱を提げている。顔に白粉や紅を塗って、女に飢えている中間どもに媚《こび》を売る。また、舟饅頭というのは、舟に乗って客を求めたり、つないである舟に客を引張り込む売女であった。こういう種類の女なら、客の眼にもすぐ分るだろう、いくら赤いものを腰に捲いても客の人気をつなげるはずはない。してみると、庄太の云うことは本当かもしれない。源八は大当りをとっている商売仇の中身をのぞいてみたくなった。

同商売は相手の商売ものをのぞかないのが仁義である。殊《こと》に、源八は八兵衛と競争なので余計に都合が悪かった。

だが、源八は心を抑え切れずに、支度《なり》を変え、頬被りをして八兵衛の見世物小屋の前に行った。

木戸の前を入って行く見物人の多いのに源八はおどろいた。思った以上の景気である。源八もよく知っている木戸番の卯吉が呼声を張りあげてその景気を煽《あお》っていた。絵看板も庄太の云う通りだった。

源八は入場者にまぎれて内に入った。内も人でいっぱいだった。これも庄太の云う通り、浅黄の幕を敷いた台の上に鮑が置いてあった。真ン中の大鮑をとり囲むように小さな鮑が二十くらいならべてあるのは、目あての鮑をよけいに大きく見せようというのであろう。鮑の大きさは一畳はおろか、半畳も、その四つ一ぶんもなかった。大きいことは大きいが、とても見世物に出すような代物《しろもの》ではない。思うに、八兵衛は勝浦に人を遣ったものの、このような鮑しか手に入らなかったのであろう。

しかし、その飾立てが変っている。うしろには波を描いた幕を張り、上に注連縄鮑の表面はすでに古くなり、黒ずんでいた。

を張って御幣《ごへい》が垂れ下っている。また、真ン中の鮑の前には、庄太の云ったように、魚と野菜をそれぞれ盛った三方《さんぽう》が二つ供えられていた。賽銭の一文銭が二、三十個その前に散っていたし、事実、横の年寄りが柏手を打ったのには源八もびっくりした。

そこにはまだ庄太のいう海女は見えなかった。見物人もそこに足を止めたままである。看板に出ている半裸の海女を見たいから小屋を出て行かないのだ。木戸口からは入場者が次々と入るので、客はそこに溜るばかりだった。源八も頬かむりで顔をいよいよ隠して入場者といっしょに海女の現われるのを待った。

やがて場内の隅から賑かな三味線と太鼓の囃子《はやし》が鳴った。見物人の間にどよめきが起った。現われたのは貝の絞《しぼり》模様《もよう》の浴衣《ゆかた》をきた女で、解いた髪を長く肩に流していた。源八は、その顔のきれいなのにまたおどろかされた。庄太から聞いていたが、これほどの器量とは思わなかった。

予想とは違い、その女はべつに厚い白粉も紅も塗っていなかった。うす化粧だけの白い顔だった。黒々とした眼をもった、中高な瓜実顔《うりざねがお》である。女は見物人に向ってにっこりと愛想笑いをした。その笑顔にも魅力があった。

下座《げざ》の囃子につれて女はしきりと両手を動かしてこすったり、指の先に濡らした唾を耳に詰めたりして、恰《あたか》も海に入る海女のようなしぐさをした。そのたびに浴衣の裾前がはだけ、赤い湯文字が露わにちらついた。男たちの間にはかすかな溜息が起った。

二十二、三ともみえるその女は、海に入る前の海女のしぐさをしばらくつづけて見物人を焦《じら》していたが、やがて浴衣をすっぱりと脱いだ。その瞬間に客はどよめいた。

女は艶のある真白な肌をしていた。肩から胸、腰にかけての曲線は豊かで柔軟だった。それは見るからに脂がのってスベスベしていた。黒い髪、白い肌、緋の湯文字が嬌《なまめ》いた色彩で客を圧倒した。このような場合、たいてい男の見物人からは卑《ひ》猥《わい》な懸声《かけごえ》が飛ぶのだが、咳払いのほかは声もなかった。あまり佳い女なので、みんなが固唾《かたず》を呑んでいる。

女は、今度は海から上ったしぐさをした。赤い湯文字をからげて両手で絞ったとき は、内股がちらりと見えた。女が羞《はずか》しそうに客の前に身を縮めたとき、下手から小屋の男が新しい浴衣を持って飛んでくると、女の裸の上を素早く浴衣でくるんだ。――

源八はその女の顔に眼を凝らしていた。

二

源八は渋い顔で自分の家に帰った。彼は女房のおえんが気遣うのにものも云わず二階に上った。二階からは甲高《かんだか》く煙管を叩く音がしばらくつづいた。

「親方」

と、梯子段《はしごだん》の口から子分の庄太がのぞいた。

「庄太か。まあ、こっちへ入れ」

「へえ」

庄太は機嫌の悪い源八の横に彼の顔色を見い見い坐った。

「親方、八兵衛さんの小屋に行きなすったかえ？」

庄太はそっと訊いた。

「うむ。いま行って帰ったところだ」

「小屋の入りはどうでした？」

「おめえの云う通りいっぱいだった」

源八は苦虫《にがむし》をかみ潰した顔で煙を吐いた。

「そうだろうと思いましたよ。階下《した》で姐《あね》さんに聞くと、親方がえらく機嫌の悪い顔で帰りなすったというからね」

庄太は自分でも腰の莨入《たばこい》れを抜いた。

「ですが、親方。八兵衛さんはちょいとした趣向をやってるでしょう？」

「うむ。あの人にしては大出来だ。大鮑は他愛もねえものだが、その横に半分裸の女を配ったのはちょいとした工夫だな。それに赤い湯文字をちらつかせるところなんざ、客の助平根性を狙ってまんまと当ったのだ」

「その女がちょいといける玉じゃありませんか。お多福がいくら赤いものをちらつかせても無駄だが、あの器量よしじゃわっちだって二度のぞきたくなりますからね。何処《どこ》であいう玉を仕込んだのか、八兵衛さんもなかなかやるじゃありませんか」

「庄太。あの女におれはおぼえがあるぜ」

「え？」

「あれは八兵衛の女房のお徳の従妹《いとこ》だ。おれが八兵衛の家に居たとき、一度ちらりと見たおぼえがある。おれはあの女を見てどこかで見たような気がしてならなかったが、ようやく思い出したのだ。たしかお文《ふみ》という名だったな、根津権現《ねづごんげん》前で白首《しろくび》を塗っていたのだ」

「なんだ、そいじゃ、けころですかえ。それはちっとも知らなかった。お徳さんの従妹というのもおどろきですね」

「八兵衛夫婦はお文が権現前に居るのを恥しがってあまり出入りをさせなかったのだ。それで、おいらもあの女をあんまり見たことはねえのだが、今度見世物をのぞいて合点がいった。けころだから裸でもなんでも平気なわけさ」

「そうですかえ。八兵衛さんも、いい従妹をもったもんですね。親方。あのぶんじゃ当分あの小屋の大入りはつづきそうですぜ」

「うむ」

源八はうなずいた。彼もいくら八兵衛が嫌いでも庄太の云うことを承認しないわけにはゆかなかった。現に、この眼で客の大入りを見てきたのである。

向うの景気がいいだけにこっちの小屋は不入りであった。第一、これという種物がない。だからこそ瓦版師の本所の丑吉を訪ねたのだが、その丑吉は大鮑を八兵衛に先に流してしまった。わざわざ一両の金を挨拶に持って行ったのが何の役にも立っていない。先方にすれば源八の挨拶よりも八兵衛のそれが早かったというだろうが、源八は瓦版の丑吉に裏切られたような気がした。あんな男のところに行くのではなかったと後悔した。のみならず、丑吉まで八兵衛にいいように買収されているようにさえ思えてきた。

「口惜しいが、親方、当分諦めるほかはねえでしょうね」

と、子分の庄太が源八の顔色を見て気の毒そうに慰めた。

「何を。そうあっさりと諦められるか」

と、源八は鋭い声で庄太に云った。

「しかし、運には勝てませんぜ。八兵衛さんの小屋も同じものを出していては、そういつまでも人気がつづくものじゃねえ。そのうち下火になるでしょうから、その間、こちらで向うをあっと云わせる支度をしておくことですね」

「いや、あのお徳の従妹が裸で出ている限りは、まだまだ客足は落ちねえ。何といってもあぶな絵そっくりの生人形が出ているからの。江戸には鼻の下の長え男が幾らでもいらあな」

源八が庄太をじろりと見たので庄太は首をすくめた。

「そんなら、親方、あれよりもっと凄《すげ》え女をいっそ裸にしてこっちの見世へ出したらどうですかえ？」

「ばか野郎。八兵衛の真似がおれに出来るかえ」

「へえ……」

「おれが八兵衛のところに居たとき、見世物の知恵はおれがみんな八兵衛につけてやったのだ。そのおかげで八兵衛は一人前の見世物師のような顔になったのだ。そのおれが今さら八兵衛の真似をして同じ趣向を出してみろ。それこそ仲間に大笑いされらあな」

「でも、親方、商売《しょうべえ》は商売、そこのところは割切るんですね」

「いくら商売でも二番煎《せん》じじゃ初手のものには及ばねえ。やっぱり人気は八兵衛に取られるぜ」

「そういうものですかねえ。そんなら、親方、どうしたらあの人気の見世物を下すことが出来ますかえ？」

「庄太。おれは今、その工夫をしているところだ」

と、源八は腕を組んだ。

「親方の思案なら、きっといい知恵が浮ぶにちげえねえ。その算段がついたら、あっしの働き場があれば何でもやりますぜ」

と、庄太は源八の機嫌を取るように云った。それを聞いて源八は何となくあたりを見回した。それから庄太にちょいと前に出ろと云った。

「庄太」

と、彼は低い声で云った。が、その眼は異様に光っていた。

「おめえ、ほんとにおれのために働くかえ？」

「へえ、そりゃもう、さっきも云った通りで……」

庄太は源八の顔つきが俄かに変ったので、多少尻ごみしながら答えた。

「よし。おめえのその言葉を信用して打明ける。いいか。おれには思案がついたのだ」

「え、もう知恵が出ましたかえ？」

「知恵は出たが、少々物騒《ぶっそう》な知恵だ」

「何ですって？」

「おい、庄太。今さら尻ごみしても手遅れだ。おめえにはすっかり話す。その代り十分な礼はするぜ。おれの知恵というのはな……」

と、源八はあたりをもう一度見回した上、一層低い声で云った。

「あの見世物に出ているお文を消してしまうのだ」

「消すというのは、親方、こ、殺すことですかえ？」

庄太は眼をむいた。

「ほかに手立てはねえ。あの女が生きている限り、八兵衛は二年でも三年でも商売をする。たとえ大鮑が人に飽かれても女のほうは飽かれねえ。　種物の鮑はいくらでもほかのものに趣向が変えられる。たとえの話だが、熊の子でも買ってきてつなぎ、その傍にお文を金太郎の姥《うば》に仕立ててみろ、結構おもしれえ趣向でいけらあな」

「なるほど、そこまではわっちも気がつかなかった。親方はやっぱり知恵者だ。山姥とは工夫ですね。八兵衛に知らせてやったら大喜びするでしょう」

「おれが考えることは他人《ひと》も考える。八兵衛だってそのくれえの工夫はつくだろう。だからよ、どうあってもあのお文を見世物小屋から消さなければならねえのだ。それよりほかにおれの小屋の生きる途《みち》はねえ」

「そうですかね」

庄太はしばらく俯向《うつむ》いていたが、やがて膝小僧を拳で叩いた。

「ようがす。親方、やりやしょう」

「承知してくれるか？」

「こうなったらわっちも乗りかかった舟でさ。親方に頼まれて今さらあとには退《ひ》かれますめえよ」

「庄太、そう気安く請合《うけあ》っていいかえ？　もし露顕《ばれ》たら、お互い、首にかかわることだぜ」

「分っています。わっちも親方に世話になっている身です。こうなったら何でもやりますよ……」

「庄太、よく云ってくれた。実はおめえが引受けてくれるかどうか、おれも危ぶんでいたのだ」

「その代り、親方、わっちにも注文があります」

「うむ。金か？」

「それもありますが、もう一つは、お文を殺す前にわっちの自由にさせておくんなさい。何もしねえで殺すのはあんまり勿体《もったい》ねえですからね」

「おめえはお文の裸に惚れたな？」

「ありようはそうなんで。わっちが親方に味方しようというのも半分はそのつもりがあるからですよ」

「よし。おめえにもまんざら愉しみがなくては、こんな危え仕事は引受けられめえ。どうせ殺す女だ、おめえのいいように始末するがいい」

「分りました」

と、庄太は片手で頰をこすった。

「庄太。いまからそう涎《よだれ》を垂らすのは早え。失敗《しくじ》ったら元も子もなしだ。色はあとのこと、その前に肝玉《きもったま》を据えて、ドジを踏まねえようにしろ」

「合点です」

庄太は決心を見せるように大きくうなずいて、

「で、親方、そのお文ですが、どうしてこっちの手に落すのですかえ？」

と、真剣な顔で訊いた。

「うむ、そこが肝腎なところだ。おれも、たった今、その工夫を考えついたのだから、その手立てまでは考えていねえ」

源八は眉根を寄せた。

「いっそ、玉を駕籠にでも押しこんで何処かに運びますかえ？」

「はじめからそんな手荒なことをしてはいけねえ。生娘じゃあるめえし、おとなしく駕籠に押しこめられるような玉じゃねえ。町中《まちなか》で大きな声で喚かれたらどうする？」

「それもそうですが……」

「なんにしても初めが大切だ。そこで、庄太」

「へえ」

「おめえ、ここ二、三日、お文の様子を見張ってくれ。あの女が見世物が済んでどっちのほうに帰るのか。帰る先が八兵衛の家か、それとも別の家か。また、帰りはお文がひとりか、人が附いているか、そいつをさぐってくれ。工夫はそれからだ」

　それから四日ばかり経って庄太が源八のところにやって来た。源八は眼顔で彼を二階に上げた。

「親方、お文という女の様子がやっと分りました」

　庄太は報告した。

「そうか。どういうことだ？」

「お文は見世物小屋がはねると、一旦八兵衛の家に帰っています。そのときは、たいてい横に八兵衛かお徳さんが居ますが、八兵衛の家を出てから本所の自分の家にひとりで帰っていますよ。八兵衛のところに寄るのは、風呂に入って飯を食うためです。で、たいてい帰りは五ツ刻《どき》（午後八時）になるようです。藍色地の小紋に派手に赤い長襦袢をちらつかせています」

「毎日そうしているかえ？」

「へえ。わっちが見張ったのは三日ほどですが、いつもそうでした」

「本所というと、おめえの近くじゃねえか」

「それでわっちもおどろきました。目と鼻の先とはいわねえが、ほんの二、三町離れただけですよ。お文は裏店《うらだな》に住んでいますが、そこには盲の年取ったおふくろが居るだけです」

「ほかに男は居ねえかえ？」

「日ごろは居ねえようですが、なに、盲でつんぼのおふくろですから、どんな男をくわえ込んできても分りはしません。近所で評判を聞こうと思いましたが、あんまりこの面《つら》を人に知られるのもまずいと思って、聞きませんでしたがね」

「それでいい。おめえにしちゃ上出来だ。待て待て」

と、源八は腕組みしてしばらく思案していた。それから煙管を取り上げ、莨を詰め、一服吸っていたが、突然眼を開けると同時に煙管を吐月峰《はいふき》に高く鳴らした。

「庄太。うめえ思案が浮んだぜ」

「そいつは早え。どんな思案ですかえ、早く聞かしておくんなさい」

「おめえの家はたしか誰も居なかったな？」

「自慢じゃないが、猫の子も居ません。当分女房はもらわねえつもりです」

「大きなことを云うな。来手がねえのだろう。そいじゃ、さぞかし家の中はひでえだろうな」

「いろんなものがとり散らかっております」

「棟割《むねわり》長屋で隣の音は筒抜けだろうな？」

「ところが、親方、そいつがよく出来た長屋で、壁が厚く、あんまり聞えません。隣に若夫婦がいますが、その声が耳に入りませんよ」

「よし。それじゃ、おめえの家を一晩貸してくれ」

「どうするのですか？　まさかお文をわっちの家に連れこむんじゃねえでしょうね？」

「まあ、その垢だらけの耳をこっちに近づけろ」

源八は庄太に何事かささやいた。

その晩だった。お文が見世物師の八兵衛の家から出て一町ばかり行くと、うしろから、もしもし、と呼止められた。あたりは人通りがなかった。お文は立止り、うしろの闇を透して見た。

「どなたですかえ？」

と、彼女は気丈に訊いた。男を男と思わない女なので、暗い往来で呼止められても怖れ気はなかった。

「お文さんじゃありませんかえ？」

「あんたは誰?」

「おまえさんはおぼえていなさらねえかもしれねえが、わっちは八兵衛さんのところに厄介になっていた源八です」

源八が近づくと、お文はしげしげと彼の顔を見た。

「そういえば、義兄《にい》さんのところに居た人のようだねえ。源八さんといえば、おまえさんも義兄さんのところを出て見世物師となり、向う両国でだいぶん景気がいいそうじゃありませんか」

「景気はよくねえが、八兵衛さんのお蔭でどうやら一人前みてえな面《つら》をしております。お蔭さまでありがとうございました」

源八は律義に頭を下げた。

「わたしに礼を云われても困りますねえ」

「いいえ、ご恩になった八兵衛さんの縁つづきといえばあっしにとって恩人、それに、おまえさんの婉姿《あですがた》がたいへん評判になっているのも聞いております」

「あれ、おまえさんはわたしを見に来なすったのかえ?」

「いいえ、行きはしませんが、大評判で分っておりますよ。なにしろ、八兵衛さんもいい従妹《いとこ》さんを持ってよかったと思っています」

「何だか知らないが、客の入りは悪くはないようですねえ」

と、お文は多少自慢そうに云った。

「それにつけてもめでてえ。ここでおまえさんに遇ったのも何かの縁、八兵衛さんへの恩返しもあって、一献《いっこん》差上げようと思いますがね。なに、わっちの家は本所のおまえさんの近くだから道順ですよ」

「おや、そうですかえ。だけど、いま義兄さんのところでご飯を食べてきたから、もう結構ですよ」

「まあ、そうおっしゃらないで。おまえさんはこっちのほうもいけるほうでしょう？」

と、源八は左手を動かした。

「ええ、まんざら戴けないほうでもありません」

「八兵衛さんは、たしか酒はあまり呑まねえほうだ。飯を済ましたと聞いては気の毒だが、まあ、少しぐらいは入るでしょう。おまえさんを送りがてらにわっちの家の角までつき合って下さい」

お文は八兵衛のところに居た源八と正体が知れているので気軽にうなずいた。素人女と違い、男をなめて、あまり警戒心がないのである。

源八はお文と連れだって歩きながら、人とあまり遇わないように祈った。ところどころに洩れる家の灯で藍色の小紋が浮上った。その下には夜目にも鮮かな長襦袢の緋色がこぼれ、道の上を流れてくる風は彼女の裾前を乱して湯文字ものぞかせた。黒繻子《くろじゅす》の帯もくっきりと胴を締めている。

「おまえさん、どうしてわたしの家が本所だと分りましたかえ？」

と、歩きながらお文はふしぎそうに訊いた。

「そのくらいのことは知っていますよ。八兵衛さんにはときどき遇いますからね」

「おや、そうですかえ。義兄さんはおまえさんのことはあまり話さないけど」

「そりゃ同商売のことで、格別わっちのことが話に出ねえだけでしょう。義兄さんからはおまえさんのことをよく聞いていますよ」

「あんまりいい話ではないでしょうね」

と、お文は苦笑したが、長い間の癖で、その眄《なが》し眼を源八に向けた。

懸念したようには人も通らなかった。ときどき提灯《ちょうちん》をさげて歩く通行人と出遇ったが、そのたびに源八はさりげなく顔を横に振った。

ようやくのことで庄太の裏長屋の路地にたどり着いた。

「ここがわっちの家です」

源八は戸を開ける前にお文をふり返った。

「ほんとに此処《ここ》ならわたしの家と近いねえ」

お文はあたりを見回している。

「さあ、どうぞ入っておくんなさい」

「おかみさんが中に居るんでしょう。こんな時刻にわたしのような女が入ってはおまえさんの都合が悪くはありませんかえ？」

「あいにくと女房は千住《せんじゅ》の親類に出かけて留守です。留守番はわっちが使ってる若い者が一人、遠慮はいりませんから、さあ、入っておくんなさい」

戸を開けると、中から庄太が待っていたように迎えた。

「おい、お客だよ」

源八は庄太に云った。

「へえ、いらっしゃいまし」

庄太が眼をみはったような顔でお文におじぎをすると、お文も、

「今晩は」

と、軽く頭を下げた。

「さあ、どうぞ、遠慮なくお上んなすって。きたねえところで申し訳ありませんが

……」

汚れた畳の上には、それでも申し訳のように剝《は》げた膳の上に皿ものと銚子が載っていた。お文が疑わしそうな眼つきでそこに立ったまま見ている間、背後の源八がうしろ手で素早く戸を閉めた。

「あたしは帰ります。また、この次に……」

異様な様子に気づいたお文が気丈にそういって背中を回そうとすると、後の源八が手で肩を軽く押え、

「まあ折角《せっかく》ここに入って来なすったのだ、長くは引きとめません、ほんの一口、口を濡らして下さい」

と云った。云い方はていねいだが、語気がこもっていた。

「ご親切はありがたいけど、遅くなりそうですから、あしたの晩にでも」

お文は弱味を見せまいと、かえって強い顔になった。男の中を揉まれてきた女だけに少々なことでは怖気《おじけ》づかなかった。

「そんなことを云わずに……おい、庄太、早くおあげしねえか」

「へえ、分りました。……親方もああすすめていますよ。さあ、ちょいとおあがり」

と、庄太がお文の手をつかんだ。

「何をするのさ」

お文はふりほどこうとしたが、庄太は放さなかった。

「おや、乙な真似をするね」

と、お文は顔をねじむけて、うしろに立っている源八を見た。

「源八さん、こりゃ一体、どういう芝居だえ？」

その眼は吊上っていた。

「お文さん、悪く勘ぐらねえでおくんなさい。こっちは、おまえさんといっぺえ飲みてえだけなんですよ」

源八は笑っていた。

「お断わりだね。なにさ、ひとの手を握ったりして飲みたいも何もあったものじゃないよ。変な真似をすると大きな声を出すよ。野中の一軒家じゃなさそうだから、すぐに隣の人が駆けつけてくれそうだからね。……さ、早く、この手をお放し」

お文は庄太に握られた手を振ったが、庄太は力いっぱいにつかんでいる。彼の息はもう荒くなっていた。お文の顔色も変っていた。

「まあ、姐さん、そう云わずに……」

と、庄太が上ずった声で云ったとき、お文が叫び出しそうになった。

その瞬間に後から源八の腕が伸びてお文の顎の下に締木《しめぎ》のように喰いこんだ。お文の上体が伸びてうしろに反った。声が出せず、庄太にはなされた両手を宙にあげてもがいた。源八の筋張った腕は少しも力をゆるめなかった。お文の白い顔がみるみるうちに真赤になった。その眼も血走ってきたかと思うと、やがて髷《まげ》の頭がぐったりと前に落ち、身体が折れた。

「庄太」

と、源八は蒼くなっている庄太を叱った。

「何をぐずぐずしている。早く、この女をそっちへ抱えあげねえか」

「うむ……」

庄太はせまい土間に下りてお文の両脚を持上げた。小紋の裾が乱れ、赤い長襦袢と湯文字が白い脚にからみついている。庄太は逆上《あが》っていた。

きたない畳に横たえられたお文は、赤い眼を開いたまま、口の端から泡をふいていた。

「親方、こ、この女は死んだのですかえ？」

庄太はおろおろして源八にきいた。

「いや、すっかり死んだのじゃねえ。首を絞められて気を失ったまでだ。あとで、もう一度、手拭いか紐で絞め直さなくちゃならねえ、庄太、息を吹返すまで、この女をおめえのいいように料理しろ。その間、おれは次の間で、この燗瓶《かんびん》の酒でも飲んでいる」

「百姓惣右衛門倅《せがれ》亀松申《さる》十一歳
右村之儀、信州上州国境破風山の麓《ふもと》にて、右惣右衛門儀、高一斗余所持、家内五人ぐらし、居宅より三町程隔り宗望月と申所《もうすところ》、猪鹿防の番小屋へ、去月二十五日夕方、倅亀松をつれ参り、亀松は草を刈《かり》、惣右衛門は小屋にて火を焚居候処《たきおりそうろうところ》、うしろの方へ狼来り、足を喰附《くいつき》居候所を振りかえり候処、唇よりあごへかけ喰附候間、狼の耳をつかみ声を立《たて》候に付、亀松聞附《ききつけ》はしり来り候、所持之鎌を狼の口へ入《いれ》引《ひき》候処、つつぎわより嚙《かみ》おられ、用立がたく、惣右衛門持参《もちまい》り候鎌を亀松取上、また狼の口へ柄の方捻込《ねじこ》みうしろへ引倒し、両人にておさえ候得共《そうらえども》、惣右衛門は数箇所喰附かれ、痛故働成《いたきゆえはたらきなり》かね打倒れ候に付、狼起上り候故、亀松石を持て、狼の口へさし込み申候鎌の柄を打込み、牙を打抜《うちぬき》うちたたき、ようよう仕留《しとめ》候由。惣右衛門所々くわれ候得共、所宜《ところよろしく》候得ば亀松介抱いたし、宿へつれ帰り、翌日より療治薬用等仕《つかまつり》候処、追追心よく候由。亀松事、年齢より小柄にて虚弱に相見え、中々右体《てい》之働き可レ致《いたすべき》ものとは相見え不申候間、おどろき逃去《にげさり》も可レ致所、親大事と存《ぞんじ》、若年に似合ざる働仕候ものに付、中上置候旨。

申十月　　　　　　　　　　　　大矢治右衛門

狼大《おおき》さ

狼皮横幅二尺三寸八分、首ぎわより尾ぎわ迄三尺六寸八分、頭長さ八寸、上腮《うわあご》長さ三寸七分、下腮長さ三寸三分」

この記事は、のち、ある随筆に書き遺されているが、当時は江戸にも瓦版となって紹介され、大評判であった。

見世物師の八兵衛は、女房の従妹お文が行方不明となってから、すっかり小屋の人気を落してしまった。

何といっても、鮑《あわび》などより歌麿の鮑取り海女の絵を思い出させる半裸のお文を出したことで人気を呼んでいた見世物だ。肝腎のお文が居なくなっては客足も落ちる。ほかの女をと考えたが、お文ほどの器量のものはなく、裸になってもいいというのはあまり戴けない面相ばかりだった。いい女はもちろん裸などにはなりはしない。それに、お文はそこに出ている間妙な人気を得たので、替玉では客の満足を得なかった。

八兵衛の見世物小屋は日増しに凋落《ちょうらく》し、とうとう大鮑の見世物も引込めてしまった。代りの種物を出したが、これが少しも当らない。一旦人気の反動は、どう足《あ》掻《が》いても前の盛返しが出来なかった。

これを横で嗤《わら》っているのが向う両国の源八小屋で、目下は狼の見世物を出している。

例の瓦版元本所の丑吉が、こういうのがあるのだがと報《し》らせてくれたのが、信州と上州の国境破風山の麓で十一になる子供が仕止めた狼のことである。襲いかかってきた狼を、十一になる子が石をもって狼の口に当て、鎌の柄を打込み、その牙を打抜いたというのだから大評判になった。一つは孝心が人の心を打ったのだ。これを瓦版にするが、こういうものでも見世物の種になるかと、丑吉は源八に云ったのだ。

「その狼はもう片づけられているが、何とかこれで細工が出来ないかえ？」

前に礼金の一両を貰った手前、しきりと気をつかった。

「そりゃいいことを聞きました。なに、同じ狼でなくとも何とか恰好はつけられます。おまえさんのほうでは瓦版で出来るだけ吹聴して評判を立てておくんなさい」

源八がそれから考えたのは、狼の皮を上州の猟師から買ってくることだった。上州の山に住む猟師は狼の皮を剥《は》いで敷物にしたり村の者に売ったりしている。早速、子分の庄太が上州に出かけた。

その狼の皮がいま源八小屋にかかっている。瓦版にある狼皮横幅二尺三寸八分、首ぎわより尾ぎわ迄三尺六寸八分というのには少し遠いが、それでも上腮の長さが三寸五分、下腮の長さ三寸という、どうにかそれに近い狼の皮をならべることが出来た。

小屋の表の看板には、大きく開けた狼の口に子供が、鎌をさしこみ、石で打ち込んでいる絵が出ている。景気づけにその狼の傍には前に狼が喰殺した旅人の血まみれの死骸が描かれている。

小屋の中に入ると、剥製《はくせい》の狼の口に喰殺された旅人が着ていたという木綿の盲縞の着物の端や、手甲《てつこう》や、襦袢の布片《きれ》などがだらりと下っている。これが黒茶の色に滲んでいるのは血の痕であった。

ただ狼を出しただけでは曲がない。十一の男の子がその狼を仕止める前に狼に喰われた人間の着ていた物が添えてあるので、一層凄味が出た。血は小屋主の源八が犬を殺してその血を塗っているのだが、妙な迫真力になっていた。女たちは顔を背《そむ》けるが、怕《こわ》いもの見たさで小屋は久しぶりの入りをつづけた。それに瓦版で宣伝も行届き、子供の孝行が見る者の泪《なみだ》をそそった。

狼で当てた源八がほくほくしているときであった。

ある日、小屋を開けて間もなく見物人の中から、狼に喰われたのは女だ、という声があがった。妙なもので、小屋の者は毎日のことだから慣れてしまっていて小道具には気がつかない。見物人の声でひょいと見ると、剝製の狼の口から垂れているのは女の長襦袢の端であった。

ついでながら、当時の長襦袢は絢爛《けんらん》たる模様と色彩だった。これは女が上に着るものに、暗い茶や鼠の渋い色を余儀なくされていたので、長襦袢に華美なものを用いたのである。そうなったのは、女の衣服における欲求不満を満たす結果だったという説がある。

さて、その派手な長襦袢の端が狼の口から垂れているので色気はあるし、色彩効果は満点だった。

報らせでやって来た庄太が、その長襦袢の切れ端を見て顔色を変えた。しかし、彼は何も云わず、そのまま源八のところに突走った。

「似たような長襦袢は誰でも着ている。おめえが見たのはお文のものじゃねえ」

と、源八は云ったが、

「それにしても、昨日までの男物の布片《きれ》がどうしてこんな長襦袢に変ったのか。誰かが悪戯《いたずら》をしたのかもしれねえ。よく調べてみろ」

と、源八は庄太に云った。

しかし、小屋の者は、どうして長襦袢がそこに差込まれたのか誰一人として知らなかった。ふしぎなことに男物のほうは取りのけられているので単なる悪戯ではない。多分、小屋が開く前に誰かが忍び込み、小道具の入替えをしたのではないかということになった。

異変はそれだけでは済まなかった。翌日、狼の口には藍色地の小紋の切れ端が差込まれていた。庄太は蒼くなり、源八は眼を剥いた。その小紋の秘密を知っているのは二人だけであった。小紋でもいろいろあるが、狼の口にあるのはまさにお文の着ていた柄である。野菊を井桁《いげた》に散らしたもので特徴があった。

次は縮緬《ちりめん》緋色《ひいろ》の湯文字である。これには見物人が大喜びしたが、源八と庄太は息を詰め、互いに眼を見合せたものである。

「話はこれだけです」

と、岡っ引の文吾は聞き手に云って煙管を握った。

「まだどうも判りませんね。一体、殺されたお文が身につけていた着物の端を、誰かがお文の死骸から剝ぎ取ってそこに持って来たのですか？」

「さあ、そこを判じて下さい」

文吾は焦《じ》らすように微笑した。

「分りませんね」

「実はこうなんです。……そんなふうに毎日狼の口にお文の着ていた物が少しずつ運ばれてくるので、源八と庄太は疑心を持ったのですね。あなたの云われたように、誰かがお文の死骸から着物を剝ぎ取って持ってきたと思ったのです。さあ、そこで二人の疑心暗鬼が増すと共に怕《こわ》くなってきた。たしかに自分たちの殺した女は誰も分らぬ所に始末している。その着物が出てくる。しかも自分の見世物小屋に持ち込まれるのですから、これは誰かが死骸の在所《ありか》を知っているということになります。二人は落ちつかなくなって、遂に或る晩、死骸の在る所に検分に出かけたのですよ」

「それは何処ですか？」

「葛西《かさい》の畠の中ですがね。雑木林があって、昼間はもちろんですが、夜はだれひとりとしてその辺を通る者がない。二人はそこに出かけて木の茂っている下を掘ったのです。ちょうど三日月が空にかかっていましたから、うしろのほうでのぞいている者には、まるで法界坊の舞台を見るようでしたよ」

「では、あなたがたが両人《ふたり》のあとをそこまで尾《つ》けて行ったわけですね？」

「その通りです」

と、文吾はうなずいた。

「もうここまでお話しするとお分りでしょうが、源八の見世物小屋の狼の口にお文の着ていた着物の端を入れておいたのはわたしどもの細工です。なに、身の軽い掏摸《すり》が居ましてね、この掏摸を使って上手に狼の口からすり替えをやったのです。人がいても、そのへんはそいつがうまくやりましたよ。まるで手品師のようなものです。……もちろん、それらの着物はお文の着ていたものではありません。相談にきた八兵衛から、お文が居なくなったときの着物や、そのほか身につけていたものを聞き、同じものを探したのです。ですが、小紋と長襦袢には苦労しましたよ。なにしろ同じ模様の品を求めるのですから、わざわざ造ってる所まで探しました。縮緬の長襦袢は同じものがなくて似たものがありましたが、切れ端ですから何とか源八と庄太の眼をごまかすことが出来ました。二人はそれにすっかり騙《だま》されて不安が起り、死体が埋めた場所に在るかどうかを見に行ったのですね。そこまで向うの気持を読んでいたのがわたしどもの勝ちでした」

「八兵衛があなたのところに相談に来たのは、お文を殺したのが源八という目星をつけていたのですか？」

「そうです。どうも源八の様子が変だというところからやって来たのですね。といって別に証拠はないから、まともに奉行所に訴えることも出来なかったわけです。わたしは八兵衛の話を聞いて、商売仇の源八が八兵衛小屋の繁昌を嫉《ねた》み、お文を誘拐《かどわか》して殺したのだろうと推察しました。けど、こちらにも証拠がないから、ただそれだけでは源八を挙げることは出来ません。いくらわたしどもが十手を預っているとはいえ、証拠もないのに無闇と人を縛ることは出来ませんよ。そこで動かぬ証拠をつかまなければならない。これには苦労しました。ですが、ようやく計略がうまく当ったようです。……それにしても、商売仇の憎しみ合いというものは怖ろしいものですね」

術

一

葉村《はむら》庄兵衛《しょうべえ》は西国の浪人ということである。何処《どこ》の生れで、何藩に仕官していたかは当人が語らないので、はっきりしなかった。しかし、訛《なまり》に九州弁があるので、九州のさる藩に仕えていたであろうことは推察できる。彼が寝泊りしている神田の旅宿の旅芸人の話では、九州でも南のほうに近いということだった。あるいは豊後《ぶんご》あたりの小藩に仕えていたことがあるのかもしれぬ。豊後には小さな大名が多い。

前の素姓はともかくとして、いまの葉村庄兵衛は女房もいない、子も居ない。年齢はすでに三十路《みそじ》を半ば近く越しているらしい。もっとも、彼の風丰《ふうぼう》がむさ苦しいので、実際以上に老けてみえるのかもしれなかった。

眼が大きく、鼻の頭がひしゃげ、唇が厚い。まる顔で色が浅黒い。このような顔は南国の系統で、情に奔《はし》りやすい。女とことを起しやすく、それで身を誤ることがある。どうじゃ、あんたには思い当るところがあるじゃろうと、庄兵衛と一緒に広小路に出ている易者が彼に云った。庄兵衛は笑っていた。そうだとも、そうでないとも答えなかった。

しかし、だれが見ても庄兵衛の過去には何かありそうであった。第一、三十四、五になるのに女房が居ないはずはない。事情があって国許《くにもと》に置き出奔《しゆっぽん》してきたかもしれなかった。彼は、ここ一年、神田の木賃宿に寝起きしていた。広小路に立って居合抜きを見せる。だが、これは客あつめで、そのあとで貝殻に詰めた茶殻《ちゃがら》のような粉を売る。そういう品は、大道商人用に卸《おろ》す店があった。庄兵衛もそこで買ってくるのである。

粉薬などは珍しくなかった。本当に効くのかどうか分ったものではない。だが、庄兵衛には一つの術があった。彼は実際に小刀を抜いて自分の皮膚を切る。深くはないが、それでも鮮血は流れる。見物は輪をつくって覗き込む。気の弱い女は袖で顔を隠し、眼だけを出し、好奇心に駆られて見つめている。庄兵衛は前に置いた貝殻の蓋《ふた》を開け、一度、水で腕の血を拭いた上、茶殻のような粉薬で傷口をまぶす。すると、血は嘘のように止ってしまうのである。彼は袖をまくって両の腕を見物に見せる。そこには刀疵《かたなきず》の黒い筋がまるで皮膚の皺《しわ》のようについていた。それで、見物人は貝殻の薬が香具師《やし》のもので、どうせいい加減なものとは知りながらも、つい手を出して買う。庄兵衛の商売は結構できた。

庄兵衛の方法を真似て自分の皮膚に傷をつける者もいたが、これぱかりはまやかしの薬では止血ができない。人が庄兵衛にその秘密を教えてくれと云うと、庄兵衛は、

「術だよ」

と一言云うだけだった。彼の云う術の意味は修練である。これはカラクリも何もなかった。

庄兵衛は酒も呑むが、根が善良なので同宿の者に好かれた。木賃宿にはこうした大道芸人や、伊勢神宮や弘法大師の札売り、傀儡師《くぐつし》、湯殿山の行者などがいっしょくたに住んでいる。夫婦者もあれば独身者もいる。病人もいれば不具者《かたわ》もいる。口は悪くても互いが助け合っている。庄兵衛はあまりものを云わないが、居合抜きさんで皆に慕われていた。

しかし、激しいところもある。彼が商売をしている広小路にいろいろな術の秘訣を売る香具師が現われた。彼は手品の心得があるらしく、いろいろと物珍しいことを観客に見せた上、これはほんの序の口で、もっともっと奥義がある、それはみんなこれに書いてあると、紙に包んだものを皆に見せた。

「たとえばだ、水に入って溺れねえ方法があるよ。これなどは覚えておいたら便利だ。自分が助かるだけでなく、女房子全部が助かる。そういうことは口では云えねえ。わっちも食って行かなければならねえ身での。奥義が知りたかったら、これを買ってくれ。だが、ここで封を開いて見るんじゃねえぞ。開けばその辺のケチなやつが覗いてみる。タダで奥義を盗見して知ろうなどとは不届なやつだ。必ず自分の家に持って帰って開いて見るのだぜ」

男は二十七、八で、色の蒼白い痩せた顔だった。

見物人はさっきの手品を見ているので、つい、それを買って帰る。だが、帰って開いて見ておどろいた。白い紙には墨で下手な文字が一行しるしてある。

《水に入って溺れない心得は、膝頭から上は水に入らぬことなり》

バカにしていると怒った。香具師のものはまやかしだとは分っていても、こんなペテンにかけるとはあまりにもひどい。買って帰った人間は、その男の人相の悪さを考え、どうせ安いのだから騙《だま》されたのはこっちが悪い、文句を云って逆に凄まれたら恰好《かっこう》がつかなくなると諦める者もいたが、なかには怒って、その男のところに文句をつけに行く者がいた。

「何だと。なにもこっちは深みに入って溺れねえ法とか、海の真ン中に落ちて溺れねえ秘訣とは云っちゃいねえ。ただ水に入って溺れねえ方法だと云っただけだ。早合点したはそっちが落度だ。大体、十文そこそこで、そんな絶妙な奥義が買えると思うか。……それに、おめえがそこで大きな声を出すので、おれの商売はいっぺんにあがったりだ。中に書いてるものをおめえが客の前でバラしたからな。さあ、どうしてくれる。見ろ。客はみんな逃げてしまったじゃねえか。おめえのせいだ。これからの売上《あがり》はおめえからもらうから覚悟しろ」

その男は文句をつけにきた男の胸倉をつかんだ。

その見幕に、血気に逸《はや》ってきた者も、

「いや、そういうわけじゃねえが、あんまりなので……」

と、へどもどした。

「何があんまりだ。やい、唐変木《とうへんぼく》め。何でも早合点するんじゃねえ。おめえのような野郎が女の子にひとり相撲をとって泣き面をかくのだ。これからもあることだ、気をつけろ」

と突っ放して、その辺に押倒した。ほかに文句を云いにきた客もいたが、これを見て前に進み出る者はなかった。

これを近くにいた庄兵衛が見た。

「おまえさん。さっきから聞いているが、そいつは少しおまえさんに無理があるようだ」

と、彼は九州訛のある言葉で云った。

「何を」

男は蒼い顔で睨みつけた。

「いや、お互い同商売だから遠慮しようと思ったがな、さっきから聞いていれば、おまえさんの術の売り方が少しまやかしすぎる。あれではイカサマだ」

「この野郎」

と、男はよほど腕力があるとみえ、浪人の庄兵衛に喰ってかかった。

「見れば、おめえも居合抜きなどしてまやかしの薬を売っている。そいつが効くか効かねえかはおめえのほうが百も承知だ。まやかしものといえば、おれもおめえも違いはしねえ。その同業に対《むか》ってつべこべ文句をつけるのは……はは あ、分った。

おめえ、おれの商売を嫉《ねた》んでいるんだな」

「嫉みはしないが、ちとひどいでな」

と、庄兵衛は笑い、

「なるほど、おまえの云う通り、おれのこの薬は効かないかもしれぬ。だが、おれは自分の腕に傷をつけて血が止る術を知っている。薬よりも術を売っているのだ。見物衆はおれの薬がどれほど効能があるかどうかは疑っているが、このわが身を傷つけてまで商売をしているのに免じて買って下さるのだ。いわばわしの術を買って下さるのだ」

「術だと？」

「そうだ。これはわしだけしか出来ないと思っている。べつにカラクリも何もない。修練だ。そこへゆくとおまえのは前口上に手品を見せ、そのあとイカサマの奥義を売りつける。こりゃ術じゃない。どうせ香具師《やし》の品物だが、そのイカサマは困る」

「おめえは大きなことを云うが、おれは何もおめえにその奥義を売りつけた覚えはねえ。何に血迷って他人《ひと》の商売を邪魔しやがる。士《さむらい》だか何だか知らねえが、大道で居合抜きなんかしやがって薬を売りつけるんじゃおいらと変らねえ。仲間仁義を知らねえやつだ」

男は、さすがに打ってかかることはしなかったが、庄兵衛の顔に唾を吐いた。庄兵衛が除《よ》けたのと、男が抛《ほう》り出されたのとが同時だった。男は地面にうずくまり、渋面をつくったまま起てなかった。その懐《ふところ》から匕首《あいくち》が落ちた。

「仲間の仁義は心得ている」

と、庄兵衛は男を見下して云った。

「だが、イカサマは仲間じゃない」

男が去ったあと、今まで見て見ぬふりをしていた香具師や大道物売りたちが庄兵衛の傍に集った。

「庄兵衛さん。いまのは源六という奴で、向島の平蔵の子分だ。平蔵は博徒《ばくと》だが、源六のような連中も手下に持っていますよ」

みんなで心配して云ってくれた。

翌る朝、木賃宿に刺青《いれずみ》を懐の間からちらつかせた男たち十人あまりが押しかけてきて、薬売りの居合抜きに遇いたいと云ってきた。短刀や棍棒《こんぼう》を持っていた。

蒼くなった亭主の知らせで庄兵衛が二階から降りて表に出ると、連中は彼を囲んだ。

その中から昨日の男が飛出した。

「こいつだ、こいつだ」

兄貴分の男が庄兵衛の前に出た。

「昨日はこいつがお世話になった。今日は可愛がってもらったお礼に来た」

「礼に来るにしては人数が多いな」

と、庄兵衛は棍棒や短刀を構えている連中を見回して、兄貴ぶんに訊いた。

「あんたが親分さんかね？」

「いや、おれじゃねえ……」

兄貴ぶんは、少しあわてて云った。

「おまえのような男に用があるのに、親分がいちいちお出《い》でなさるわけはねえ」

「もっともだ」

と、庄兵衛はうなずいた。

「親分さんには、おれのほうから遇いにいこう」

連中の顔にとまどいが見えたが、いい度胸だと兄貴ぶんは云った。途中の広いところで庄兵衛を片づけようという心算《つもり》がありありと見えていた。

「庄兵衛さん、大丈夫かえ？」

と、亭主も二階の連中も気遣ったが、彼は博徒に囲まれて歩いて行った。

二刻《とき》ほどして庄兵衛は何事もなくひとりで帰ってきた。

どうだったと訊くみなに庄兵衛は云った。

「親分というのに遇ったが、話の分る人だったね。わしは例によって術の話をしてやった。それで向うも納得した。今後はイカサマ商売はやめさせると云ってたよ」

その親分の家に行くまで、途中であの連中が手出しをしなかったかね、という問いには、

「なに、一人気の早いのが居てね、うしろからかかってきたからその手を握った。その男、悲しい声を出して身体を宙に浮かせた。それきりだったね、あとは黙ってわしを案内した。その悲しい声をあげたのが兄貴ぶんだったのでね」

と答えた。笑うと太い眼のふちに皺が寄って邪気のない顔になった。

庄兵衛は酒が好きだが、きまった女はないようであった。その酒も木賃宿でほかの連中と飲んだ。だが、商売の上りが多いと夜ひとりでどこかに行って一杯ひっかけてきた。あっちのほうはどうしているんだろうと心配する者もいたが、夜ひとりで出かけた時に適当に夜鷹でも抱いてくるのだろうと推量する者もいた。

秋の晩、木賃宿の二階で一緒に居る男たちと庄兵衛が酒を飲んでいると、その中

の男が云った。

「このごろ、捨首《すてくび》の噂があるのを知ってるか？」

「聞いている」

と、二、三の者が答えた。

「その噂で辻番所では番人が睡れねえで弱ってるということだ」

「捨首というが、一体、それはどういうことだね？」

と、庄兵衛が割って入って訊いた。

「庄兵衛さん。おめえ、まだ知らねえのかい？」

「何も聞いていない。捨首がどうかしたというが、どういうことだ？」

「本当かどうか分らねえが、市谷《いちがや》、青山、麻布《あざぶ》あたりでは、大名屋敷や旗本屋敷の前に生首を置いていく者がいるという噂が立っている。屋敷では番人を出すやら、辻番では夜通し見張っているやらで大そうな噂だ」

「生首を置いて帰るのか？」

「まだ見た者はねえようだが、噂では捨てるということだな」

「武士の屋敷に生首を置いて帰るのは、そう悪いことではない。いや、かえって縁起がいい。ずっと前の話だが、さる旗本屋敷の玄関に生首を投込んで帰ったやつがいる。屋敷では騒動したが、主人が出てきて、何者のしわざか知らぬが、正月早々武士の屋敷に首が置かれるとはめでたいことである、畢竟《ひっきょう》、わが武門高き故である、泰平の世の中に首を得るとは滅多にないこと、吉兆であると云って喜んだというのだがね」

「なるほど。同じ生首でも侍となると、そういう考え方になるものですかねえ」

聞いた者は感心した。庄兵衛はつづけた。

「なに、その生首はどうせ遺恨のある者が投込んだに違いないが、家名を瑕《きず》つけられるのをおそれて、主人がそんな体裁を云ったのだろう。……それで、おまえたちの云うその生首の噂は根も葉もないことだったのかね？」

「いや、まるきり噂の出どころが根も葉もないわけでもねえようだ。わっちが聞いた話では、こういうことだったがね」

と、その男は語り出した。

青山辺の或る旗本が、夜の暑苦しさに弟と二人で外に出て涼んでいると、そこに声高《こわだか》に話しながらくる者がいる。提灯《ちょうちん》を持っているが、その光で見ると、どうやら鳶職《とびしょく》二人らしかった。旗本はそこに立ちながら二人の話声を聞くともなく聞いた。鳶の一人は云っていた。

（あの女の首は、一体、どこで斬ったのかな？　前垂《まえだれ》に包んであるから、あんまりいい暮しをしている者ではなさそうだ）

（女の首を斬ったのはおおかた亭主だろうな。不義密通をしている女房を斬ったにちげえねえ）

（そうかもしれねえ。あの男の人相は暗がりでよく分らなかったが、おれたちが近づいたので捨てようと思ったのが捨てられなくなって、持ったまま立去ったのだ。こっちの提灯の光が映した包の間からは、たしかに女の長い髪がこぼれていたぜ）

（今度はどこに捨てるつもりだろう。捨てられたところは大そうな迷惑だな）

その話声を聞いた旗本は二人を呼止めて、それはどこの出来事だと訊いた。鳶職二人は、ここからあまり遠くありません、市谷の焼餅坂上でございます、と云って立去った。

旗本は聞捨てならない話だと思い、そのことを辻番に云った。辻番もおどろいて、その夜警戒したが、その話がほうぼうに伝わって、近ごろ捨首が流行《はや》っているという噂になったようである。各辻番所ではいつ捨首の人間がくるか分らないので夜通し起きているが、近ごろはくたびれ果てている。——そんな話を木賃宿の男は酒を飲んで庄兵衛に説明した。

庄兵衛は盃を口に含んで、

「奇態な話があるものだ」

と云って、それきりあとのことは聞かなかった。彼は何か考えごとをしているようである。

捨首の噂が彼の気持を捉えたのではない。噂の出所になっている生首が不義密通の女房らしいという話に彼の衝撃があったようだった。

そういう雑談があって二日経った朝だった。

木賃宿の表から土地の岡っ引が手先一人を伴れて入ってきた。

「おや、これは親分さん、おいでなさいまし」

と女中は顔を知っているので上に招じようとした。宿屋や旅籠《はたご》は水商売と同じで、岡っ引には弱かった。

「亭主は居るかい？」

「はい、おります」

「上にあがるまでもねえ。ちょいとここに呼んでくれないか……」

「かしこまりました」

「おい、ちょいと待ってくれ」

と、岡っ引は奥へ行こうとする女中を呼止めた。それから耳もとにささやいた。

「この二階に居合抜きの浪人が泊っているな？」

「はい」

「名前は何というのだ？」

「葉村庄兵衛さまといいますが」

女中は不安な顔をした。

「いま上に居るかい？」

「はい。これから広小路に出かけられるようです」

「それじゃ、亭主を早く呼んでくれ」

と、岡っ引は促した。

亭主が女中からあらましを聞いたとみえ、これも心配そうな顔で現われた。岡っ引は座蒲団《ざぶとん》をすすめる亭主に、ちょいと表まで顔を貸してくれと云った。亭主と岡っ引とは以下の問答をした。

「葉村庄兵衛という居合抜きは、おめえの所にいつから泊っているのだ？」

「かれこれもう一年近くなります」

「一年。ずいぶん長い逗留《とうりゆう》だな」

「へえ。もうここを自分の家のようにしております。葉村さまだけでなく、ほかの大道芸人も腰を据えております。裏長屋の一軒を借りる才覚もつかず、ずるずるここに居るわけで」

「葉村さんは商売を休んでどこかへ出かけることがあるかい？」

「そういうことは滅多にありません」

「おめえ、匿《かく》しちゃいけねえぜ」

「べつに匿しはしません。気さくな人で、夜などはみんなと一緒に酒を飲んで、面白そうに話を聞いておられます。いい人でございますよ」

「一年も長逗留していればいい客にはちげえねえ。で、なにかえ、刀の手入れはよくしているかい？」

「居合抜きが商売でございますから、刀身が光っていねえとどうも見場《みば》がよくねえので、手入れはしておられますよ」

「ただの手入れじゃねえ。刀身についた血を拭いて錆止《さびど》めをするような、そういう手入れだ」

「そんなものは見たことはございませんが、何か葉村さまが人を斬ったようなお疑いでもかかっていますかえ？」

「かからねえでもないのだが」

岡っ引はちょっと考えていたが、

「おめえはこのくらいでいい。その葉村さんをここに呼んでくれ」

と云って片脚で貧乏ぶるいしていた。

庄兵衛が降りてきた。

「わたしに用事だそうだが、何ですな？」

彼は岡っ引二人を見ておだやかな挨拶をした。

「お邪魔しますね」

岡っ引も、大道で居合抜きを見せて薬を売っている浪人とはいえ、士《さむらい》だから言葉も少しは丁寧《ていねい》であった。が、その眼は庄兵衛の上から下まで餇《は》っていた。

「ちょっと、つかぬことを聞きますが、葉村さんは昼間はよくお出かけですかえ？」

「商売で忙しくてな。毎日、遊ぶ暇はない」

「夜はどうですかえ？」

「ときどきはな」

「それはどういう御用件で？」

「酒を飲みに出る。商売がうまく行ったときは少しでも上酒を飲みたいでな。日ごろは同宿の者と濁酒《どぶろく》を飲んでいるが……」

「外で飲まれるときの酒屋はどちらで？」

「これから三町はなれたところに越前屋という居酒屋がある。わりとうまい酒を出すでな」

「そこには、どれくらい坐って居られますかえ？」

「まず……一刻《いっとき》くらいかな」

「それから、どちらへ？」

「別に何処《どこ》にも行く先はない。まっすぐこの宿に帰って寝るだけだ」

「お腰の物の手入れはよくなさいますかえ？」

「腰の物は武士の魂といっては居合抜きの言草《いいぐさ》としておかしく聞えるかもしれぬが、商売用にもよく手入れをして光らせておかんと客の眼をひかんからな」

「そのお差料《さしりょう》は？」

岡っ引は無腰の庄兵衛にきいた。

「いま、二階のわたしの部屋に置いてある。わたしの部屋といっても、別に壁で仕切ってあるわけではない。畳二畳ぶんがわたしの部屋だ。寝るときは破れ屏風《びょうぶ》で囲う」

　庄兵衛は厚い唇をひろげて笑った。皺が眼尻に寄った。皺には生活の疲れが出ていた。

「一昨日《おととい》の晩には、どちらかへお出ましでしたかえ？」

「いや……」

「その三日前の晩は？」

「五日前の晩のことだな……」

　庄兵衛は考えて、

「うむ、ちょいと出た」

と答えた。岡っ引二人が眼を見合せて、

「どちらへ？」

と鋭く訊いた。

「越前屋だ。嘘だと思ったら越前屋の女中に訊いてみるがいい」

「…………」

「その晩は格別いい酒を出したから賞めてやった。だから女中はよく覚えているだろうな」

「それからどちらへおいでになったんで?」

「ここに帰ったよ。四ツ刻(午後十時)近くだったかな」

庄兵衛は答えたあと、岡っ引二人を見た。

「一体、わたしにいろんなことを聞くが、何かあったのかね?」

岡っ引の疑いは解けた。庄兵衛と話しているうちに、その人柄が分ったようである。

岡っ引は忠七といったが、彼はこんな話をした。

近ごろ辻斬りが三ヵ所に起っている。ただの辻斬りではなく、殺す前に縛って首を刎《は》ねるというのだ。その斬り方がまことに鮮かである。まるで木の枝を削《そ》いだような斬口で、よほどの腕前であろう。本所、深川、それに浅草である。

「それでわたしを疑ったのだな。わたしはそれほど腕はよくない」

と、庄兵衛は笑った。

「居合抜きをなさるもんだから、つい、わっちらも目をつけたんですがね」

岡っ引の忠七は、ただそれだけの理由で訊きに来たと云った、つまり、その辻斬りにはまだ確たる手がかりがつかめない。

「普通の辻斬りだと、肩を斬るとか胴を払うとかいうのが多いが、三件とも首を斬られているのだね」

「そうです。それも両手をうしろに縛られて坐っているのですよ」

「はてね？」

庄兵衛は、首をかしげて、

「それはまた覚悟のいいことだ。普通の辻斬りだと、ふいに出て襲うはずだがな」

「それでわっちらも戸惑っているんです。なぜ縛られているかとね」

「はじめ刀で脅して、両手を縛ったのじゃないかな？」

「わっちらも初めはそう思っていました。ところが、刎ねられた首を見ると、みんな穏かな顔をしているのです。なかにはうす笑いをしているのもあります。怖ろしそうにしている首は一つもありませんよ」

「首はみんな現場に残しているんだね？」

庄兵衛が訊いた上で、

「首があるというのはおかしいな。近ごろ首を持って歩く人間の噂が出ているが」

と呟いた。

「わっちらも初めはそう思っていました。ところが、首は転《ころが》ったままになっている。ひょっとすると、その辻斬りの首斬りが噂のもとかとも思ったんですが、首を持って歩く噂のほうが先なんですね」

「面妖な話だな」

と、庄兵衛は興味を起した様子だった。

「そうか。刎ねられた首の顔は苦痛に歪んだものはなかったのか」

「まるで覚悟の上で斬られたような顔でございます。この謎はわっちらも解けません。葉村さんはどうお考えですかえ？」

「ふしぎだ、全くふしぎだ」

と庄兵衛は呟いている。

——そのようなことがあるだろうか。両手をうしろに縛られるのは、その前におどかされて仕方なしに相手の云いなりになったといえるが、それだったら顔に恐怖が出ていなければならない。また何か叫ばなければならないのだ。

「誰も声を聞いた者はいないのです」

と、岡っ引はその点を説明した。だから謎だというのである。

「何かほかに特徴はないかね？」

「斬られた人間があんまりいい暮しの者でないということでしょうな。これから先のことは分りませんが、今までの三件では貧乏人ばかりです」

庄兵衛の頭に同宿の者から聞いた女首のことが泛《うか》んだ。その首の主も暮しがよくなかったと云っていた。それとこれとは関係があるのか。庄兵衛は、そんなことを胸に泛べているようだった。


「場所はどういう所だね？　いや、その人殺しだが」

「わりあいと近くに人家の多い所です。本所と深川もそうですが、もう一つ起った浅草もその通りでしたよ」

忠七はいちいちその町名を挙げた。

「それから、もう一つ奇態なことがあります。それは辻斬りのうち、二つは昼間でした」

「なに、昼間？」

庄兵衛は忠七の顔をじっと見た。

「昼間ですから死体を見つけるのも早かったんです。けど、あんまり人目につかない場所でしたがね。蔵の横だとか、木立の蔭だとかいう所です。ですから、少し大きな声を出せば通りがかりの者に聞える所ですが、殺される人間には猿ぐつわもかまされていない」

「どうもわたしにも分らないな。殺される人間は猿ぐつわもかまされてないなら声は自由に立てられる。それが殺されるまで叫びもしなかった。落された首はみんな柔和《にゅうわ》な顔つきだった。……どういうことだろう？　まさか殺される人間が進んで斬ってくれと云ったわけではあるまいが」

「冗談じゃありません。そんな人間がいるものですか。それに、もう一つ、殺された者には女は一人もいません」

「なるほど。それに、あんまり暮しがよくない者ばかりだと云ったな」

「三つともそうです」

「夜、殺されたのはどこだ？」

「浅草です。これだけは翌る朝死体が見つかりましたからね。やはり通りからちょいと入った所です」

「それが五日前の晩だというわけか？」

「そうです。それで、わっちらも葉村さんが五日前の晩にどこに出て行かれたか、しつこく訊いたわけで」

「それで分った。だが、この人殺しの変ったところは、殺された人間がおとなしく両手を縛られていたというところにあるな。つまり、みんな、まさか自分が首を刎ねられるとは知らないでいたのだろう」

「わっちらも初めはそう思いました。でも、縛られてからその男が刀を抜くわけですから、当人は必死に大声を絞って助けてくれと叫ぶはずですがね。それに、顔つきも歪んでいなければならないはずです」

「それでは、縛っておいていきなり抜打ちに首を落したのかな？」

岡っ引二人は黙っていた。その様子を見て庄兵衛は気がついたように、

「わたしが居合抜きなので、その辺から下手人と思われたのか？」

と云った。岡っ引二人は都合の悪そうな笑《えみ》を泛べた。

「さっきも云う通り、わたしはそれほどの腕前ではない。だが、その人殺しは変っている」

「葉村さんの知っている人で、そんな悪い癖のお侍はいませんかね？」

「あいにくとわたしは江戸に来てから人とのつき合いをやっていない。せいぜい、この木賃宿の二階にいる連中だけだ。そういう人間は知らんな」

次に庄兵衛の云ったことが二人の岡っ引をおどろかせた。

「わたしも自分が疑われたから云うのではないが、少し考えてみよう。今の話のことをね」

「と云われると？」

「なぜ、殺された人間がおとなしく縛られた上、人に助けを呼ばなかったのか、刎ねられた首がどうして柔和な顔をしていたか、この謎だな。これが解ければ下手人の目星はつくかもしれない」

「葉村さんには、その謎を解く思いつきでもありますのかえ？」

「今はない。だが、考えてみる。忠七さんと云ったね。明後日《あさって》あたり、またここに来てくれないか。それまで下手人が挙《あが》らなかったらの話だが」

「ようがす。それでは伺います」

「ただし、明後日来てもらってもいい考えが泛ばず、無駄足になるかもしれないよ」

「なに、そんなことは構いません。どうせ歩き回るのがわっちらの商売ですから。……これは奇妙なことになりましたな」

と、忠七自身が苦笑していた。疑いをかけた当人の所に来て、逆に探索の協力者にしてしまったのだ。

約束通り岡っ引の忠七が二日のちの朝木賃宿に庄兵衛を訪ねた。

「葉村さん、あれから分りましたか？」

「いや、なかなかむずかしいな。ところで、おまえさんのほうはいくらか手がかりがつかめたかな」

庄兵衛は先に訊いた。

「それが、なかなか目星がつかねえので困っています」

今朝の忠七はひとりで来ている。それに、はじめから丁寧な態度である。この前来たときとは打って変っていた。

「辻斬りは、それからも出ているか？」

「いや、あれっきりです。ですが、下手人の目星もつかねえので、またいつ起るか分りません」

「困ったことだな」

この困ったというのは庄兵衛にいい思案が泛ばないためだと、忠七は見ていた。専門の自分でさえ手がかりがつかめないのに、素人の居合抜きに分るはずはないといった顔つきだ。それでもここに足を運んで来たのは、期待はしていないが、あのときひょんなはずみから約束をしたのを実行するためだった。

「わたしはこれから商売に出る」と庄兵衛は云った。「おまえさん、忙しくなかったら広小路までついてきて下さらんか」

「そりゃ行かねえこともありませんが……」

「少し思いついたことがないでもない。広小路に行ってからおまえさんに見せるものがある。それからわたしの考えを述べたほうが分りやすいと思うのでね」

居合抜きの葉村庄兵衛は謎めいた微笑をみせた。

二

昼間の上野広小路には、大道商人が道端に店を開いている。古道具屋もあれば、子供相手の飴《あめ》売り、盆栽、手品師、薬売り、いろいろだった。ここでは両国のように大きな掛小屋は建てられない。その日のうちに小屋を撤去しなければならないからだ。それで、あまり大きな興行は出来なかった。娘義太夫や見世物でも簡単なものしかできなかった。たいていが葭簀《よしず》張りで囲っていた。

葉村庄兵衛はいつもの場所にやってきた。大体、香具師《やし》や大道商人は前から場所割りが決っている。相手が休んでいても、そこだけは空けておく。庄兵衛は貧乏浪人といっても侍である。痩せても枯れても二本差なので多少は威張っていいのだが、近くの大道商人にはひどく愛想がよかった。

しかし、この日の彼は岡っ引を伴れている。近くにいる者が妙な顔をしてじろじろと忠七のほうを見ていた。

「なあ、親分」

と、庄兵衛は、そこにならんでいる大道商人に顎《あご》をしゃくった。

「みんな商売には手馴れたものだろう。あすこにいる薬売りの口上などは聞いていて、毎度のことながら、つい、うっとりとなる。これも術だな」

庄兵衛の「術」という持論がまたはじまった。

「なるほどね」

忠七は珍しくもなかったが、顔だけは感心したように聞いていなければならなかった。庄兵衛が一件のことで何かいい助言をしてくれると思うと、興ざめた表情は見せられないのである。

「だがね、ここに居るのは、その覚えた術で商売をしている、根はいい人ばかりでね」

「そうでしょうな」

「いつぞや、ここに妙ないかさま師が紛れ込んでいてね、まるきり人を騙《だま》す商売だった。見ていてあんまり腹が立つので少し忠言してやったところ、えらく怒ったが、それきりここには姿を見せない。ああいう手合はいけない。あれは、まるきりまやかしものだ。術ではない」

「そういうのがときどき居ますよ。そういう連中と、ここに居る人たちとはやっぱり違いますね」

忠七も同意した。しかし、彼は庄兵衛が一件のことに一向にふれないので少しじりじりしてきた。

「葉村さん。で、あなたの考えはどうですかえ？」

「そうだった。いや、親分、実はね、わたしにもまだよく分らないのだ。正直、ちょいと考えあぐねている」

忠七は、なんだと思った。思わせぶりなことを云って人をここまで誘っておきながら、それこそ人をだますようなものではないか、とむっとした。

「いや、腹を立てないでもらいたい」

と、庄兵衛も頭を掻いた。

「ですけど、葉村さん、こういう場所にあなたがあっしを伴れてくるからには、あんたの考えには少しはその方角がついているんでしょうねえ？」

忠七は訊いた。

「ぼんやりとだけどな。どうもふしぎな辻斬りだな」

庄兵衛は背中をまるめてのんびりと云った。

「辻斬りといえば、たいてい夜だ。それも横合から飛出すとか、うしろから袈裟《けさ》がけに斬るとか、そういったところが普通のやり方でね。ところが、今回は夜はやらない。すぐ近くに賑《にぎや》かな所がある。ほれ、こういうような場所だな」

葉村庄兵衛は、ならんでいる大道商人と賑かな客の足を岡っ引に見せるように云った。

「そいつは分っていますがね。だが、肝腎なのは下手人でさ」

「さあ、いま云った謎が解ければ下手人も見当がつくがね。第一、斬られたやつが何で神妙に首を伸ばしているんだろうねえ」

「下手人が金でもやって騙し討ちにしたのですかえ？」

「そいつがいちばん考えられる。けど、金をやって相手を土下座させる、こりゃどういう真似かな。しかも、斬られた人はみんな貧乏人だ。金持ちは居ないな」

「だからさ、それで金をやって……」

「いくら金を貰ったところで、訳もなく神妙にかしこまる人間は居るまい。それに、あんたの前だが、下手人はそんなに金を持っているとは思えんな」

「おや、それがどうして……」

分るか、というように岡っ引は庄兵衛の顔を見た。

「わたしのカンだよ。どうも斬ったやつはわたしのような貧乏人らしいね。そういう気がする。ひと通り腕は立つ人間だろう」

「何のために斬るんですかえ？　人の首を斬るのが面白いのですかえ？」

「斬られた人間は、それが何のつき合いも関りもない連中ばかりだ。してみると、殺したやつは無闇《むやみ》に人間の首を胴体から離したい気違いかもしれんな」

下手人が気違いではないかという庄兵衛の言葉には、岡っ引の忠七も賛成であった。

「まったく、まともな人間の出来ることではありません」

と、彼は云った。

「だがな、親分。気違いでなくとも、まっとうな人間がバカなようにしなければならないこともあるよ」

「へえ、それはどんなことです？」

「金だ。いわば金儲けのために、みんなは心にもないお世辞を云い頭を下げる。見なさい」

と、庄兵衛は、そこに一列にならんでいる大道商人を指した。

「みんな客にはオベンチャラを云っている。ほら、あすこで飴を売っているおやじなぞは客の子供にお世辞たらたらではないか。貧乏長屋の鼻垂れっ子に誰が商売をはなれてあんなお世辞など云えるものか。普通だったら、汚れた餓鬼《がき》には見向きもせぬところだよ」

「まったく、その通りですな」

「このわたしにしてからそうだ。金のために居合抜きなどを大道で披露している。これで金さえ貰わなかったら、わたしだって結構気違いに見えるだろうな」

「…………」

「金儲けと見られているから、どんなことをやっても人はそれをふしぎでなく見物してくれる」

「葉村の旦那」

と、岡っ引の忠七は何か思い当るところがあったように云った。

「そうすると、あの首斬りの下手人も金を目当てにやっているのですかえ？」

「そこはまだわたしにもよく分らないがね」

「金を貰うという約束で殺される人間が神妙に坐る。そこをバッサリとやるという寸法じゃありませんかえ？」

「さすがに親分だ。普通の眼とやはり違うな。……が、金をやるからおまえそこに坐っていろと云われて、ふしぎに思わず坐る人間があるだろうか？」

「………」

「わたしも親分とおんなじようなことを考えたことがある。だがね、これを自分にひき較べてみたら合点のゆかないことが分る。真昼間、それも近くに賑かな場所がある。その路地に引込んで、金をやるからそこに坐っていろと云われて逃腰にならない人間がいるかね。しかも、相手は刀を持っているのだ。こりゃ物騒な話だからね、みんな用心して逃げるよ」

「なるほどねえ」

忠七は指の先で顎を掻いた。

「どれ、わたしもこれから商売だ」

と、葉村庄兵衛は空地に店をひろげた。汚い風呂敷《ふろしき》から粉の詰った貝殻をとり出して前にひろげた。

そのときから庄兵衛は完全に商売人になった。彼は鉢巻をし、袴《はかま》の股立《ももだち》を取って、長い刀を抜き、それを見物人に振回して叫んだ。

「さあさあ、お立合……」

岡っ引の忠七は、人を集めた庄兵衛が見事な居合抜きを見せるのを、人垣のうしろからじっと眺めていた。


首斬りの辻斬りがまたはじまった。

今度は浅草の馬道だった。やはり賑かな所からそれほど離れていない。角に銭湯がある。向う角は石屋だった。その路地を入った所の石置場に、三十すぎの男が首と胴を離して血まみれに仆《たお》れていた。

「どうも困ったものだ」

と、忠七の出入りしている同心の高村龍助は忠七に云って顔をしかめた。

「まだ下手人は見当つきませんかえ?」

「どうもむずかしいようだ。あの辺は定吉の縄張だが、どうも定吉では心細いな」

龍助は、その辺の縄張をもつ定吉にあまり信頼をおいてないようだった。できれば忠七に行ってみてほしい口吻《くちぶり》だったが、忠七としては仲間の縄張を侵すわけにもゆかなかった。

彼は検視の様子を高村から聞いた。やはり胴体はうしろに手を括《くく》られて膝を折っていたというのである。

「両手をうしろに回して縛られていたのですか？」

彼は、ふと、葉村庄兵衛から聞いた言葉を思い出していた。

「その通りだ。しかも、おとなしくな」

「面妖な話ですね。殺された男は刀におどかされて仕方なしに縛られたんですかねえ？」

「そこが腑に落ちねえ。これはこの前から起っている一件と同じだ。刀におどかされたら、すぐに逃出すか、大声で呼ぶなりしてよさそうなものだが、それがちっともその様子を見せていねえ。この前と同じに首の顔も至極《しごく》なごやかなものだ。おどかされたら、死顔にそのときの怖ろしさや苦痛が出ているものだが」

「旦那、それは金じゃございませんかね？」

忠七は庄兵衛から聞いた言葉をつい口に出した。

「金？」

「へえ。金を貰って騙されて縛られるという考え方です。人間、金のためにはどんな恰好でもしますから、そこを不意に首を落すという寸法では」

「まさか」

と、同心の高村は相手にしなかった。

「たとえ金を貰って騙されたとしても、その前に気がつかぬはずはねえ。また、どう云い聞かせてそこに坐らせるのだね。おとなしく縛られているんだから、人間、いくら金を貰ったところで、そんな真似はできねえ」

いわれてみれば、その通りだった。

「どうも合点がゆかぬ。これまでの殺しといえば、何か殺された人間と事情《わけ》があったものだ。今度の一件にはそれがねえ。みんな関りのない人間が殺されているとしか思えない。下手人はおとなしくしているやつの首を人形のように斬るのだからな。忠七、このままで放っておくと、またつづいて同じことが起る。ご苦労だが、念入りに探索をつづけてくれ」

「かしこまりました。申し訳ありません」

忠七は請合ったが、雲をつかむような話で、どこから手をつけていいか分らなかった。同心の高村も云う通り、殺された人間にそれだけの怨恨《えんこん》関係があれば、その筋を手繰《たぐ》って行けるのだが、これという恨みを買っている者はいなかった。また、殺された人間同士のつき合いもない。そうすると、下手人は辻斬りと同じように全く無関係の人間を襲っているのである。

　忠七は、念のために、その殺しのあった日に葉村庄兵衛が旅籠《はたご》に居たかどうかを子分にさぐらせた。

「その日は午《ひる》過ぎから上野に行って例の商売をはじめています。それから、六ツ前になって道具を片づけ、真直ぐに旅籠に帰っています」

　手下は、そう報告した。忠七は、もうこれで葉村庄兵衛と今度の殺しとは全く関係のないことを知った。

　それから三日ほど経ってからである。今度は本所のほうで同じような事件が発生した。変っているのは、これまでがほとんど男だったのに、今回だけは殺された人間が女だったことである。

　忠七は高村に呼出されて、縄張外だが、現場の検視に立会った。そこは本所の粂蔵の地盤だった。

　本所でも両国に近い所で、裏長屋の井戸の傍に生首が落ちていた。

　犯行の時刻は夕方前であった。報《し》らせで粂蔵が行ったときはまだ死体にぬくもりがあったという。女は、この近くに住む浪人者の女房だった。やはり地面に坐ったところを首を刎ねられているのだ。眼を剝き、歯を食い縛っている。

　忠七は、それを見て、おや、と思った。これまでの例が殺された人間の死顔が穏かなのに、今度だけは恐怖の表情を生首は見せている。やはり女は男と違って斬られるのを予感していたのかもしれなかった。

「亭主はどこに居る？」

と、忠七は傍の下っ引に訊いた。こわごわと眺めている近所の者の間から、色の蒼褪《あおざ》めた四十ぐらいの浪人が出てきた。その女房の身装《みなり》も粗末なものだったが、浪人はもっと貧しい風体をしていた。

「わたしは倉橋三左衛門といって西国の浪人です」

と、彼は名乗った。胴体だけの妻の死体を見て浪人も気が動顚《どうてん》していた。

「ここには半年前に引越して来ましたが、今では何かの仕事にありつこうとして探しているところです」

浪人はそう身の上を語った。それによると、彼は江戸に二年前に来て、はじめ神田のほうに居たが、どうも思わしくないので、こちらに半年前に越して来たと云った。思わしくないというのは浪人の口実で、どうやら家賃が滞《とどこお》って家主に追立てられたらしかった。女房はお絹といい、近所の針仕事をやって細々と暮していた。

彼は、女房が人に恨みを買う理由はないと云った。

その犯行は誰も見ていなかった。長屋には人の出入りも少くはなかったが、まったく、気がついていないのである。怪しい者を見かけた者もなかった。

お絹の死体の様子からみて、彼女がそこに坐っているところを首を落したと判断された。ふしぎな話である。何のために彼女は地面に坐ったのであろうか。

もし刀でおどかされたとすれば、この場合こそ声をあげなければならない。近くの者は悲鳴も何も聞いていないのであった。

ここで忠七は、庄兵衛の云った「金」という言葉が頭を走った。しかし、彼はすぐに否定した。今度の場合、女が金につられて騙された様子はない。後手に縛られてもいなかった。それに女の死顔は怖ろしそうに歪んでいたのだ。

死骸がとり片づけられたあと、残った者だけで話合ったが、有力な意見は出なかった。こんな場合、探索は平凡な常道に戻る。八方に聞込みを行なわせることであった。

もっとも、斬られた女の亭主の倉橋三左衛門という浪人は、女房が恨まれる筋合はないと云ったが、こればかりは彼の言葉では当てにならない。そこで、その方面の聞込みも行なわれた。

お絹の評判は決して悪くはなかった。西国訛《なまり》が多少耳ざわりという程度で、気立てはよく、近所づき合いもつとめている。それに、亭主の三左衛門とはひどく仲がいい。倉橋がこれという職もなくぶらぶらしているのに、お絹のほうはいやな顔一つ見せず、仕事探しから帰ってくる亭主を何かといたわっていた。子供は居ない。あれくらい亭主に尽すおかみさんも居ないというのが、近所の女房たちの一致した意見であった。

今度、彼女が斬られたのも近所の同情を買っている。あんないいおかみさんがどうしてこんな災難に遭ったのか。暮《くれ》六ツといえば、俗に逢魔《おうま》が時といわれているが、それには少し早い時刻でもあった。多分、いま市中で流行《はや》っている首斬りの辻斬りが今度は女を襲ったのであろうということになり、近所の女たちを慄《ふる》えあがらせた。

「どうも、何を訊いてもこれという筋は出ないな」

と、忠七は縄張の本所の粂蔵に云った。粂蔵はまだ二十八の若造だが、先代が岡つ引仲間では顔役だったのである。この先代に忠七もずいぶんと世話になったので、今度の一件も何とかして粂蔵に手柄を立てさせてやりたかった。

「どうも面妖だ。これまで男ばかり首を刎ねられていたのに、今度は女だ。下手人も宗旨を変えたかな？」

と、忠七は小首をかしげた。

「今度の下手人と、おまえさんが探していなさる首斬りの辻斬りとおんなじ人間ですかえ？」

　と、粂蔵は訊いた。

「今のところ何とも云えねえが、手口がおんなじだ。こんな酔狂な気違いがほかにそうザラにいるとは思えねえから、まず同一人といっても間違いはあるめえ」

　しかし、違うところもあるのは、今まで忠七が考えた通りである。だが、これは若い粂蔵には云えなかった。それも何かの見通しがあれば一つの助言になるが、今のところ、彼自身が五里霧中なのである。

　翌る日、忠七が同心の高村のところに顔を出すと、高村は、

「昨日の本所の一件だが、下手人が割れたらしいよ」

　と云ったので彼もおどろいた。そして心の中では、若い粂蔵に、してやられたかと思った。

「で、下手人は誰です？」

「殺された女の亭主だ」

「え、あの浪人者ですか？」

「昨夜、家で女房の通夜をしたきり、どこかに行ってしまった。そいつを今朝粂蔵が聞きこんだので行ってみると、やっぱり今朝も帰っていねえ。いま粂蔵は、あの

浪人者のあとを追っている」

「行方が分っていますかえ？」

「それが分れば苦労はねえが、今のところ、ちょいと手がかりがねえようだ」

高村は昼飯を食ったあとらしく、楊枝《ようじ》を使いながら狭い庭に眼を投げて云った。

「夫婦仲がいいという近所の噂も、忠七、あんまり当てにはならねえな。女房の首を斬るやつだ、日ごろから夫婦仲に何かがあったに違いねえ。そいつを近所にはうめえように匿《かく》していたんだな。女房を殺すからにはよっぽどのことに違いねえ。それとも浪人は仕事にありつけず、貧乏暮しで少々逆上《のぼ》せていたかな……」


忠七が葉村庄兵衛から、ちょっと来てもらいたいという言づけを貰ったのは、それから三日目だった。昨日またもや深川の近くで男の首が刎ねられ大騒ぎをしたときであった。今度も下手人が知れない。昨日殺された男もうしろ手に縛られて、恰度《ちょうど》、土下座をしているときの恰好であった。

「親分、どうやら見当がついたよ」

と、庄兵衛はむさくるしい座敷に坐って云った。

「そいつはありがてえ。早く旦那の考えを聞かしておくんなさい。昨日も深川で一件起りました」

「前と同じように首をさし伸べたような恰好かね？」

「へえ、膝小僧を揃えて地面に坐っていたようです。……旦那の考えでは、やっぱり金をやる約束をして欺《だま》したのですかえ？」

「いや、金ではあるまい。わたしも長いこと、その考えが頭から脱け切れなかったが、実はひょいと浮んだ知恵がある」

「へえ」

「まず首斬りの一件でみんな似ているのは、斬られた首の顔がおだやかなことだ。少しも怖ろしがってる風はなかったな。それから行儀よく縛られていることだ。そうしてみんな貧乏人だ。それから斬られた場所の近くに必ず賑かな場所がある。奇妙に辺鄙《へんぴ》な土地はなかったな」

「その通りです」

忠七は、いちいち今までの条件に合せてうなずいた。

「わたしはあんたも知っているように大道の居合抜きだ。だから、人の集る場所ということが頭にきた。いいかね。下手人は相手を殺すのに、この賑かな場所がどうしても入り用だったのだ」

「へえ……」

「斬られた人間が貧乏人。あんたの話によると、浪人者の女房も貧乏だったそうだな？」

「へえ、亭主に仕事がなく、ずいぶん苦労をしていたようでございます」

「なるほど」

と、ここで葉村庄兵衛はちょっと眼を閉じた。考えごとでもしているようだったが、すぐにその眼をぱっと開けると、

「いや、親分、こいつはおそろしく知恵のある男だね。相手を易々《やすやす》と騙す術を心得ているな」

「旦那、それを教えておくんなさい」

「まず、わたしが想像を話す前に、それが合っているかどうかためしてみよう。あんた、いっしょについてきてくれるね？」

「へえ、そりゃ、もう」

忠七はささくれ立った畳から膝をあげた。

葉村庄兵衛が忠七を伴れて行ったのは、いつも自分の商売をしている広小路だった。

「やあ、今日も天気がいいので人が集っているな」

と、庄兵衛は立停り、快さそうにあたりを見回した。事実、いつもよりは人が多いようである。

「こうっと、……この辺の入組んだ場所で少し淋しいというとどの辺かな？」

と、庄兵衛は小さな路に目をつけると、そこに入り、あたりをキョロキョロ歩きながら見ていた。

「親分、あそこはどうだい？」

それは横丁になっているが、寺と寺の間が狭い路地になっていた。

「ここはあんまり人通りがないな。今度は貧乏人探しだな。いや、わたしも貧乏人だから、これは大きなことは云えんが」

「旦那、あそこを歩いているおやじはどうですかえ？」

人通りの少いその路に、五十ぐらいの男がよれよれの着物で歩いていた。いかにも疲れきったという様子である。

「よかろう。親分は、その辺の隅に隠れて見ていてくれ」

庄兵衛がその男に近づいて呼止めた。忠七がかくれて見ていると、庄兵衛は、男に何やら話しかけている。忠七のいるところからは遠いので話の内容は分らなかった。だが、おやじのほうで次第に庄兵衛の云うことに耳を傾けてきた。その庄兵衛はなおも熱心に男を口説《くど》いているようである。

すると、男はうなずき、往来を見回した。それから庄兵衛の云うままに寺の土塀の蔭に入った。

忠七はわけが分らなかった。庄兵衛は何をためしているのか。おやじの様子は納得ずくである。べつに庄兵衛のほうで金を出す様子もなかった。また、彼の姿を見れば相手の男も大金が貰えるとは思うまい。おやじが空地に入ったのが金の約束によるものでないことだけは忠七にも読めた。

忠七は物蔭から出た。そうして寺の土塀の角まで行ってのぞくと、彼は思わず声を立てるところだった。なんと、さっきのおやじが両手をうしろに縛られたまま地面に坐って、前に立っている庄兵衛にお辞儀をしているではないか。

忠七が度胆《どぎも》を抜かれていると、庄兵衛のほうでも忠七に気がついたか、そこから手招きをした。

「この通りだ、親分」

と、庄兵衛は縛られている男に顎をしゃくった。男は、思いがけなくそこに別な人間が来たので、警戒するように庄兵衛の顔を見上げていた。

「首斬り一件の下手人は、わたしが想像した通りの手を使ったのだ。ほれ、この通り、このおやじも易々《やすやす》とわたしに縛られてしまったからね。この通りおとなしく地面に坐ったよ。わたしのように少しでも居合抜きの心得があると、このおやじさんの首は無かったろうね」

この言葉を聞いておやじは蒼くなり、駈出しそうになった。

「おっと、待ってくれ。なにもおまえを殺そうというのではない。よしよし、心配なら縄を解いてやる。これはほんの駄賃だ」

庄兵衛は男の縄を解き、その掌に十文ほど載せた。彼は礼を云っていいかどうか戸惑っていたが、一散にそこから駈出した。

「一体、葉村さん、あのおやじには何と云ったんですかえ？」

忠七は呆れて訊いた。

「わたしはあのおやじにこう云ったのだ。……おまえ、金儲けをしたくないかとね。もしそれをしたかったら、ここで一芝居打とうではないか。つまり、おまえがわたしに何か無礼なことを働いて、わたしは手討ちにすると云い出す。おまえは助けてくれと云うが、わたしは頑固でそれを承知しない。そして、おまえを縛って人の集る場所に行くのだ。こう見えてもわたしは侍だからな、おまえは人に向って助けてくれと騒ぎ出す。人はおまえを可哀想だと思い、助けてやってくれとわたしに頼むだろう。わたしはどうしても助けてやれないという。そうなると人情だ、見物人はいくらかの金を出して、わたしにこれで勘弁してやってくれと云うだろう。それも一人や二人じゃない。その辺に居る者がみんな出すだろうから、その集った金をおまえとわたしで山分けしようじゃないか……と、まあ、こういう話をあの男に持ちかけたのだ」

「…………」

「男はうまくわたしの誘いに乗ったよ。その儲け欲しさに芝居の片棒をかつぐ気になったんだな。おとなしくわたしに縛られたよ。ただ縛られたのでは芝居にはならぬ。芝居には稽古が要るからな。そこで、わたしは男に、地面に坐って哀れな声を出し、お辞儀をしてみろと云ったのだ。……それから先は、親分、おまえさんが見ていた通りだ。あの下手人は、そんなふうに人を騙して、相手が坐ったところをいきなり首を打ったのだ」

忠七は溜息をつき、

「なるほどねえ」

と、遅蒔《おそま》きながら横手を打った。

「葉村の旦那、分りました。そいじゃ、首斬りの一件はみんなその手でやったんですね」

「これはわたしの推察だ。あとは親分の判断だな」

「葉村の旦那、あとでお礼にあがりますよ」

と、忠七は駈けるようにそこを去った。

五日と経たないうちに首斬りの下手人が挙がった。東国の浪人で、腕が立つ男だった。その白状によると、葉村庄兵衛が云った通りの方法だった。ただ、はじめは、その金儲けのことで芝居を思い立ったが、相手がたやすく縛られて地面に膝小僧を揃えたのを見ると、つい、首を斬りたくなったそうである。その浪人も長い貧乏暮しで、女房に逃げられていた。そんなことから性格が普通とは違っていた。あとの殺人は、面白くなって次々と首を落して回ったというのである。

ただ、彼は本所裏の浪人者の女房のことは知らないと云った。本所の岡っ引の粂蔵はまだ亭主の倉橋三左衛門の行方を探していた。

しかし、忠七は、はっと思い当るところがあった。葉村庄兵衛の姿にある暗い影だ。人の話では、西国のどこかの藩に仕えていたが、家を出奔して江戸に来たという。もしかすると、庄兵衛は、女房が不義の相手と江戸に出奔したのを探していたのではなかろうか。あの浪人者の女房の生首だけが恐怖に歪んだ表情をしていた。浪人者が逃げたのも、女を斬ったのが庄兵衛だと覚ったからではあるまいか。

忠七が旅籠に葉村庄兵衛を訪ねると、亭主が出てきて揉み手で云った。

「葉村さんは三日前にここをお引きあげになりましたよ。広小路の商売のほうもやめたそうです。さあ、どこに行かれましたかねえ？」

役者絵

一

天保年間のことである。

二月に入って春になったとはいえ、江戸はまだ寒い。ことにその年は例年になく寒気が強く、二日の灸《きゆう》の日は大雪であった。

江戸の風習として、年に二回、男女とも灸点を行なうのを例とした。二月二日と八月二日である。これを「二日灸」といった。「春もややふけゆく二月二日あたりはらにもぐさのもゆる若草」という狂歌は二月二日の灸のことをいった。

灸を据えつけている者は、自分で艾《もぐさ》をその個所に置けるが、そうでない者は、しかるべき人に灸点をおろしてもらわねばならない。そういうのを寺で行なうことが多かった。二月二日が近づくと、小さな寺の門前には「二日灸」の貼紙が出たものだ。

谷中《やなか》に浄応寺というあまり大きくない門徒寺があった。ここも例に洩れずに二日灸をした。灸を頼みにくる者も、町の按摩《あんま》などに火をつけてもらうより、住職に灸点してもらったほうが何だか有難く、一年中、無事息災でいられそうであった。

信州高遠《たかとお》生れの宗太《そうた》が、破れ傘をすぼめて浄応寺の庫裡《くり》に入ったときは八ツすぎだった。式台の下には高下駄《たかげた》が十足あまりもずらりとならんでいる。その中にちょっと贅沢《ぜいたく》な女ものの黒漆《くろうるし》の塗足駄《ぬりあしだ》が目についた。その紅緒《べにお》が嬌《なまめ》かしかった。そうした足駄は、ほかには見当らないので、さすがに「灸の日」でいろいろな人間が来ていると宗太は思った。

彼は土間の片隅に自分の破れ傘を置こうとした。そこにも灸を頼みに来た人間の数だけ傘が立てかけてある。なかに一本、女物の蛇ノ目傘がまじっていた。紅緒の足駄と同じ主に違いなかった。

庫裡の一間《ひとま》には十人ばかりが順番を待って坐っていた。襖《ふすま》の閉った向うが灸点の場所らしい。待っている人々の間には莨盆《たばこぼん》や絵草紙などが置かれてあった。老人も、女房も、若い男も、娘もいた。

宗太は畳の端に坐ると、先客をそっと見回した。思った通り、頭の禿げた老人と色の黒い女房との間に、二十歳《はたち》ばかりの女が坐っていた。面長な顔立ちで、色が白く、鼻がすんなりと細く徹《とお》っている。着ているものも渋好みながら、どことなく粋《いき》であった。黒衿《くろえり》をかけているから女房に違いないが、はて、どこの若新造《わかしんぞ》だろうと思った。この中で彼女はひときわ目立っているので、あたりの視線もちらちらとそこに向いていた。女好きらしい隠居が何かといろいろ話しかけている。女は少し迷惑そうだったが、愛嬌をつくる笑顔にこぼれるような色気があった。

その身なりといい、さっき見た紅緒の足駄といい、ここに居る連中よりは贅沢な暮しのようだった。

女はときどき華奢《きゃしゃ》な煙草《たばこ》入れから、細い煙管《きせる》に器用に莨を詰めた。その指も白く、しなやかであった。宗太は、彼女が素人でないと判断した。実際、その物腰には垢《あか》抜《ぬ》けたものがあった。

若い宗太もときどき偸《ぬす》むような眼を彼女の横顔に送った。はて、どうした女だろうかと彼は推量をめぐらした。水商売上りの町家の若新造にしては堅気な風になりきっていなかった。

襖をあけて寺の小僧が呼ぶたびに、待っていた客は順々に中に入ってゆく。入違いに灸の済んだ者が出てくる。そうして、あとからあとから客は詰めかけてきた。先客が段々に減るにつれ、襖の傍近くにはその女と宗太とが押出されていた。女も先ほどから宗太の視線を感じてか、面映《おもは》ゆそうに顔をそむけてはいた。しかし、彼が思い切って話しかけたとき、女は案外悪びれない眼を彼に向けた。

「こういう大雪の日は歩いてくるのにも困りますね」

と、宗太は愛想を云った。

「ほんとに、ここまで歩いてくるのに難儀をします」

黒衿の下から水色の衿がのぞいているのも、むっちりとした白い頸《くび》もとに色気を添えていた。

「この近くにお住いですかえ？」

「はい、ちょっと……」

女はさすがに何処《どこ》に住むとは云わなかった。だが、前に頭の禿げた老人から話しかけられたときのような迷惑げなものはその細い眉になかった。

小僧がその女を呼びにきた。

「お先に」

と、女は宗太に会釈《えしやく》して起ち上った。

　宗太は、いよいよ今の女が素人ではないとふんだ。素人なら、見ず知らずの男から話しかけられて、あれほどあっさりとした返事は出来ない。町家の女房にしては少し粋すぎる。結局、彼は一つのことしか思い当らなかった。

　雁首《がんくび》に粉莨を二度詰め替えるくらい待たされたとき、小僧が宗太を呼びにきた。彼は古煙草入れを仕舞い、小僧の小さな掌《てのひら》に三文のせた。

　次の部屋には、大きな屏風《びょうぶ》が回されてある。その向うから線香の匂いと煙とが漂っていた。宗太は、その屏風の横端から入ったが、ふと見ると、あの女が灸点を終って、くつろげた後衿を直すところだった。うす暗い中だったが、その白い肉づきが匂い立つようだった。

　住職は線香を握って、肌ぬぎになった宗太の背中を指先で押えた。

「ご立派な体格ですな。どういうご商売で？」

　住職は訊いた。

「へえ、その、炭屋に働いておりますので……」

「なるほど。力仕事をなさるだけあって筋肉が引緊《ひきしま》っております」

　炭屋の雇人《やといにん》というのは嘘で、宗太は鎌倉河岸に着く舟の荷揚げ人足だった。だが、半分は博奕《ばくち》が渡世といってよかった。

宗太は背中が熱くなってくるのを覚えながら、心はいま出て行ったばかりの女に飛んでいた。この灸をいまやめれば、途中であの女に追いつけるかも分らぬと思うと、彼は急に落ちつきを失ってきた。

「和尚《おしよう》さん、あと、どれくらいで済みますかえ？」

「そうですな。まだ、腕と、脛《すね》と、蹠《あしのうら》とをやらなければなりませんでな」

「そんなら、このくらいで結構です」

「だけど、あんた、大切なところがまだ……」

「いいえ、急に済んでねえ用事を思い出したんでね。また改めて参りますよ」

宗太は背中の火が消えるのを待ちかねて、袖に手を通した。呆《あき》れ顔の住職を残して玄関に戻ると、土間には紅緒の足駄も、蛇ノ目の傘も無かった。

宗太は脚を急がせた。だが、下駄の歯の間に雪が団子のように溜って、ときどき立停っては足蹴りをし、それを払わなければならなかった。気は急《せ》いても歩行がそれに追いつかなかった。

角を曲ると、女の傘がだらだら坂の下に降りていた。向うも歩きにくいとみえ、案外道が捗《はかど》っていなかったのだ。宗太は勇気づいて歩きにくい脚を無理に早めた。

女のほうがうしろに人の気配を知ってか、傘を傾けてふり向いた。彼女の眼はちよっとびっくりしているようだった。

「先ほどはどうも」

と、宗太は女に軽く頭を下げた。

「おや、もうお済みですかえ？」

と、女もにっこりした。その顔は雪に映えて、磨き上げたような美しさを見せた。

「へえ、案外早く済みましたんで……どうも、こう積っちゃ灸をおろしてもらいに行くのも難儀ですね」

「ほんとうに」

「お宅はここから近うござんすかえ？」

「はい、いいえ……」

女はまた謎のような微笑を見せた。

「あっしはこれからちっとばかり道のりがあるので、弱りものでさア」

そこが坂になっているだけに歩くのはよけいに難渋だった。女もときどき足駄の間に雪を溜めて困った。

「どれ、あっしがその雪を取ってあげよう」

「いいえ、そんなことをして頂いては」

「なに、それでなくちゃ歩けますまい」

宗太はしゃがんで女の足駄を脱がせた。

「その間、あっしの肩に手を置きなせえ」

「済みませんねえ」

女も歩けなくて困っているので、素直に宗太の肩に手を置いた。彼は女の身体の重みを肩の一ヵ所に背負ったような気がした。女は彼の上に傘をかざしている。彼の眼は、いやでも女の素足に惹《ひ》きつけられた。

どんな寒中でも足袋《たび》をはかないでいるのが粋女の心意気だった。彼女の白い、恰《かっ》好《こう》のいい足くびの上は、裾《すそ》からゆらぐ緋縮緬《ひぢりめん》の蹴出《けだ》しにかくれていた。踝《くるぶし》のあたりに青い筋がうすく浮き、反《そ》り気味の足指には可愛い爪が貼られていた。

足駄の片方の雪を除《の》けた宗太は、

「どれ、今度は、そっちを……」

と、手を出した。

「すみません」

と、女はその足を足駄に載せ、紅緒の間に入れた。次には、もう一方の足を足駄から抜き、傾くように彼の背に手を突いた。彼は、その歯の間の雪も砕いた。

宙に浮いた片足が、いやでも宗太の眼の先にあった。その足指は冷え冷えとうす紅くなっている。女は裾前を押えていたが、はみ出る蹴出しまでは防ぎ切れなかった。彼は、思わず女のその足を上から強く包むように摑んだ。

女は声をあげ、その身体を彼の背中に落した。


「どうするの？」

と、お蝶《ちょう》は云った。花冷えというが、その桜見も終ると、こんな夜更けでも絹綿に包まれたように暖かった。

一寝入りした宗太は眼を開けてあたりを見回した。着物をかけた行灯《あんどん》の片方から光が枕元の屛風を照らしていた。芝居絵がべたべたと貼ってある。光の当ったところに岩井半四郎の重《しげ》ノ井《い》の顔があった。うす暗い、その横には団十郎の景清《かげきよ》が眼を剝いていた。この女は役者絵が好きであった。

女はお蝶という名である。浄応寺の二日灸からふた月経っていた。奥沢の九品仏《くほんぶつ》千部初日も済んだ。護国寺の山開きも終った。杉の森の稲荷祭《いなりまつり》が近くなっている。

ふた月の間に宗太は女とこうした仲になった。二月二日の大雪の灸の日が縁となったのはおかしい。いまでは宗太も、こうして女の住いに三日に一度は泊りにくるようになった。

お蝶は囲われ者である。旦那は浅草の袋物問屋美濃屋六右衛門《みのやろくえもん》という。六右衛門は五十八である。お蝶は二十二だった。もと葭町《よしちょう》に出ていた。

女がいま宗太に、どうする、と云ったのは私といっしょに逃げてくれというのだった。それはひと月前から云いつづけている。五十八の六右衛門からみると、荷揚げ人足で鍛えた二十六の宗太の身体はお蝶には離れられないものになっていた。

宗太は、そのつど生返事をしてきた。彼もお蝶といっしょにはなりたかった。だが、荷揚げ人足をやったり小博奕を打ったりする生活のなかでは、どこへ行っても暮しを立てる自信はなかった。女は何としてでも働くという。だが、わずかふた月の間、それも三日に一度ぐらい逢っている間だが、宗太にはお蝶が口で云うほど働きものとは思えなかった。華奢な身体だし、長年、怠けた生活に馴れているので、いまさらなり振り構わず働きに出るとは思えなかった。

水商売から人の囲い者になったお蝶は、それなりの贅沢が身についていた。貧乏暮しに耐えられる女ではなかった。

「あんた、金のことを心配しているのだろう？」

と、お蝶は同じ蒲団の中で宗太の顔を横からのぞきこんだ。寝巻のふところから乱れ出た胸乳《むなぢ》も男の前にはかくすこともなかった。

「そんなことなら気遣いはいらないよ」

「煙草をくれ」

と、宗太は云った。

お蝶は身体を動かして枕元の長煙管をとり莨盆から吸いつけて宗太に渡した。宗太は腹匍《はらば》いになって煙草を口にくわえた。

「どういうのだ、聞こう」

と、彼は云った。

「あたしと一緒に死んでおくれ」

と、お蝶は男の横顔をじっと見つめて云った。

「心中か。冗談はおいてくれ」

「あんた、そんなに薄情だったの？」

「薄情とか実があるとかの話じゃねえ。いきなり藪から棒に一緒に死のうと云い出されても、こっちは面喰《めんくら》うばかりだ。それに、おれはまだ若え。死ぬなら、その前に生れた甲斐《かい》のあるような愉しみや贅沢がしてみてえ」

「その愉しみをおまえとしたいから云ってるんだよ」

「なんだと？　おめえ、いま、心中しようと云ったじゃねえか？」

「さ、その覚悟さえついていれば、どんなことでも出来るというのさ。ねえ、宗太さん。おまえ、心を落ちつけてわたしの云うことをよく聞いておくれ」

お蝶が云い出したのは、六右衛門を殺害して駈落しようという相談だった。

六右衛門はまだ達者で、養子夫婦に世帯も譲らず、まだ自分で商売を忙しくやっている。お蝶のところには五日に一度か七日に一度しかこない。十五日になると掛取りに回る。その帰りには必ずここに寄るのがこれまでの習慣になっている。集めた金はいつも十両や二十両にはなっている。大きな革財布《かわざいふ》はふくれて、いつぞや六右衛門はそれをお蝶に持たせて、ずっしりとした重さを自慢したことがあった。

「おめえはいい度胸だ」

と、宗太は吸殻《すいがら》を吐月峰《はいふき》に叩き出した。

「あたしゃ本気で云ってるんだよ」

「本気かもしれねえが、露見してみろ、愉しみどころか、おめえとは心中も出来ねえぜ。はなれればなれになって獄門台の上にあがるんじゃ、さまにならねえからの」

「それが、おまえさん、ちっとも分らないで済む方法があるんだよ」

「何だと？」

「あたしゃ、近ごろ、それぱっかりを考えつづけてきたんだからねえ。まあ、お聞き」

と、お蝶が云い出した計画というのは、こんなことだった。

――六右衛門がここにくるのはたいてい七ツ半（午後五時）ごろからである。そしてひと晩泊ると、翌朝早く帰ってゆく。これは近所でもみんな知っている。ところが、宗太はいつも近所の寝静まったあとの夜更けにくるから、だれも宗太の姿を見ていない。二人がこうした仲になっていることを知っているのは、天地の間に当人同士だけだ。六右衛門が泊った晩には、お蝶が軒に目印になる端布《はぎれ》を吊しておく。宗太はそれを見て帰るから、六右衛門ももとより知ってはいない。

そこでお蝶は、六右衛門がきて話している間に宗太がうしろから六右衛門の頸《くび》を絞めたらいい、というのである。

「死骸はどうするのだ？」

宗太も次第に女の話に引きずりこまれた。

「死骸は真夜中におまえが担ぎ出して、少し離れたところに行き、棄ててくるといいよ。朝になって見つかっても、辻強盗に殺されて金を盗られたとしか思わないだろうからね」

「そううめえことゆくかえ？」

「あたしはいろいろ考えて、それが一番いい方法だと思ったんだからね。あとはおまえの度胸ひとつだよ。そうすれば、あたしはあの嫌な年寄りと別れられるし、おまえとは一緒になれるし、こんないいことはないからね。二十両もあれば、当座の暮しにはこと欠かないよ」

「だが、役人がおめえを調べたらどうするのだ？　六右衛門とおめえとの仲は近所でも知ってるからな」

「さ、そこだよ」

と、お蝶はつづけた。

六右衛門がお蝶のところにくることは店《たな》の者も知っているし、近所にも分っている。それで、六右衛門が殺された晩は彼がお蝶のもとにくる途中であったとすればいい。お蝶は六右衛門を待ってひと晩じゅう起きていたと云う。こうすれば何も分らずに済むと云った。

「うむ。うめえ知恵にはちげえねえが……」

宗太も次第にその気になった。なるほど、二十両もあればお蝶と暮すには不足はない。それに、それを資本《もとで》として小さな商売でもはじめれば、いやな荷揚げ人足や、足を洗おうと思っていた小博奕の世界からも抜けられる。

「だがね、おまえさん、そのあとが肝腎だよ」

と、お蝶は云った。

「おまえも云う通り、あたしと六右衛門との仲は人に分っているから、きっと役人はあたしを厳しく調べるに違いない。だけど、どんなことがあってもあたしはおまえとの間は口を割らないからね。いいかい、それだけはちゃんと覚えておいておくれ」

「うむ。おめえはいい度胸だ」

「おまえと一緒になりたい一心からだよ。それから、そういうこともあるまいけれど、万一、おまえが役人に疑われて調べられるときのことも覚悟しておくれよ」

「なに、おれが縛られると？　おめえ、さっき、おれがここにくるのをだれも知っていねえと云ったばかりじゃねえか？」

「さ、そこだよ。物事は用心に用心を重ねて、いちばんの大凶の籤《くじ》を引いたときの心づもりもしておかないとね。あたしとおまえのことはだれにも分らないとは思うけれど、もし、ひょんなことからおまえが調べられないとも限らないからね」

「おどかすんじゃねえぜ」

「おどかしじゃないよ。そのとき、おまえが口を割ったら最期だとお思い。あたしは金輪際《こんりんざい》白状はしないからね。おまえも、六右衛門とかお蝶とか、名前を聞いたことも、逢ったこともないと、どこまでも云い張るんだよ。たとえ石を抱かされても我慢しておくれ」

「………」

「ほら、さっき、あたしが心中しておくれと云ったのは、そこだよ。死ぬ気でいれば、どんな拷問《ごうもん》でも辛抱《しんぼう》は出来るじゃないか。その辛抱さえ通り越せば、あとはほとぼりの冷めるのを待って、こっそりとずらかるのさ」

宗太は長煙管を棄て、枕の上に俯伏《うつぶ》せになって考えた。

このまま荷揚げ人足をしていても頭は上らぬ。一生貧乏暮しで人に莫迦《ばか》にされる。それよりも、お蝶の云う通り、いまの冒険が成功したら、商人《あきんど》になって不自由なく暮せるかも分らない。たしかにお蝶の云う通り、彼女と自分との仲はだれも知ってはいない。二日灸の日に遇って初めてお蝶の家にいっしょに行ったときも、大雪で近所は戸を閉め人の眼はなかった。あとはいつも真夜中だ。必ず、夜の明け切らないうちに帰ったものだった。塒《ねぐら》は屋根町の裏長屋の牛小屋みたいなところで、誰も声をかけてくれる者もない、独り者である。

お蝶との関係を誰も知ってないのが何よりであった。宗太は決心をつけた。

二

浅草の袋物問屋の美濃屋六右衛門が首を絞められて殺された。場所は谷中の感応寺に近い道路だった。死骸は道ばたの竹藪の中に棄ててあったのを通りがかりの寺男が発見した。十六日の早朝に見つけたから、六右衛門は十五日の夜にこの災難に遇ったことが分った。その日の掛取りで集めた金が財布ぐるみ無くなっている。

六右衛門がこの道を歩いていた理由は、この探索を受持った町の岡っ引にすぐ分った。この辺を縄張にしている文五郎という古い顔の御用聞である。

六右衛門にはお蝶という莨町の芸者上りの若い妾《めかけ》があって、この辺に住んでいる。それは美濃屋の倅夫婦も知っていたし、お蝶の家の近所でも知っていた。六右衛門は、お蝶の家に行く途中か、帰り道かに殺されたと思われた。

文五郎はお蝶を調べにその家に行った。こぢんまりとした色気のあるいい住居である。文五郎は六畳の間に通された。お蝶は泣きながら云った。十五日の夕方は六右衛門が来るはずだった。五日前に来たときにそういう約束であった。それで、自分は一晩中起きて待っていた。こんなことになるとは夢にも思わなかった。お蝶はそう申立てた。文五郎がお蝶の家に行って、彼女のその話を聞いたのは十六日の午《ひる》ごろである。六右衛門とお蝶との関係はそのように早く岡っ引に知れたのである。

「親分さん、ごらんになって下さい。わたしは旦那がみえると思って、いつものようにして待っていたのですが、まだ、そのままにしています。旦那が亡くなったとは思われませんから、片づける気もしないのです」

お蝶が襖を開けて奥の四畳半を文五郎にのぞかせた。

緋の夜具が二つならんでのべてあった。二つの枕もとには莨盆が置かれ、朱羅宇《しゅらお》の長煙管が添えてある。それを囲うように二枚折の屏風《びょうぶ》が立て回してあった。ここが六右衛門の極楽であった。折角《せっかく》、こういう花を持ちながら、六右衛門はどんな因果で、藪の中などで殺されたのか。

「おや、おめえは芝居絵が好きかえ？」

屏風には役者の似顔絵が貼ってあった。重ノ井や景清や八重垣姫や宗盛など、当代の人気役者が扮したものばかりだった。

「はい。わたしも好きですが、旦那も好きですから……」

お蝶はうつむいて答えた。

「旦那がその絵を好きなのは、おめえが好きだからだろう」

文五郎は笑って戻った。
四、五日経つと、手先の子分が耳よりな聞込みを文五郎に報告してきた。谷中の屋根町に宗太という独り者の男がいる。荷揚げ人足をしているが、河岸には行ったり行かなかったりだ。身体はいいが、怠け者で、方々の寺や旗本の中間部屋で開かれる賭場《とば》に出入りしている。小博奕打ちで、大して度胸のある奴ではないが、こいつが十五日の夜五ツ（午後八時）ごろ、ひょっこり鳥越《とりごえ》の無量寺の賭場に面《つら》を出して朝まで盆茣蓙《ぼんござ》に坐っていた。そのとき宗太の様子がどうも落ちつかなかったと仲間では云っている。親分、少し、おかしいじゃありませんか。手先はそう云った。
殺しの下手人に見当がつかなくなると、土地の不良が眼をつけられるのは、昔も今も同じである。

六右衛門がお蝶の家に行く前、最後に集金に寄った店の話だと、そこを七ツ（午後四時）ごろに出ている。その店からお蝶の家までは六右衛門のような年寄りの足でも半刻《はんとき》とはかからない。すると、六右衛門が現場の藪にさしかかったのは七ツ半より遅くはなかったとみなければならないが、この時刻だと戸外《おもて》はまだ明るい。

現場は淋しい場所には違いないが、人通りが全く無い場所ではない。金を盗るのに人を殺すには少々大胆に過ぎるようだ。だから、これはほかの場所で犯罪が行なわれたのではあるまいか。たとえば、六右衛門はお蝶の家で殺され、そのあと、暗くなってから竹藪に運ばれたということもあり得る。六右衛門は掛取りで大金を持っていたときに殺されたのだから、最初《はな》からその事情を知った者が狙ってやったことではなかろうか。と、すれば、それは美濃屋の者と取引関係の者と、お蝶である。

しかし、女ひとりが重い男の死体を二町もはなれた場所に担いで行くとは思われないから、これには共犯者《グル》がいる。手先の報告による宗太という男がそれに当るかどうかは分らないにしても、とにかく彼を引張ってみることになった。岡っ引の文五郎が宗太をしょ引《び》いて調べるまでの経緯《いきさつ》はそういうことであった。

「お蝶などという女は知りません。名前もはじめて聞きます」

と、自身番の板の間に膝を揃えた宗太は、文五郎の質問に答えた。

「白《しら》を切っても、こっちではいろいろと証拠がとり揃えられるのだ。尻の割れるような嘘をつくと承知しねえぞ」

文五郎は宗太を睨んだ。

宗太は頑丈な体軀をしている。二十六という若い精気が逞《たくま》しい顔にも、幅の広い肩にもみなぎっている。六右衛門のような年寄りのお守をしているお蝶が、もし、宗太とこっそり逢っているなら、彼から離れられないだろうと、文五郎はお蝶の熟《う》れた身体つきを眼に泛《うか》べて思った。

次には、別なところにお蝶を呼んで調べた。もちろん、お蝶は、宗太などという男は知らないと強く云った。次には、お蝶の近所の者に当った。六右衛門さんは知っているが、そんな若い男がお蝶の家に出入りしていたのを見たことはないと近所の者は皆で口を揃えたように云った。

最後に、宗太の家の近所にきいた。つき合いのよくない独り者の宗太のことは、近所の者にもその日常がよく分らなかった。いつ家を出て行き、いつ帰ってくるのか、正確には答えられないと云った。

こういう材料が揃ってくると、文五郎も、いつまでも宗太を番小屋の柱に縛りつけておくわけにはゆかなかった。

「おい、念のために、くどいのを承知で訊くがな、おめえはお蝶とほんとに出来てねえのだな？」

「出来てるも何も、親分さん、わっちはお蝶という名前も、親分さんからはじめて聞くようなわけでして……」

宗太は云い張った。

少々、おかしいところがあるが、文五郎は宗太を釈放した。不審な点というのは、十五日に宗太は鎌倉河岸に人足の仕事に行っているが、そこは七ツには済んで帰っている。鳥越の無量寺の賭場に彼が顔を出したのは五ツごろだから四時間の間隔がある。仕事場から彼の家までは一時間足らずだ。さらに彼の家から鳥越までが一時間足らず。この歩行時間をさし引いても、残り二時間を彼がどこで何をしていたかという証明がない。当人は、くたびれたから、途中、夜啼きのかつぎ屋台で酒をひっかけて無量寺の賭場に行ったから、少し遅くなったといった。その屋台が分らない。次には賭場での宗太が落ちつきがなかったということもある。

しかし、文五郎の不審の根底は彼の勘からくるものだった。直接の証拠は何一つ無かった。傍証も宗太を疑うのに皆無だった。が、文五郎は理屈を超えて、宗太が事件に全く無関係とはどうしても思えなかった。

文五郎は、その晩、思案に耽りながら睡った。考えごとをしているせいか、夜中に一度眼がさめた。眠れぬまま、腹匍いになって枕元の莨盆を煙管の雁首《がんくび》にひっかけて引寄せた。そのとき、思案のほうも眼を醒ました。

あくる朝、文五郎は子分を二人呼んだ。

「仙八。おめえの家の四畳半を今夜貸してくれ。それまでに、買い物をしてくれ。

調《ととの》えて置いてもらいたいものがある」

　仙八は眼をまるくした。

「寅《とら》。おめえはおれと一緒に宗太とつき合ってくれ。おめえは飲めるほうだ」

「宗太の野郎と一緒に酒を飲むんですかえ？」

　子分の寅吉はいやな顔をしてきいた。

「なんでもいい。おれの云う通りにしろ」

「へえ」


　その夕方、宗太はうしろから肩に手を置かれた。ふりむいて彼は驚いた。岡っ引の文五郎の笑い顔がそこにあった。

「この前は、とんだ迷惑をかけたな。今、帰りかえ？」

　鎌倉河岸から神田に来たところだった。仕事を切上げての戻りである。

「へえ」

　宗太は気味が悪かったが頭を下げた。

「おれたちもここを通りかかっておめえを見かけたのだ」

　宗太が見ると、文五郎は子分をひとりつれていた。その子分は、にこにこして宗太に愛想をむけていた。

「この前はあんまりおめえに迷惑をかけたから、実は、おれも気にしていたところだ。ちょうどいいところで遇った。詫びのしるし、といっては何だが、祝い酒をおれたちと一緒に飲んでくれねえか？」

文五郎が宗太の肩をたたいていった。

「祝い酒？　祝い酒って、親分、あっしにはべつに……」

「まあ、そういうな。おめえにもちっとばかり関《かかわ》りのあることだ。……実はな、宗太、六右衛門殺しの下手人がつかまったのだ」

「えっ、下手人が？」

「うむ。いま八丁堀の旦那（同心）のところに牢送りをお願いして帰るところだがな、無宿人だ。佐渡から逃げ戻ったばかりの野郎だったよ。すっかり観念して六右衛門殺しの泥を吐いたのだ。……いや、おめえには申し訳がなかった。勘弁してくれ」

「いえ、まあ、めっそうもない……」

宗太はうろたえたが同時に安堵《あんど》とうれしさがこみ上ってきた。彼のその歓喜が、岡っ引の振舞酒に誘わせた。手先の寅は酒が強かった。

半刻《とき》ばかりして酔いつぶれた宗太を寅吉が担いで、手先の仙八の家に行き、その奥の間に寝かせた。その部屋には仕掛けができていた。同じ役者絵を買集めるのに仙八があわてたものだ。

……宗太が眼をさましたのは夜中であった。彼にはまだ酔いが残っていた。眼を開いてあたりを見回した。

はてな、と思った。てめえの家のきたない蒲団ではなかった。緋の夜具の中だった。枕も違う。女の着物をかけた行灯《あんどん》も別なものだ。しかし、全く見覚えのないものではなかった。いや、見馴れたものばかりだった。

彼の瞳は、その薄暗い行灯の光が当っている屏風にとまった。二枚折の屏風である。岩井半四郎の重ノ井の顔、団十郎の眼をむいた景清。——

はてな、と宗太は、酔いの残ったぼんやりした頭で、もう一度考えた。お蝶の家に、どうして来たのだろう。

岡っ引の文五郎とその子分に誘われて、どこかの小料理屋に上り、いっしょに飲んだまでは覚えていた。岡っ引は、迷惑をかけて済まなかったと、くり返して詫び、今夜はうんと飲んでくれ、といった。

宗太は六右衛門殺しの下手人が挙《あが》ったと聞いてうれしくなっていた。この岡っ引は、その無宿人を無理矢理に罪に落したに違いなかった。佐渡を脱けてきた男というから、どうせ助からぬと思ってそいつも自暴《やけ》になり、罪科を背負いこんだのかもしれぬ。その安堵でおれはずいぶん飲んだ。また、寅という手先がよく飲む男だった。とうとう酔いつぶされてしまった。そのあとを覚えていない。どこを、どう歩いたかだ。また、岡っ引とはどこで別れたかも記憶がなかった。

どっちにしても、酔ったまま、お蝶の家に来たものと思われた。あの一件のホトボリがさめるまで、絶対に寄りつかないつもりの女の家だったのに、下手人が捕ったという安心と酒の酔いとが、無意識のうちにここに足を向けさせたと思われた。こうして、見馴れた部屋に寝ているからには、お蝶が昨夜《ゆうべ》介抱して、この蒲団の中に入れたに違いなかった。しかし、まるきりおぼえていない。

宗太は咽喉《のど》が渇いた。

横の蒲団にお蝶の姿はなかった。どこに居るのか。

「お蝶」

と、宗太はどなった。

「お蝶、お蝶。水をくれ」

彼は大声でつづけた。

欲しいのは水だけではなかった。彼は女の身体にも渇いていた。早く抱きたかった。

襖が開いた。入ってきたのはお蝶ではなかった。昨夜、酒を振舞ってくれた文五郎という岡っ引であった。宗太は仰天《ぎょうてん》し、あわてて自分の口を手で塞《ふさ》いだ。

「おう、宗太」

と文五郎が笑いながら云った。

「おめえ、お蝶、お蝶とそう心やすく呼ぶからには、あの女を知らねえどころか、やっぱり出来ていた仲だったんだなあ」

文五郎が行灯の火を明るくし、枕元の屏風をとり除いた。宗太には見たこともない部屋が現われた。

解説

山前《やままえ》　譲《ゆずる》
（推理小説研究家）

最初の著書が『戦国権謀』と題された短編集だったように、松本清張氏は当初、歴史小説や時代小説の作家として注目を集めた。それが、一九五七年に短編集『顔』で日本探偵作家クラブ賞を受賞し、一九五八年に刊行した『点と線』と『眼の壁』がベストセラーとなって、ミステリー界に新風をもたらすのだ。

一九六〇年代には、十作を超える作品を並行して連載するのが珍しくなかった。現代社会の暗部に迫ったミステリーから女性心理の機微を捉えた恋愛小説、そして『日本の黒い霧』のようなノンフィクションもあったが、創作活動の原点となる江戸時代に材を取った物語を忘れたわけではない。

本書『紅刷り江戸噂』は一九六八年に発表されたが、その江戸時代に展開されるミステリーが六編収録されている。紅刷り（紅摺り）とは十八世紀半ばに発達した浮世絵の様式のひとつで、墨版画に三色前後の色を加えたものである。紅を主にしていたのでそう呼ばれたそうだ。やがて誕生する色彩豊かな錦絵とは違い、かえってその控え目な色遣いが市井《しせい》の人々の真情を映し出していた。

季節折々の行事や江戸の風物、当時ならではの人間関係を巧みに織り込んだ『紅刷り江戸噂』の収録作は、ミステリー的にはふたつの系統に分けられる。すなわち、不可解な事件の謎解きで興味をそそるタイプと、犯罪に関わる人々の人間心理の綾を描いたタイプだ。前者には「七種粥《ななくさがゆ》」(「小説現代」一九六七・一〜三)、「見世物師」(「小説現代」一九六七・九〜十)、「術」(「小説現代」一九六七・十一〜十二)があり、後者には「虎」(「小説現代」一九六七・四〜五)、「突風」(「小説現代」一九六七・六〜八)、「役者絵」(「別冊宝石」一九六七・一)がある。

巻頭の「七種粥」は正月の七種粥である。大津屋は日本橋で手広く商売をしている関東織物の問屋で、正月三ヶ日は年始の客で忙しい。ようやくゆっくりできるのが七種の頃だった。雪降るなか、おかみさんがなずな売りから菜を買ってきた。しきたりに従って調理し、七日の朝、主人夫婦が雇人と一緒に食べる。それがいつもの習いだったが、今年は大変なことになった。中毒を起こしてみんな苦しみだしたのだ。同じ菜を自宅でも食べていた番頭夫婦は死んでしまう。そして主人も容態が急変して……。

七種の菜を食べて邪気を避ける風習は中国に古くからあり、日本でも平安時代初期には行われていた。江戸時代には庶民のあいだでも広く行われるようになったという。そして現代でもその季節になると七種のセットが売られているのだから、日本社会にすっかり根付いている。その七種粥に密かに仕組まれた策略――いわゆるプロバビリティの犯罪と言えるだろうが、トリッキイな犯罪工作も織り込まれた盛りだくさんの時代ミステリーである。

両国を舞台に庶民の人気娯楽が描かれているのは「見世物師」だ。八兵衛の見世物小屋に、房州勝浦で獲れたという大鮑《あわび》が出た。絵看板の一畳敷の鮑は大偽りだったが、海女《あま》の恰好をした若い女の色気が客を呼んで大賑わいである。商売敵である源八の見世物小屋は、割を食って不入りだ。なんとかしなくては……。岡本綺堂《おかもときどう》「半七捕物帳」に倣《なら》って、岡っ引きの文吾の手柄話というスタイルである。犯人を追いつめていく手段が、見世物小屋ならではの工夫だ。

安永《あんえい》、天明《てんめい》の頃、両国は江戸一番の賑わいを見せていたという。なかでも人気のあったのは見世物小屋だった。「見世物師」にあるような眉唾ものだけでなく、曲芸やからくり、あるいは象のような珍しい動物など、いろいろな見世物があったというが、そんな人気の娯楽の背後にも、憎悪の火種はくすぶっているのだった。

「術」の季節は秋、見世物同様に人目を惹いた大道商人の世界である。江戸の町に奇妙な辻斬りが起こる。殺す前に後ろ手に縛って首を刎《は》ねているのだが、刎ねられた首はみんな穏やかな顔をしているのが解せない。その鮮やかな斬り方から岡っ引きが疑ったのは、居合抜きを見せたあとに粉薬を売り歩いている葉村庄兵衛だった。疑いはすぐ晴れたが、葉村はなぜかその下手人捜しに熱を入れる。ミステリー的には鮮やかなミスディレクションが印象的だ。不可思議な犯罪にばかり目を奪われていると、あっと驚くことになる。

五月の節句に欠かせない鯉幟《こいのぼり》がテーマとなっているのは「虎」だ。甲斐国《かいのくに》甲府の鯉幟製造の問屋は、節句に間に合わせるため、一年中忙しい。その鯉幟の渡職《わたり》人である与助の腕前は主人も認めていたが、与助は甲府に長居するつもりはなかった。江戸に出てなんとか出世を、と思っていたのだ。それには、問屋の女中で、所帯をもったばかりのお梅が邪魔だった。

虎とは張り子の虎のことで、幟に上手く虎が描けるようにと、そのお梅が集めていたのである。思い通り江戸に出て、名を変え、運にも恵まれて裕福な暮らしを得た与助だったが、その張り子の虎が彼をじわじわと追いつめていく。成功者が過去に怯える姿は、初期のミステリー短編である「顔」や「共犯者」で印象的だったが、ここでもしだいに過去の犯罪に追い込まれていく心理がサスペンスを誘っている。

「突風」は、十一月八日、鍛冶屋《かじや》、刀工、鋳物師《いもじ》など吹革《ふいご》を使う職人たちが稲荷《いなり》を祭って一年の安全と商売の繁盛を願う吹革祭や、同月十六日の秋葉権現の祭礼について まず触れている。浅草御厩河岸《おんまやがし》から下る渡し舟は、その秋葉権現の参詣客などで座ることができないほどこみ合っていた。そこに吹いた強風で舟に波が入り、あわてた客が片方に寄ってしまう。舟は大きく傾き、客が全部隅田川に投げ出されてしまう。

多くの犠牲者が出たなか、九死に一生を得た三十一、二の身なりのいい女は、介抱してくれた老婆に身元も明かさず去っていく。何か曰くがと、後をつけたのは老婆の息子、善助である。首尾良く女の身元を突き止めた善助は、溺死者のうちに身元の知れない若い男がいたと知って、ひとつのストーリーを作り上げるのだった。色と欲に目がくらんだ小悪党の悲喜劇といった趣で、あれこれ駆け引きをめぐらす姿が哀れでもある。

「役者絵」は「二日灸《きゆう》」という江戸の風習が発端で、ミステリー的なテクニックが利いた一編だが、男女関係の綾で時代が浮き彫りにされていく。無病息災を祈る二月と八月の年二回の行事で、谷中《やなか》の小さな寺にも、二月、住職に灸点してもらおうと人々が列をなした。半分は博奕が渡世という宗太もそんなひとりだったが、先客の女が気になってしょうがない。自分の番が来ても気もそぞろで、灸も早々に後を追いかける。

女の名はお蝶という囲われ者で、旦那は浅草の袋物問屋だった。すっかり深い仲になった宗太に、いっしょに逃げてくれとせがむ。だが、先立つものがないと悩む宗太に、旦那を殺害し、金を奪って駆落しようともちかけるお蝶である。犯罪者側から事件を描く倒叙ミステリーだが、御用聞の文五郎が犯人追及に用いたテクニックの、この時代ならではのアレンジが秀逸だ。

『紅刷り江戸噂』を発表した頃、松本氏はあるエッセイで、〃最近の時代ものの小説には江戸の市井ものを扱ったものが少くなった。ほとんどはスーパーマン的な剣豪が主人公か、史実ものや伝記ものである。現在欲しいのは江戸情緒を湛えた時代物だ〃（「私のくずかご」）と述べている。

『紅刷り江戸噂』は作者のこうした思いをより意識してのものだろう。江戸時代に生きる人々が、今よりも格段に季節に敏感であったのはいうまでもない。そして、しきたりや縁起といったものへのこだわりも、現代とは比べものにならない。そうした暮らしぶり、そして江戸の町々の風物がたっぷりとここで描かれているからだ。

ただ、欲望に囚われた人間心理は今も変わりない。

『紅刷り江戸噂』は一九六八年三月、講談社より刊行された。翌一九六九年三月にはロマン・ブックス（講談社）としても刊行されている。一九七二年十月刊の文藝春秋版『松本清張全集24』には『無宿人別帳』、『彩色江戸切絵図』とともに収録された。また、講談社文庫（一九七五・七）、講談社の大衆文学館（一九九七・八）、講談社文庫の新装版（二〇一一・一）としても刊行されている。

『紅刷り江戸噂』は松本作品の時代小説としてはミステリーの趣向が濃厚だ。一九六〇年前後に日本のミステリー界はかつてないブームを迎えた。だが、一九六五年頃にはその勢いを失ってしまう。『点と線』そのほかでそのブームを支えてきた松本氏は危機感を抱いたのではないだろうか。

この『紅刷り江戸噂』の収録作ほか、松本清張作品を原作として製作されたテレビドラマにNHKの『文五捕物絵図』がある。天保年間、神田天神下に住む岡っ引きが主人公で、一九六七年四月から翌年十月まで、七十回余りも続いた人気番組だった。主演の杉良《すぎりょう》太郎《たろう》氏は撮影当時まだ新人で、アパートから銭湯通いをしていたという。その思い出が綴られた「東京新聞夕刊」連載のエッセイ「この道」第五回（二〇一〇・七・十九）に添えられた写真は、収録スタジオで松本清張氏と並んでのものだった。

　また、一九八一年十月から半年間、滝田栄《たきたさかえ》主演で『文吾捕物帳』がテレビ朝日系で放映されている。文化文政年間が背景となっていた。松本清張作品の映像化は膨大な数になるが、江戸時代の風物や人間心理とミステリーを巧みに融合させた『紅刷り江戸噂』は映像の世界でも注目されていたのである。

二〇一一年一月　講談社文庫刊

※作品はすべて、江戸時代を舞台にした物語です。本文中に「盲」「つんぼ」「不具者」といった、今日の観点からすると用いるべきではない呼称が使用されています。また「気でも狂ったのか」「気が狂った」「気違いのように」など精神障害に関する不快・不適切とされる記述、比喩表現もあります。
しかしながら編集部では、本作が成立した一九六七年当時の時代背景、および作者がすでに故人であることを考慮した上で、これらの表現についても底本のままとしました。それが今日ある人権侵害や差別問題を考える手がかりになり、ひいては作品の歴史的価値および文学的価値を尊重することにつながると判断したものです。差別の助長を意図するものではないということを、ご理解ください。

【編集部】

光文社文庫

紅《べに》刷《ず》り江《え》戸《ど》噂《うわさ》　松本清張《まつもとせいちょう》プレミアム・ミステリー

著　者　松《まつ》　本《もと》　清《せい》　張《ちょう》

2023年11月20日　初版１刷発行

発行者　三　宅　貴　久
印　刷　堀　内　印　刷
製　本　フォーネット社

発行所　株式会社　光　文　社
〒112-8011　東京都文京区音羽1-16-6
電話（03）5395-8147　編　集　部
8116　書籍販売部
8125　業　務　部

落丁本・乱丁本は業務部にご連絡くだされば、お取替えいたします。
ISBN978-4-334-10123-7　Printed in Japan

組版　萩原印刷